U0609486

闲来听雨

彭曙辉／著

中国铁道出版社
CHINA RAILWAY PUBLISHING HOUSE

图书在版编目（CIP）数据

闲来听雨 / 彭曙辉著 . — 北京：中国铁道出版社，2018.1
ISBN 978-7-113-23870-4

Ⅰ．①闲… Ⅱ．①彭… Ⅲ．①散文集－中国－当代 Ⅳ．① I267

中国版本图书馆 CIP 数据核字（2017）第 242473 号

书　　名：闲来听雨
作　　者：彭曙辉　著

责任编辑：王晓罡　付巧丽　　　　　电　话：（010）51873343
装帧设计：闰江文化
责任印制：赵星辰

出版发行：中国铁道出版社（100054，北京市西城区右安门西街 8 号）
印　　刷：中煤（北京）印务有限公司
版　　次：2018 年 1 月第 1 版　　　2018 年 1 月第 1 次印刷
开　　本：880mm×1230mm　1/32　印　张：10.75　字　数：200 千
书　　号：ISBN 978-7-113-23870-4
定　　价：45.00 元

版权所有　侵权必究

凡购买铁道版图书，如有印制质量问题，请与本社读者服务部联系调换。

电话：（010）51873174　打击盗版举报电话：（010）51873659

兰台听雨：情趣与视野

　　第一次见到曙辉应该是 2011 年春天，是在家乡文友的一次聚会上。说是文友，其实都是通过互联网上的博客和微信结缘的，彼此并不熟悉。所以那次聚会，差不多都是第一次见面。我记得曙辉走过来，戴着很文气的眼镜，诚恳谦逊地送给我一本书，说他的网名叫"杂家窝铺"，他的书名也叫《杂家窝铺》。这样的网名和书名显然很别致，所以我当时就记住了。同时还记住了他那有点像金庸先生的容貌，以及他的工作职务——档案局局长兼档案馆馆长。杂家、金庸、档案，我觉得这几个概念集中到他这个人身上，不仅非常难得，也非常贴切，有一种自然天成的格调和品味。

　　以后便逐渐熟悉起来。感觉他很勤奋，写作量十分可观。两年后他又送我《杂家窝铺》之二，而这次完成的，是《杂家窝铺》之三，加起来，可能有几十万字了。翻阅这本题为《闲来听雨》的文集，我首先想到的是，曙辉其实和许多人一样，是一边工作一边写作的。而他的工作是档案，一个县级市的历史档案，那应该是很重要的工作。有一次我想查阅老家那个乡镇的材料，是他亲自约了几位当地的作家朋友，花费两三天时间，帮忙查找、复印、装订，然后很整齐地寄给我。这不仅令我心存感动，也让我领悟了档案工作的特殊意义。档案古称兰台，从汉唐沿用至今，可谓良史之源，名至实归。因此，当我指导过的一个研究生告诉我，她毕业后将去《兰台世界》杂志任编辑时，我当即表示了由衷的祝贺。档案工作既然自成一个世界，也无疑是一份值得骄傲的事业。

"兰台架列排书目，顾渚香浮瀹茗花""早归了却兰台史，莫久吟诗快阁中"，古代诗人题咏兰台者甚多，但我最喜欢的，还是唐代李贺的那句"雨中六月兰台风"。这里的兰台风是有典故的，据说楚襄王到兰台巡游，大学者宋玉等接驾，忽然有一阵风吹来，楚襄王说，这风真好，吹着我也吹着老百姓啊。此刻也正当六月，我读着彭曙辉的这本《闲来听雨》，就想也许应该有一种雨，叫兰台雨。而像曙辉这样的档案人，工作之余，观书之余，临风听雨，写下所思所感，那一定是有别样情趣的。

实际上，这本书给我的突出印象就是情趣。他写的东西都很小。很小的葡萄，很小的人物，很小的经历，很小的事件，很小的感动，很小的人性与人情，很小的体验与思考，都被他罗致笔端，并写得娓娓动人，熠熠生辉。包括文字的篇幅，也很小，大部分像寓言式的散记或随感，也有的接近小小说或小童话。但无论篇幅多小，却总是不乏情趣，恰如飞花点翠，给人留下点滴难忘的感动。记得法国作家普鲁斯特说过，记忆不辞细小，也许正是在从前事物的几乎不可触及的小水珠上，不屈不挠地负载着记忆的宏伟大厦。

"剪水飞花点翠峦，和雪新描著色山"，这就是彭曙辉的文章境界。他写亲情，是写那些凄恻徘徊的瞬间，深深思念，溢于言表；写友情，是写那些即时即景的交往，风行水上，神态隽永；写官场，是写那些世态冷暖的来由，去意彷徨，心迹斑驳；而写得更好的，似乎是那些静观果熟叶落、鸟吟虫鸣，或朝飞暮卷、人生变奏的文字，可谓波澜不惊，如秋日低语，况味悠长。"脱去那层乏乏的秋衣，洗掉那层乏乏的秋尘，展开那幅乏乏的秋卷，吟唱那首乏乏的秋歌"（《乏秋》）。我特别喜欢这个"乏"字，辽西人的"乏秋"一语，其实是对季节的一种深沉而低调的赞叹，秋风的疲惫之美，秋光的慵懒之美，秋野的辽阔之美，仿佛都尽在其中了。曙辉写道："人在秋乏中一天天变老，不变的只是乏乏的秋天。乏秋里，我真的有些乏了，可是我的心不乏……"是啊，"乏秋"是一种情趣，一种精神，也是一种自强不息的力量。

地方性知识，地方性情趣，可能是彭曙辉写作的基本标志，无论他是否对此有自觉地追求。也许从总体看，这种情趣是比较清浅的、单纯的、随意的、浅尝辄止的，甚至孩子气的，但同时，我又觉得是难能可贵的。在这个浮躁的时代，毕竟有人愿意这样认真而深情地活着。相对寂寞的兰台生涯，把他磨练得像一个赤子，通观这本书中的近百篇文字，无论是"醉听春雨"中的倾情，"静听心雨"中的叙事，还是"轻听风雨"中的哲思，都贯穿着作者那种特殊的感悟生活和理解世界的方式，这种方式在本质上，我认为与作者的心性和偏好有关，或许正如美籍俄裔作家纳博科夫在评价英国诗人布鲁克时所说的，其实是表现了"一种对所有潺潺流动的、牙牙学语的、轻轻结冰的事物的爱"。

美国批评家苏珊·桑塔格（Susan Sontag）曾以《在土星的标志下》为题，描述本雅明的个性气质，说他其实是某种意义上的收藏家，因为最吸引他的是小东西，他喜爱旧玩具、用过的邮票、明信片，还有好玩的现实世界的种种缩影，譬如一抖里面就会下雪的玻璃地球仪，还有被人雕刻上一整部经书的两粒麦子，等等。说实话，我非常喜欢本雅明的著作，也相信桑塔格对他的描述。而几乎出人意料的是，在彭曙辉的文字中，我也同样发现了一个喜欢收藏小记忆、小感觉的写作者，就像一个喜欢收藏小东西、小物件的孩子。他的笔下不仅有对人生百态的理解，也有对世间万物的同情，博物之爱，物哀之美，往往会不自觉地跃然纸上。在某种意义上，他写的确实是杂家之文，或者可以说是兰台之文，因为，尽管他的文字极少涉及档案收藏与研究本身，但他的职业偏好与他的写作姿态还是有关的。这是一种档案式的写作，收藏生活，分享经历，事无巨细，从一棵树的成长到一条鱼的悲欢，在他看来，无疑都是值得记录的生命档案。

曙辉一直工作在我家乡的那个县级市，其阅历可以说丰富，也可以说单纯，从工商局到组织部，从乡镇书记到档案局长，都从未离开过那片土地。如果确如桑塔格所说，有一种土星之光照耀我们的话，那么这奇异的光芒所照耀的，首先应该是辽西那片土地。我认为辽西作家多少都有一点"土星气质"，只不过曙辉表现得更别样些，他像是有一种别样的赤子情怀。参加工作三十多年来，无论在什么岗位上，他始终喜欢读书和写作，初心不改，童心依旧。可能正因为有童心作为视角，他散文的字里行间，才飘落着很多情趣。那是辽西所独有的情趣，潺潺流动的——疲惫，牙牙学语的——慵懒，轻轻结冰的——辽阔。

台湾学者司马长风先生撰《中国新文学史》，说散文有如围棋，最容易学，却最难写得好，关键是要有情趣的深度和广度。那么，散文的情趣是如何发生的呢？我以为是这样，童心是情趣的基础，但要让这情趣变得深广，那就还需有文化视野的突破。

最后我想起一个与兰台有关的故事，即南朝人吴均所著的文言小说《阳羡书生》，这个故事不仅有情趣，而且特别有视野，其想象力的超绝堪称经典。我曾在一篇文章中将这个中国故事与拉美文学大师博尔赫斯的代表作《阿莱夫》相比较，并觉得博尔赫斯可能受到了这故事的影响。而在故事结尾，特别有意味的是，故事的主人公后来当了官，就是负责档案的"兰台令史"。

彭曙辉也是"兰台令使"，虽然他可能接近退休也将离开这个岗位，但兰台听雨的情趣，兰台读书的视野，还是值得特别珍惜的。我相信曙辉会写出更多的作品，但我希望不论是写散文还是写小说或童话，都能达到既有情趣也有视野的标准，这其实也是人生应有的境界和格局。是为序。

高海涛

（辽宁省作家协会副主席，《当代作家评论》杂志主编，

著名评论家散文家翻译家）

2017 年 6 月

序　二

倾情书写，抑或消费时光的
另一种高端方式

我收拢着书案上这部厚厚的文稿，将它放进一个透明的塑料夹中。我曾经将整部文稿打开，按照它目录上的小辑制式分成了三份去阅读，而今我阅读完了，我要恢复这部文稿的作者最初将它寄到我手上时的原样，同时也让我这么多天来起伏不定的心情，恢复到原有的止水状态。

现在，书房里的灯光跟我多天前开始阅读这部文稿时的灯光稍稍有些不同，它有些亮，我虽面朝东坐，却知道这是农历3月15的月光泼洒到西墙壁上去的缘故。于是我扭回头，我的目光便引领着我的身躯穿过西墙壁，径直往西走，走呀走呀走，然后在一大片丘陵起伏之处停了下来。这便是八百里的辽西丘陵地界，它是我的故乡，同样也是我刚刚阅读完的这部文稿的作者彭曙辉先生的故乡。

辽西大地文化底蕴深厚，自古人才辈出，特别是在古称川州的北票，有一位在19世纪中叶用蒙文写作的作家尹湛纳希，这位被后人誉为"蒙古族的曹雪芹"，通过《一层楼》《泣红亭》等作品，将自己的家族史演义得既波澜壮阔而又凄婉惆怅。因此，离开故土经年的我，每每回想起当初读尹湛纳希的心境时，便感觉有一种看不见、摸不着、嗅不到的熏陶，相伴于我直到当下。

这些年来，家乡的文友们聚会的次数多了起来，盖因家乡"以文学名义的雅聚"多起来的缘故。在一次次的以文会友中，我认识了彭曙辉。记得那天他把自己刚刚出版的第一部文集赠予了我，当时我并不了解他是个在职公务员，不过在接下来的交谈中，我便知道他作为北票市档案局长兼档案馆长，在做好本职工作的同时，还撰写了大量的文字，有小说、杂文、散文和电视纪录片解说词，平均每年的文字生产量都在 30 万左右。我问他是怎么安排时间从事文学创作的，他便说他不打麻将，不去 K 歌，很少应酬，业余时间基本都埋头在笔纸之间。于是我很感慨，眼前的这个人既做官人又当文人，莫非他有分身术？要知道，如今的官可不是那么好做的了，如今的文人也不是那么好当的了。

或许彭曙辉真有常人看不见的分身术，从第一次见到他到第二次与他促膝长谈，还不到三年光景，他的第二部文集又摆在了我的案上。我粗略算来，这两部文集加起来大概有 60 多万字，于是便想，像他这个年龄，而且还是这个职位，能在短短几年当中写出这么多文字，实属不易。

每次与曙辉见面，我都能感觉到他对人对文的认真态度，他看上去常是一脸严肃，偶尔说笑也讲究分寸，行为也很得体，这肯定与他从事基层领导工作 30 多年的经历有关。不论是在工商局、组织部，还是基层任党委书记、局长，他都会以文化人身份出现。一次听曙辉难得介绍自己，20 世纪 80 年代初，他正是靠文字的力量支撑才走进机关，可以说是文字陪伴了他 30 多年。他的这种对文字的执着与追求，在当地文化圈里是被深深认可和尊敬的。

曙辉年近 60 岁，行将从一个官人变成一个纯粹的文人，这或许是他人生又一次关键的转身，因我一辈子从文至今，我热盼他的这次转身不仅华丽而且决绝。

曙辉的《杂家窝铺》文集三之《闲来听雨》，收入了近几年他创作的近百篇散文，每一篇都是他在为官的岁月中努力去找寻一种平常心态时的偶得。法国作家蒙田曾说过"我们的人生是我们言语的一面真实的镜子"这样的话，读曙辉的散文多了，便感觉他的散文就是对众生的真实写照，同样是众生的"真实的镜子"，不过这其中偶尔也有几面磨砂镜，外延是他故意弄模糊了的毛绒边，而内涵则是他坚实的不可触碰的某种心思。他如此这般操持，是不想让读者太看清楚自己，比如《拾级而上的心事》，那里所蕴藏的焦灼不安与拿捏不准，以及某种纠缠不清之后突然间的条理清晰，这是叙述当中的一种意外的巧合吗？因曙辉制造的是一面磨砂镜，我因此而看不太清；曙辉制造更多的则是干净的水银镜，他的身与心，在这一面面纤毫毕现的镜子里，甚至从他的字里行间所释放出的情绪里，几乎都能被读者捕捉得到，比如《母亲在守望》《爸爸在哪，老家就在哪》和《孙女在用眼神说》等篇，那里的真实，是经过文字的流淌上溯到一张真诚的脸庞上的流露。

不过，曙辉胸中所有的类似这样的情绪，通常的释放是有节制和分寸把握的，这是属于他自己的气息与笔触上的共通之处的节制与分寸把握。在这部文集中，他有节制和分寸地说人，有节制和分寸地说情，有节制和分寸地说事。人及情，情及事，事及人，以此轮回道出人世间的友情、亲情、爱情，而诸情所到之处，因角度不一而必然感悟不同。从写亲人、写朋友、写同事到写螳螂、写飞蛾、写小鱼，能透出他对生命的独特观感；从写花草、写风雪、写山水到写离散、写重逢、写失落，把一个熟悉的人，一缕难忘的情，一件普通的事，通过质朴而无需铺垫的语言直接记叙下来，同样能透出他对生活的独特关照。

《枣树葎》《飘落的树叶》《阳光下的冰雪路》《寻找宁静》《我的香椿树》《不愿走出那道门》《闲来听雨声》等这类文字，是以物、以景、以事道出曙辉为官的心境，在看似随意而婉转的叙述里，藏着一颗官心面对一条官道的波澜不惊。

"昨天两个人在葡萄架下或联想世界或畅想未来，今天自己在葡萄架下想两个人的故事，遥祝远方的她，畅想明日的清晨。曙光是点亮新一天的标识灯，能把前天、昨夜的风凉与心动融进光明之中。葡萄架把小花园点缀成了一道美丽的风景。"（《相思葡萄架下》），则是曙辉的一些情感的即景即时地抒发。

"行走的这条冰雪路，头顶的阳光依然闪耀，脚下的潺潺流水是冰雪在阳光作用下融化的感动回报。让冰雪路少点坎坷，阳光一直在努力。只可惜，月球、地球那么不公平地转动，曲扭着一次次方位的标准，周期的轮回，常常留给争取阳光的人更多不确定。"（《在阳光下的冰雪路》），从这段话里，能深刻地透析出曙辉从政之路的艰辛、艰难，因此他时时告诫自己，尽管前方阳光普照，却还要小心脚下的冰雪路。

而在《不愿走出那道门》中，从一个侧面说着退出工作岗位的复杂心态。"离开那道门已是午时。回望大院，冬日暖阳，被树木遮住阳光的大路小道上走向那道门的人群中不会有和自己一样心境的人，所以步伐轻松、随便。各类款式的鞋子踏着通往门的路，进出许多杂乱的响动，这是从大院里经常能传出的声音。"

如此看来，散文也似我们的国画一样，在词语上也需要刻意的笔墨留白，同时也需要刻意的强烈笔墨聚集。如此看来，曙辉做到了这些，他用既刻意留白又强烈聚集的文笔，在安顿生命的同时又去反思生命。

狄更斯在他的《双城记》里说："时之圣者也，时之凶者也。"的确，这是个最好的时代，也是个最坏的时代。我虽接触过很多大小官员，却从不愿去琢磨、分析或评判他们如何，时代造就了他们的扶摇直上或垂直降落，他们所有的"悲欣交集"，那是他们自己的事，我要做我自己的"戴月荷锄归"者。可是，当我看到通过景、物、事透出官味的作品，也还是要有意识地关注一下。曙辉的这部文集里，有关这类的作品不少，它们或深或浅地刻上了曙辉为官 30 多载的心迹，比如他以自己钟爱的书写方式，给自己强诉人间至简的大道，甚至给自己强行点拨人间至繁的迷津。尽管未成精品，但作为奔波于官场大半辈子的人而言，这已是曙辉自觉行走在文学之途上所抻拽出的一条明亮的光标了。

可是，当我看到这部文集后面的这几篇散文时，心情随之也暗淡下来。从《用治病钱出本书》《我身边朋友你们怎么了》《胃，哭吧》到《老病心治》，通过曙辉在其中的坦诚叙述，我知道他在即将退休之年得了重病，我很理解他为什么急于出这本文集了，他要让自己的文学梦想，就如同自己从政 30 多年一样，能再次获得一个圆满的结局。

我始终相信，文学的力量可以改变命运，也可以拯救生命，文学的伟大就在于它的不离不弃，在于它庇护着在路上的最广大的文学同仁，他们虽走走停停，却绝不后退。就像福克纳在他的诺奖致辞中所言："当命运的最后钟声敲响，当傍晚的最后一抹红色从平静无浪的礁石退去，甚至不再有其他声音，（只要）人类的无尽的不倦声音还在争鸣，我就绝不认输。"

一个人的心弦靠什么得以拨颤并发出悦耳美妙的声音，它或许是置放在时间的光谱之上才能得以实现。在当下如此曼妙的消费时代，文人必然靠消费文字而怡然自得并且无所顾忌，尽管这条高端的消费之路有长有短，但毕竟是因有了这样的文人，而令这世界无比精彩。

而曙辉的《闲来听雨》告诉我，他就是这样的文人。

魏国松

（辽宁省作家协会会员，著名作家）

目 录

第二辑　静听心雨

第三辑　轻听风雨

第一辑　醉听春雨

情感有时让人激奋、幻想，有时让人沮丧、迷茫，它却经常悄然发生，它的高贵在受宠和委屈时都是默默地付出，这才是情与爱……

相思葡萄架下

开春了，掀开我家小花园里去年入冬前覆盖在 5 棵葡萄秧上的保暖棉被，发现在那层塑料布下的葡萄秧枝节处拱出许多一寸左右的嫩绿枝丫。一冬委屈栖身，但主人的保暖设施让本来冬眠的葡萄秧迫不及待地伸出小手来迎接春天。

昨夜春雨过后，葡萄秧换了颜色，十分清新。雨水冲掉了早春风儿带来的尘土，吹落了去冬的残枝败叶，春的温暖与力量使葡萄秧获得重生！

三年前，大学毕业自主创业搞葡萄种植的朋友送来几棵葡萄秧，叮嘱我好好地待她，说过几年要来看她。从那时起，我经常搬小凳坐在她的身边和她叙说着别人听不懂的陈年旧梦。

那一片片嫩嫩的绿叶由黄变绿又变黄，很快盼来了串串像米粒一样的小球球，细小玲珑，可爱极了。

不长时间，葡萄秧变换了形象。主干弯曲，表面粗糙，在巴掌大叶片的陪伴下，小葡萄粒鼓了起来，串串挂满枝头。

夏季来临，葡萄一天天长大，小区的人常来欣赏她的娇枝嫩叶，渴望果实带来的快乐。

　　每当夜幕降临，我牵挂那几棵葡萄秧。走近她，伸手触摸，感觉到葡萄的光滑酥软，嗅到了她浸出的诱人香气。抚摸着枝叶，我怦然心动。虽然她身材弯曲，但枝叶如娇嫩的翅膀，镶嵌着一嘟噜一嘟噜的果实。此时她像美丽的娇娃在迎接洗礼，接受爱抚，享受幸福。

　　那夜外出归来站在葡萄秧前，见她伸展玉臂随风摆动。赤裸的胸前背后挂着串串葡萄，摇晃着身子，很风骚，很迷人。

　　月光下的微风吹得她一会儿宁静，一会儿调皮地沙沙作响。坐在她身旁，和她说冬天的故事，有我做伴，身寒于外温暖于心；说春天的故事，风雨相伴，鱼水相依；说秋天的故事，果实累累只属于主人，倾心相爱相守在花园。

　　昨天两个人在葡萄架下或联想世界或畅想未来，今天自己在葡萄架下想两个人的故事，遥祝远方的她，畅想明日的清晨。曙光是点亮新一天的标识灯，能把前天、昨夜的风凉与心动融进光明之中。

　　葡萄架把小花园点缀成了一道美丽的风景。

苦瓜水

　　我成家后搬了几次家，每一次在媳妇的张罗下，新房都装饰得不错，但每一次她不满意的就是我在新房里到处摆花。

　　她说我特别喜欢花，我总是说我的理。家里需要绿色，室内培植各种花卉，净化空气，有益健康，还有养花就像养鱼一样，培养自己的责任心。

　　媳妇不是不懂这个理，她做人做事都很简单，主要是对我养花却不精心侍弄不满，挂在她嘴边总是那句话，"有心下蛋没心抱窝"。也是，我爱养花，但不怎么明白侍弄花。花在我家受了不少委屈，以致枝枯花落，有些花是换了一茬又一茬，我依然坚持买进来养起来。其实，我常挨媳妇训的是给花浇水，浇一次花，地上、窗台、花架到处是水，她每次先是吵嚷一顿，然后默默叨叨地擦干。二三十年下来我们都习惯了。

　　这几年我身体检查发现血糖高，她找来偏方说用苦瓜水能有效降糖。苦瓜上市后，她买了好多苦瓜，回家切成片晒干，让我每日泡水喝。我看她一次次拎大袋子苦瓜回来，细心地切成薄片，在阳台上晒干再装进小盒里，我真的很感动。

一日，我偶然问媳妇："去年你买了多少苦瓜呀？"她随口回答："不多，二百多斤吧。"我很惊讶，心里念叨着媳妇的爱是通过苦让我感受到甜。

今年开春，我在小花园栽了十几棵苦瓜秧，期盼苦瓜能自给自足，这样既省钱又用着放心，主要是免去媳妇去市场一次次买回来的辛苦。

我每天在杯里泡上苦瓜片自斟慢饮，如此半年多没间断。其实我没有喝茶习惯，渴了就是白开水，如今媳妇给我开了降糖偏方，我只有顺从了。水杯里泡上苦瓜片当茶来饮，感觉也很惬意。别看她制出了降糖饮品，但从未管我怎么来喝，在她看来，我老大不小了，还是能自理的。

一天早上，我准备泡一杯苦瓜水，便打算把昨天喝完没倒的苦瓜片连水随手倒入花盆。不料被媳妇看到，她大声喊叫，那样子很急，也很恼。我愣了一下，心想，今天肯定又是一顿臭训。我胆怯地问："怎么了？"媳妇表情很严肃又很严厉地说："别浇苦瓜水，把花苦死了呢？"我惊诧一会儿，不知道该怎么办了，端着水杯的手有些发颤。

这么多年我养花她不喜欢也不反对，但对浇水把屋子弄脏很来气。自从我身体血糖高以来又精心地用苦瓜水来调养我的身体，今天对花的呵护真让我惊讶又感动。原来她对花的爱是深深储藏在内心的，那么简单，那么细微，又那么真实。

媳妇用苦瓜水调理我的身体，她不管我感觉苦不苦，可对我养的那些花，她却怕它们被苦死了。看来苦瓜的神奇不在于水，而在于心啊。

爸爸在哪，老家就在哪

爸爸早年走出老家，在外拼搏七十多年，与老家已没有了来往，没有了记忆，没有了人们习惯说的"回老家"，因为七十年前的老家早已不存在了。现在我们的老家就是爸爸，爸爸在哪，老家就在哪。

我的母亲去世那年只有 58 岁，留下 62 岁的老爸和我在一起过了几年。那些年，我们因为失去妈妈，在悲痛中难以走出来。都说有妈就有家，而妈妈不在了，家也就不在了。

过了四五年，爸爸在原单位老同志撮合下又找了一个比他小四岁的老伴组成一个家，我们也有了一个有"妈"的"新家"。爸爸在家呵护着儿女，尽可能地让我们感受到"家"的温馨与温暖。

爸爸的后老伴，我们称之为"继母"，她不了解我们的各种生活习惯和秉性，所以十分小心地对待我们，或者说有我们在场她大气儿不敢喘，生怕哪里做得不对伤了我们。

我们兄妹三人及家人还不适应新来的家长，觉得妈妈不在了，家的一切一切都变了样，已经没有了家的味道和感觉。我们去那个"家"的次数减少了，因惦记老爸还得去，但逗留的时间短了，话语也不多了，连逢年过节买的东西都减了量。

有一天，爸爸招呼我们一起去新家，让新老伴做了一大桌好吃的。男士是白酒、啤酒，女士是红酒，孩子们是饮料。爸爸算是精心准备，在小书橱里拿出两张纸，上面密密麻麻写满了字。等我们三家九口坐好后，他坐在中间座位照着纸上的字念了起来。

爸爸虽然七十多岁了，但声音洪亮，吐字清楚，语调抑扬顿挫。爸爸反复说的就是家：没带你们回过老家，连你妈妈也没去过。现在又没了妈，儿女们悲痛，爸爸自己何尝不思念家乡，怀念一起生活了四十年的原配妻子？这么多年你们照顾老父亲，很孝顺，很辛苦。现在自己又有了老伴，两人相依为命，她对自己照顾得不错。希望儿女们像孝敬妈妈一样对待继母，接受这个新家。

爸爸说到这，声音哽咽了，鼻子抽了几下，从裤兜里掏出干干净净的手帕擦了擦眼睛，捏捏鼻子。爸爸的心痛儿女们知道的不太多，上次听邻居说，有几次爸爸在半夜放声大哭，很悲伤，也很瘆人。爸爸也想老家，想老伴呀。

爸爸停顿一会儿还要接着念，见此情景，我伸手接过来，接着念了起来。爸爸的字写得很工整，缘于常年坚持练毛笔字。我看到纸上有几处水印斑点，不知是写渴了喝水滴落的，还是心情难受泪水浸润的。我的鼻子酸了，泪水也要流下来了。

为了儿女们，为了这个家，爸爸做着一位七十多岁老人要做的一切，字里行间都渗透着一句话，有爸也有家。

我们此时又一次读懂了爸爸，理解了爸爸。想起爸爸刚找新老伴时，我们心里难以接受，不管爸爸怎么解释、安慰，我们仍坚持这个理——爸爸你老伴可以有几个，我们却只有一个妈妈。那时的心情心境，说此类话伤了老爸的心，还可以理解。但今天看到七十多岁老爸良苦用心，为了让儿女们接受现实，接纳新家，他心里得承受多大的压力啊。

我对爸爸说："放心吧，我们会像十年前孝敬爸妈那样孝顺爸爸，尊敬大婶，常回家看看。因为爸爸在这，这就是我们的家。"

爸爸乐了，鼓起掌来。看到那双黄瘦又布满浅绿血管的手，我的心痛极了。这些年因为妈妈去世爸爸也明显变老，尽管在我们面前他表现自然，笑脸热语，但内心在怀念妻子，惦念孩子，维护新家，保重自己，一定是很累很累。为了不给儿女们添麻烦，没有特殊事不给孩子们打电话，见面时也不说自己的难处。他的话一直是这些内容：一切正常，别惦记，好好工作。

那位大婶显然挺高兴和激动的，虽然快七十岁了，身体挺结实，站起来倒上了半杯红酒说："来，孩子们，干了。"说完一仰脖红酒下肚。接着说，"常回家来，我给你们做好吃的。"

我们几个端杯，或酒，或饮料，或茶水一饮而尽，也是对新家长的第一次集体认可。

这一顿饭很重要，很有意义，可以说是爸爸在妈妈去世十来年后做出的一次抉择。第一次这么精心安排，最终目的就是让儿女们回家，认妈，从此又有了有爸有妈的家。

此后十年间，我们经常回家。看到两位老人开心健康，互相体贴照顾，我们放心安心，对大婶心存感激。她来照顾老爸减轻了我们的负担。

我们回家带的东西太多，冰箱里放不下，他们又吃不多少。大婶总唠叨，别买了，啥都有，吃不了坏了，扔了。

我说，宁可坏了扔了，也不能缺了，少了。有东西在心里就踏实。

爸爸虽不同意我的说法，却没有反对我们一次次地来堆放东西。在他看来，这是对家的重视，对新老伴的尊重。

可好景不长。大婶平时身体挺好的，一天早上去广场锻炼突发心梗去世了。就是说，我们拥有十年的新家又崩塌了。

爸爸好多日子沉闷不语，吃不下多少饭，困得厉害也是睡不着。自己念叨着，是自己命不好还是啥呢，刚好起来的家又没了。

我劝爸爸说："有你就有家，你在哪里，哪里就是家。"

八十多岁又失去老伴，爸爸这一段时间精神受了点刺激。我和哥哥商量再给老爸找个人做伴，饮食起居也有个照应。没想到和爸爸一说他很反对，话语坚决，不能再让儿女们为此闹心操心了。爸爸想的不是自己如何度过晚年，而是不想让儿女们再一次认家认妈。

爸爸自己溜达几家敬老院后选定一个条件好的公办敬老院，执意要去那里清净歇息几年。我们为爸爸准备了不少生活必需品，使老人家在自己挑选的新住所能安静地休养。

从那时起，我们时常去敬老院，感觉那里好像成了一个新家。爸爸每次都抱歉地说："在这儿招待不了你们了。"我赶紧说："爸你在哪里，哪里就是我们的家，我们能经常在你身边就满足了。"

爸爸不言语，低头沉默一会儿，抬头抬眼看看我们，从嗓子眼里长舒了一口气。爸爸好像在说，老家没了，可我还在，老家就在。

敬老院每个房间两张床，爸爸占一个，另一个床没人，爸爸摆放了不少盒装的、袋装的东西。每一次我们去时，爸爸对其他房间老人指着床上东西说："都是孩子们回家时带来的。"

此时此刻，爸爸把他住的地方称作家，虽然我们心里不能认同这个临时住所，但"爸爸在哪里，哪里就是我们的家"这个理不会变。

快端午节了。有一天爸爸打电话让我和哥哥去他那里，说有事。我们着急忙慌地赶到敬老院，不知已经 86 岁的老爸有什么情况。结果到他房间一看，那张床上多了一个小方桌，桌上边摆着不少水果、糖块。爸爸正在床头柜上练毛笔字，见我们进门，刚要说什么，门口一位老太太走了进来。我一看，认识！因为我们几次来都碰到她在爸爸房间里打扑克或者收拾东西。爸爸不会做家务，可身边总会有人来帮忙，这也许就是老人家的福气。

爸爸说："这是我的邻居，也是牌友。"原来他们几个临近房间八十岁以上老头老太太们没事就在一起打扑克，很开心，很热闹，很融洽。平时也常围坐在一起，说说笑笑，吆喝大名小名，像一群孩子那么天真无邪。

老太太八十多岁，满头银发，红光满面，给人的印象是慈眉善目，和蔼可亲。她笑呵呵对我和哥哥说："老彭头今天高兴，非要找你们唠唠，这不，让我来帮忙准备东西。"

我们发现今天爸爸的气色非常好，笑意一直挂在脸上，招呼着老太太，招呼着我和哥哥，好半天也没说什么事。我猜想，是要找个伴的事吗？不像。老太太那么自然，没有害羞感呢。哈哈，八十多岁的人了，哪还会害羞呢。听她说话也没与老爸要好的意思。我在乱想，但内心真想让八十六岁的老爸找个伴，陪他走到百年。

爸爸坐在那个经常写字的椅子上看着我们哥俩，眼睛里放着光，很温暖，很传神，好像千言万语都凝聚在那亲切的目光里。

这时，老太太说话了，"你们小哥俩吃点啊，到自己家了。"我一听，先是惊一下，又愣一会儿。老太太把爸爸的屋当成家了，想必老爸平时和老太太在一起玩扑克时也常说"到我家来吧"。

老人们习惯了，把敬老院当成自己家，可老爸和老太太把这不太宽敞但很干净、明亮的房间当成家已经超出了广义上的家。

爸爸乐了。老人家开心地笑，说明他的幸福感已涌上心头。只要爸爸高兴，我们做儿女的什么都好说。在和谐的气氛中，两位八十多岁老人和两个五十多岁晚辈共同培育着一个新家。

因为爸爸在哪儿，老家就在哪儿。

我的香椿树

昨天接到通知，办公室近期搬迁。原来二十多年前修建的小楼要翻建，至于建完做什么不知道，只是让尽快搬走。

我对搬迁到新址办公没什么特别想法。哪里都是一间小房、一张桌子、一把椅子、一个书橱、一对沙发、一台电脑、一部电话，其他一律限购，不允许一件不适于办公的物件。

我走到楼外，端详着陪我工作七年的小楼，感觉一股依依惜别的情感在涌动。不是故土难离，而是在这里，七年间发生了太多太多的事。

突然映入眼帘的还是那棵依偎在楼边，准确说是生在楼底缝隙间而长大的香椿树，它也要随着我们的离开而被遗弃。我顿时有些伤感。

记得七年前我到这个楼内工作时，这棵香椿树还是一株不足一米高的嫩苗。它从楼底露出的细缝中斜着身子，伸着四条细长的枝叶，随风来回摆动着。这楼里的人不知它是怎么来到这里，谁也没去关注它。它在人们的一次次路过并扫上几眼中渐渐地自我生长，现已有了大树的模样。

刚到一个新工作岗位，一切感觉陌生。虽然有着二十多年的主政工作经历，但接触全新的工作凭老经验处理事务，会使工作受损失，又让新同事认为你轻薄、不成熟和骄横。

当有些烦躁时，我就到楼下放放风。自然与那株小香椿树见面，觉得很亲切。它好像对我说，谢谢你今天第一个来看我。我欣喜地接受了它的谢意。我欲走上前抚摸一下它嫩嫩的、镶着淡淡粉边的绿叶，楼上来电话有事要办，我只好退步转身走到楼口轻瞄一下小树快步走进楼内。

入夏以来阴雨绵绵，我们觉得闷得喘不过气来，室内又没有通风设施，连风扇都配不齐，大家走出来站在楼前享受自然吹风。许多目光不是仰望天空就是欣赏高耸的白蜡树，我的目光却一直看着那棵伸着渴望拥抱的树枝，摇摆着树尖，抖动着树叶的小香椿树。不知是我目光射出的电流，还是小树发出的热能，我立时觉得浑身发热，使本来闷热天黏糊糊的身体又新添了热量。我解开上衣两个扣，用手掌扇着，让一丝小风钻进胸脯，仅是凉快一点也觉得幸福许多。

消防支队来检查防火安全，要求单位对重点防火部位实战演练，全员参加。地点设在楼前，设置假燃烧点，工作人员每人用灭火器上场灭火。

我下楼查看准备情况，发现设置的燃烧点离那棵香椿树仅四五米，这个距离，火热的散发和灭火沸腾的泡沫会直接伤及香椿树。可怜的小树会经受一次火的考验或者说遭受死亡之灾。我当即告诉筹备人员，变更燃烧点，远离小楼，主要是远离小树。当然他们是不会知道我为什么要这样做的。

当天的演练很成功，大家像玩游戏一样完成了任务，个个开心地说笑。我向楼边那棵小树微笑着点点头，想象它一定会对我心存感激。我为自己的爱心而自我感动着。

转眼三年时间，我渐觉业务娴熟，便开始注重做些实事。首先装修改造办公楼，快二十年的老楼不是窗台破损，就是卫生间漏水，最大毛病是供热系统陈旧老化，供暖期低温跑水，有些办公设施也陈旧不堪。当时有人说"官不修衙门，客不修店"，最好别张罗。我想了一天，最后下决心还是要做。因为，我存了一点私心，这是大家所不知道的。

前几天，三楼窗框老化，一大块玻璃顺势落下，不偏不倚砸在楼下那棵香椿树上，齐刷刷地砍断了小树两个枝杈，幸亏没伤及主干。可怜的小树没招惹谁，无辜地祸从天降。那折断的两个树杈像断了的双臂，游荡在两侧，情状令人心疼。仅两天工夫两条树枝蔫了，干了，就要从主干上掉了下来。我外出开会回来，到楼前第一眼见其惨状，急忙上前抚摸，顺势把已枯萎枝条弄掉。小树尽管缺少了侧枝，但绿色依旧，主干依旧，生长依旧。它似乎对遭受的意外伤害满不在乎，或者还以为有好心人正在为自己剪枝修整。不会言语的小树用超常的心态鼓励自己顽强地生存下来。

对于下坠的玻璃，没伤到人已万幸，所以没人去想除了人还有什么可能被砸伤，小树勇敢地承担了这一切。我让办公室在一楼小树旁挂上一个牌子：行人注意，楼上破损玻璃脱落。这么写是提示楼下人，其实也在告知小树。提醒楼下行人，小树虽没上榜但已有人关注。为了行人安全修理窗户，小树也不会再遭二茬罪了。

进入第六个冬天。这个冬天十分寒冷，接连几天大雪。大院管理机关确定，以雪为令，各扫门前雪。第二天恰好阳光明媚，很多雪开始融化，人们清扫着雪水。楼前的雪被自然地堆积在楼墙根。那棵香椿树已长得三米多高，主干也有小碗口那么粗了。冬季里它的树干还透着粉红色，只是没有了昔日的嫩绿娇媚。它见证着这个冬天的雪与寒冷。它看着人们一锹一锹地把雪堆在自己身上，有一米多高，感觉像套了冰雪服，冻得只打寒战。当时人们堆积时只认准了楼下唯一的标志物，没想到小树对冰雪能有多大承受能力，好在铁锹也没有伤及树体。

清雪小车来了，几个环卫工人挥舞大板锹，直奔树下的雪堆而去。我一直在树旁守候，生怕无情的铁锹伤及小树。小树用生的渴望盯着闪着亮光的铁器一次次向自己横扫过来。

我大声地吆喝："别伤着那棵小树。"这话真灵，要不然那位胖乎乎的用力甩着板锹的工人会一下从根铲断小树。看着小树挺立在那里，清雪车离去，我才长舒一口气走开。

去年开始张罗迁至新楼的事情，一直没最后落实。因这阶段主事集体都忙于公私大事，没人愿意费力不讨好地操办容易引起说道的办公室大迁徙。那一阵子我时常站在楼下，想着一旦搬迁、拆楼，小树必死无疑，也没想出好办法来挽救。只设想了它的几个出路，最好的出路是拆迁者的善心，想办法保留它或者移栽到别处。院内那么多名树名花早已载入户籍，名花有主了，可小树只有凭天由命，任人宰割。谁让你出身无名，生长又无门派，能生存至今已算是幸运，还想什么大富大贵。尽管小树已高至二楼，粗逾碗口，但出身贫寒也只能是如此下场。

直到昨日通知开始搬迁，我才真正意识到，我与小树的缘分已尽了。

我的网友叫『海天』

　　我刚刚学会在网络上写作、投稿时，遇到了一位叫"海天"的网友，缘于相互交流写作心得，聊得十分投机。

　　因为我和那位"海天"注册的信息都是虚拟的，所以，我们并不知道各自的底细，只是以文会友。网上语言说得自然，对文学创作的术语也还专业，各自的赞许也比较得体。

　　这些年，我业余时间搞些文学创作，当然身边也会有一些喜爱文学的朋友。虽说志同道合，但相互间文字交流少，吃喝游弋多，所以，当在网上遇到一位认认真真谈论文学的人时就倍感难得。

　　前年，我利用两个月时间搜集整理了近三年所撰写的杂文、散文、小说四十多篇，想着出版第二本文集，但一直举棋不定。因为想起几年前出版第一本文集时的忙碌和辛苦而有些胆怯了。

　　当我把要出第二本文集的想法告知"海天"文友时，得到了他的肯定和热情地鼓励与支持。我对二十多万字的文稿校对有些畏难，"海天"主动让我把文稿发过去，并抽出时间帮助修正校对。

　　我十分感激，认为有这么热心、朴实的文友相助，不仅这次出书，就是今后的文学进步也有了一位良师益友。那段时间我感动着、激动着，设想着有一天能亲自见见这位善良可敬的文友。但是，网络朋友交往是有规则的。基于这一点，我没有提出相见之事，只是一个劲儿地感谢，当然网上联系更频繁了。

文集顺利出版，编撰人员没有"海天"的署名，因为"海天"不让署入"校对"里，我也不想把"海天"网友抖搂出来，因为这个文友是我秘密来往的。身边的朋友知道我有一位称作"天使"的文友，但是友好到什么程度大家一无所知。我也曾承诺"海天"相互间谁也不去揭开对方面纱。

转眼之间，网上我们共度了一年。一年365天除节假日，我们几乎天天网上见，大多时候讨论文章，有的时候调侃文字，偶尔议论些天下大事。我对"海天"说过，现在是搞政治的谈文学，搞文学的谈政治，是个不正常现象。"海天"同意我的说法，文学离不开当下政治，所以必要的谈论也属于正常，但不能超出言论自由的范畴。

忽然有几天"海天"没有上网，不管我怎么呼叫，抖动，那个熟悉的对话框总是空空的页面和静静的一位时尚歌者的头像。我有些担心，不知"海天"出了什么状况，一直按时上线、交谈不休、语句洒脱的人怎么一下沉寂了。那几日，我心急如焚，从牵挂到担心到失落到绝望，奋笔疾书写了篇半文言的散文，发过去仍不见回复。那几日自己如同掉进一个未知的深洞，不知怎么爬上来迎接光明。半文言文内容如下：

迟来秋日，忽感心烦神伤。中医诊此为火致，细酌未见来火之由，思来想去还是心殇。非工作繁杂生活艰辛，只为一个牵挂。坐之不安，食之无味，梦呓杂乱。盼汝归，盼佳音，盼太平，安福健康。等，静等，等出好消息。远方不远，心殇不伤。秋色迷人，人已醉不醒，忘却人间烟火；病况紧急，人已无力应对，还思生命坚强。殊不知，四处呼唤，人归心归情更归，人安心安情愈安。谁能告知几日状况，谁能解读几日心殇。虽相隔不过千里，却有万里之遥，天涯相望。此殇绵绵无限期，愁断肠。没留片言，没预约定，一直没有往返车辙，一直没有鸣传家乡。忘却了家与朋友味道，只有鱼儿和水各在一方，一半欢畅，一半忧伤。不见丝丝身影茫茫，仍举臂摇向远方；天上地下一样荒凉，还昂首望向天堂。不知人生几次殇，吾才领略几日已伤痛累累，心伤，心殇。但愿，人生不再有……殇。

隔断不过五日，对我来讲如同一秋。我终于发现，对话框里闪动的字像金豆子一般噼里啪啦落下来。

当听到他这五日去京城检查身体且无大碍时，我也开始放心，没敢有一丝抱怨，只怕一句话惊跑了"海天"，再难相遇。

"海天"一直没透露自己基本情况，我只知道是个文学爱好者，其余连性别都不去探听，以至于无法称呼兄弟姐妹，只唤作朋友。那种神秘感觉很特别，很有趣，也很快乐。

我几次阅读"海天"发过来的长诗，很有味道。诗中写着父母、兄妹，写着同学、同事，写着曾遇过的知心、知己，那种感情流露是一种大爱，纯朴的爱，至上的爱。我也几次为之感动落泪。那样的文采我无处下手改动一个字，只有一个劲儿地点赞。

"海天"时常说自己活得累，没有具体说累在哪里，为什么累。有一段时间我们讨论的话题都是"累与不累"，从只言片语中渗透出家事、身世、爱人、孩子、身边的朋友，烦事多多，操心不断。

有一夜11点多，"海天"还在与我网聊，这一次聊的不是文学，而是人际关系。说单位领导的作为看不惯，但又不敢招惹。自己有机会提拔重用，就是不会来事。要进步是有代价的，而且是不小的或者很严重的代价。当我问及代价怎么会那么严重，当下不是现金就是献身，你还会献身不成时，"海天"迟疑一阵，发出叹息。不说了，清者自清，浊者自浊，顺其自然吧！

我开始思考"海天"的"代价"说法。现在做什么事都要有代价，那是成本，能换回来丰厚的利润，投入也是应该的，关键是投入的地方和理由是否让你能接受和承受。

突然，我意识到"海天"说的代价是对女士的所谓"潜规则"，莫非"海天"本身就是一位女士？第六感告诉我，"海天"这位和我网上交流频繁、交往密切的人是个女性——知识女性。我开始回忆几次交谈话头话尾的暗示，只是我从没想弄明白什么性别、年龄，只是网上志同道合。对方即使残疾、年长、丑陋，一切都可接受，因为我们毕竟不想相见，而是想把网络之谊永远神秘地进行到底。

想了这么多，也没想直接谈论"海天"的性别，只是我与其对话格外小心，倘若是女性，那一定会很敏感的。

终于有一天，"海天"在闲聊时问我一句："你对梁山伯与祝英台怎么看？"我没加思考随即回复："一个伟大而传奇的爱情故事。""那你对梁山伯这个人怎么评价？""海天"又追问一句。我即答："英俊有才，对爱忠贞不一。""不对！""海天"说，"他是个笨蛋。""啊？"我不解地问，感觉"海天"这话很唐突，不像一位文化人随意之语。

猛然我感觉前几日对"海天"性别的种种猜测进一步得到了证实，"海天"一定是女性。怨恨的是梁山伯对女扮男装的祝英台三年寒窗朝夕相处竟没辨出男女，且祝英台几次提醒而笨笨地不去思考。干脆这回我单刀直入："我的文学好友是位才女啊！"

对方迟疑不到十秒，随即发出一只大拇指的表情。我立刻兴奋起来。没承想，亲密的网友，文学好友，摇身一变成为女性朋友。

网上相处已过两年，我们终于分出兄妹。在进一步交流的日子里，彼此间的话题多了起来，除了文学，还有感情系列、交友系列、男女关系系列。

尽管比网友、文友又近了一步，我们之间没有超越，也不想超越，因为我们要保持当年那种纯真和纯情。也不想走很多网友只为见面而做出荒唐之举的老路，那样的情谊是不会长久的。

我的文学之路这几年走得挺顺。一是自己不懈地努力，再是有"海天"无私地支持，那种力量很实在，很实用，有时也在潜移默化地影响我的人生之旅。

前些日子，我觉得身体不适，总感觉这儿疼那儿痒的，生疑是得了什么重症。自己对患病之事倒能理解和自律些，只是想一旦真出了什么不好状况，那一生的遗憾不仅是文学的理想，还有"海天"的四年之谊。没有海誓山盟，没有相见时的快感，也没有指望来生再续的缘分，只想有生之时能见上一面，面对面说一句话，哪怕是一个手势，一个眼神，也不枉相识这么多年，无愧于网友、文友、朋友之称谓。

那日，"海天"电话过来，语音清新，温柔可亲，几句问候如一缕清风穿透我火热的胸膛，很爽，很棒，很过瘾。语音交流过去没有过，也没曾想过，这一次是心里感应，正踌躇之时，问候顷至心中。

我们的称呼变了，想象相互的年纪都不小，所以都冠以"老"字，倍感亲近。

网络时代，相信多少人沉湎之中或得意或伤感。在网上没有真正、真实的朋友，来往也只是一种需要，心理需要和生理需求。然而昙花一现似的情如过眼烟云，害了多少良家女子，苦了多少痴情男儿。网络的媒介把一群一群的人推向爱的实验区，再推到恨的边缘。

只有我们这些傻傻的、无悔的、纯粹的文友做着有益个人、有益公众的事情。听到过也看到过几多网友痴情地拼搏在商海、情海之中，游荡在赌场、情场之内，挥霍着自己的青春、身体、意志和精神。这样的网友已被网络套牢难以自拔。

只有文学的力量矫正着一些乱碰乱撞的文化人，大统归一地行进在通过网络深化的文学之路上，那种境界才是真正的高、大、上。

我的网络文友，如今已成为我真正的朋友，真实的朋友，真情的朋友。我为网络点赞，为自己点赞，也为这个时代点赞。

我身边的朋友，你们怎么了

这几年时间，我好几个朋友，还有相交半个世纪的朋友相继离我而去，且一去不回。

有人说，没有永远的朋友。我看，朋友永远地离开，才能长久地想念，才称得上永远的朋友，起码是心中的永远。

在先后离世的朋友中，他们的一生或苦或甜，或重于泰山或轻于鸿毛。在他们身上凝聚了这个时代的人生活的烙印。现在梦里或平常一旦又碰到他们的一点一丝，就会激发我的无限思念，也很难一时褪去。那种心伤和心殇是我一生的痛。

朋友老张，上学时因长得黑，胡须比同龄的我们先镶在唇上，大家便习惯叫他老张。老张可谓一生受苦受累，按他老婆的话说，结婚三十年没过过好日子。一直奔波中，终于熬出了头，他却不耐烦地离开这个从没有理想或幻想的世界。

老张和他老婆处对象时，一个是企业工人，一个是商店售货员，平凡的两人办了极为简单的婚礼，然后住进妹妹腾出的不到十五平米的厢房。洞房很温馨，当年就喜得儿子，小院内两户人家七八口人都为之高兴。老张他妈高兴之余躲在一旁哭泣，想到四十几岁就去世的丈夫，此刻听不到孙子的笑声，她老人家怎不伤感落泪！

紧接着他家房子动迁，回迁楼盖得很慢，老张三口人租一个一室小楼，不到三十平米。等来回迁，却没有老张的份，他妹妹要结婚，硬占了那个小户型的房子。老张先跟老妈和妹妹计较一顿，最后也只好说服媳妇，拱手相让本属于自己的那户房。妈妈用很低的价钱在街边的二层小楼上帮他租了房子，面积也不到五十平米。他感觉总归是住楼，小日子像慢火熬粥，也将就过得去。

那几年老张下岗闲在家，每天早上一壶小酒、咸鸡蛋、拌红干椒，午间两杯小酒、拌个凉菜带虾皮，晚上他说是大吃大喝，也是两杯白酒，媳妇弄两个毛菜。算下来一天五杯，一斤多酒，他感觉那是自己神仙般的日子。两个月下来媳妇磨叽，要坐吃山空，老张这才下决心出去做事。原来同班组的工友要他一起去京津地区做工，活儿多钱多。老张想趁身体还可以，出去闯荡一下，挣钱养家糊口，也满足自己的小吃大喝。

辛苦的老张在外一干就是两年，这期间没回过家。他说回去一趟的费用够自己干一个礼拜的活儿了，所以只能通个电话，与媳妇交流几句，当然也不免说想做夫妻之事的话。媳妇半开玩笑的一句"你要是憋不住就找个伴儿"逗磕话，让老张从此开始了身体解放。那时期外来打工男女都在生理需要下临时凑合在一起互相照顾。老张那时感觉快活得不得了，据他回来后说，天天吃得好，睡得香，钱也没少挣，加班加点也不觉得累。

两年后，因孩子患病，老张才舍弃那里的快乐毅然返回家中，和媳妇继续着中年男女的快活。

老张有个远房哥哥总想拉扯他一家，在离家不到百里的小城给老张找了份工作，工资挺高，还给租了两间平房。院子不小，可种点小菜。这时老张才真正体会了县城人的生活，挣钱，侍弄菜园，喝酒，不时还哼上几句老腔。媳妇这么多年也感到了老张在努力地工作，他们开心地生活，期盼着日子越来越好。

不料，天降灾祸，老张突发心脏病，而且很重，经中西医综合治疗，总算闯过了鬼门关。半年多医疗费把几年积攒的钱都搭进去了。媳妇说，钱身体好了再挣，可是那经常性的中药维持费用很大，媳妇掏尽家底也难以支撑。有好几次老张回家乡，我和哥们给他买药，管吃喝，买往返车票。

老张对外不张扬，但很要面子。谁去看他，他会省出当月药费请你吃饭喝酒，当他心脏极度衰竭时，也会走十步停一会儿地跟你去饭店陪你，直到你离去。

这样沉重的心脏负担，支撑着他每日看书，看电视，他说是按分秒计算。又挺过两年。正月十五夜里 11 点多钟，我突然接到老张媳妇电话，说老张没能度过最后一个元宵节。我后半宿根本难以入睡，次日早不到六点就驱车前往百里开外的老张居住地，也是他生命的终点地。

出殡的现场，老张媳妇一个劲儿地哭："我没能耐，没有治好你的病。"一个退休老大夫现场说，老张的心衰如果治疗及时，药疗、食疗跟得上的话，还能多活几年，因为这年他 54 岁。

好哥们去世五六年了，我不敢想起他，因为每一次想起都会心痛好几天。还是面对现实，好好活着吧。

这五六年里，我另一位朋友也是文友，平日里身体没异样，体检查出绝症，虽经首都大医院诊治，也于半年后离开人间。他满腹才华，文学、书法、篆刻、乐器都能拿得起，就是性格内向，平日里少言寡语，后来当了一个部门领导，话语多了，牢骚也多了。

结果伴着我送的一本《沧浪之水》而长眠，可惜那年他只有48岁。

这位文友的离去对我打击很大。这般年龄可以说事业上还会有大成就的，但他心中总憋气，而且自己找气，结果就是这样下场。我引以为戒，时常提醒自己，凡事一定要想得开，心再大也别啥事都装，心太小更要宽松自己，轻松自己。

我一位老同事，原本要提拔重用，谁料查出淋巴癌症。这可吓坏了家人和同事、朋友们。也怪这人禁不住这样的打击，慌慌忙忙赶赴大医院，结果急性发作，没有手术必要，只好回来静等离世。那几日时常与他见面、交谈，宽慰他这病无所谓，只要人刚强，什么人间奇迹都可以创造出来。只可惜那同事本来性格脆弱，身体虚弱，再加上整日哭哭咧咧，怕这怕那，不下百日就败下阵来。

送他走后，一班同事感慨：人啊，还得强大起来，禁得住各种考验，起码让自己从容地面对人生各样的折磨。这话好说，换谁也难做到。

打那以后，我放弃了一些追求功利的项目和活动，静下心来读书、创作，早晚走步锻炼。就是为了让自己这么多年劳累的身体静下来，放松下来，不说恢复到最初状态，也要放慢些节奏，身体和心态对于人生最重要不过了。

我开始组织周边的人、熟悉的人、要好的人参与读书、写作、户外运动，彻底地解放自己，也是解救自己。那一年自己很快活，很惬意，很阳光。大家都羡慕我，五十多岁就开始做六十岁以后的事情。是啊，健康的身体和健康的心态得从中年抓起。

好日子里，阳光下总也有不可预料的事。和自己要好的两个朋友，先后得了重病。我开始怀疑：老天，上帝，怎么总对这个年纪的人下手啊。那哥们做公安，一路走来风风雨雨，当过基层的兵和头儿，抓过坏人，立过功也挨过处分。对哥们、朋友讲义气，喜欢在酒席里泡着，享乐着。人缘好到他英年早逝后送葬的车近百台，据他老婆说大多是闻讯自发而至。

出殡、送盘缠、祭日，我和朋友们都曾前去，深切怀念这位刚晋级再过几年退休的老哥们。痛惜之余，更担心他家中有病的妻子和不幸的孩子。这哥们或许有许多不舍，但还是忍心地离开这几乎摆弄不开的家事。大家聚在一起说他是累死的，从这二三十年他走过的路来想还真贴切。工作累、家中累、社会累、朋友累，累得天天忙忙乎乎，单说每年随礼得上万元。

他老婆说，他救助孤寡老人，帮助街面上乞讨的人，连街坊邻居谁家有事都会慷慨解囊。心地善良，人缘好，为什么好人命短，五十多岁就没了。

对这位哥们，我帮助过不少次，但他的病我却挽救不了，所以面对他老婆，我连安慰的话都说不出来。

几次朋友聚会，大家都会想起那个酒桌上爱唠嗑，煽煽呼呼，酒量不小，喝完就多的哥们。上个月聚会还没等谈起他，又有一位朋友说因病缺席，大家不以为意。过几天听说得了绝症，去省城治疗了。我的心又一次颤抖不已。我身边的朋友，你们怎么了？为什么病魔不断地侵犯我的朋友！

和这位朋友的交情算起来有四十年了，当年知青在一起战天斗地，艰苦岁月铸就了铁一般的友谊。忽闻他病重，真是痛心又担心。等他省城归来我去接风，昔日闯荡社会狂喝快饮的爷们，一下子变得烟酒不动，温顺得像个待嫁的姑娘，从此酒场上失去了一条好汉。虽然他术后化疗身体渐渐恢复，但那病灶在身能否解除，还是世界之谜。我们也只好认账、认命，开导他坚持抗争。

前几天见到他，说去外地孩子那刚回来，亲人的力量让他很乐观。孩子们用最好的药，最好的营养品让老人能在有生之年过得幸福，高高兴兴地走完人生之路。

参加完他家的小型宴会，已晚上9点多了，回家路上接了个电话，又是一个不幸的消息。经常和我们在一起户外徒步、野餐聚会的一个朋友这几日因不舒服去首都医院检查，结果很坏，告知会很长时间不能在一起活动了。这对我的打击又不小。原来天真活泼，爱唱歌爱运动，才四十多岁的女性朋友，又一次跌倒在众多朋友之中。

近年，接二连三的不幸降落在我身边的朋友身上，一次次刺激着我要崩溃的神经。不管你怎样快乐地生活，都有很多的不确定因素：无法选择的遗传基因，快节奏的生活方式，无休止的心理冲撞，无法预料的外部力量，忘我的自身折腾等，都是你生命终结的原因。当然我们都在努力消除一切影响生命的桎梏，但像"逮不尽的虱子，抓不尽的贼"一样，很难让自己、让家庭、让身边、让社会都清静下来。人们只好在奔波中努力保护自己，拼搏中全力保全自己，让生命活得坚强坚硬，能抗拒不可抗拒的东西。

这些日子，我睡眠一直不好。从小到大的许多朋友，特别是我身边已去世或是重病的朋友，在我脑海中窜来窜去，冲撞着我一根一根的神经。我总在想，在问，我身边的朋友，你们怎么了？

母亲在守望

那日，在博客里看了一篇文章《追忆母亲》，心情极受触动，颤动的手随着剧烈跳动的心促使我奋笔疾书，此时我的心不仅仅是伤痛，还是撼动。

也许是气候变化无常，也许是心境杂乱无章，也许是记忆突然浓烈，这一夜，我早已逝去的母亲总是光临，令我思念和心伤。那缠绵的梦境，也从孩童时代开始。

我的童年离不开那座低矮的老平房。低矮的平房并不临街，说是正房又偏了许多。可这里在我的童年里却是一片阳光。孩童们还没有那么多的奇思异想，只有无忧无虑地玩耍，能吃得饱，穿得暖，玩得好就是福，不知道什么是兴趣和志向。

妈妈总是忙碌着……

那个年代虽然贫困，妈妈总是能让我们吃饱，尽管没有什么美味。其实，吃糠咽菜纯天然无污染，是童年身体成长中难得的安全和健康。山上的野菜、树叶，是否既有营养又可充饥，都是妈妈在我们吃前品尝。秋日里，带我们去挖地瓜，捡地粮，面朝黄土背朝天，收获着那累累果实，妈妈累得够呛还是笑着说："这是颗粒归仓！"

商店菜铺常有妈妈的身影。去买一棵大白菜能"掠"回一筐青黄的菜帮。买一块豆腐，妈妈专挑边上的，说那是"实成"，其实就为了多那一钱一两。卖猪肉的柜台前，经常与售货员斗仗的有妈妈。妈妈没错，她不要瘦肉要肥膘，是想既吃肉又熬油，保证顿顿有营养。买几根黄瓜，那得要顶花带刺的，妈妈说"一根黄瓜一棵参"孩子们吃了身体棒。

记得那一日，邻居家来客人，做的饭菜喷香，飘至孩子的胃肠："妈妈，好香，好香！"妈妈一把搂过孩子们只说了一句："妈妈也知道香。"

端午节粽子还能吃上几个，可椭圆的鸡蛋妈妈数了又数，查了又查，家里每人两个。孩子们也觉得快乐、欢畅、幸福了一回。

中秋节，多种馅的月饼孩子们挑选不起，跟妈妈说只求品尝一下那中秋的月光。妈妈回来把一大包浸过油的月饼摆上了桌。妈妈没有表情地说："孩子们，它是秋的收成，冬天的希望。"孩子们哑然了，难道让妈妈把秋冬的粮草提早晒晾？那月饼，是用秋粮兑换的，这般让孩子们和娘都如此感伤！妈妈无语无泪，无奈无助的表情渗透着对生活的渴望和孩子们的期望。

又是一年除夕夜，妈妈亲自纳了一双布棉鞋，针针线线，密密麻麻，不规则地排列，就像妈妈的心绪起伏跌宕。为了缝制一件新衣裳，妈妈在缝纫机前伴着微弱的灯光瞪大了眼睛仔细地做着，嘴里叨咕着："孩子等着，等着……"直到屋外其他孩子喊着"谁家有小孩，赶快出来玩"，才让自己的孩子匆匆穿上留着妈妈汗渍的新衣裳加入了孩童们节日的欢畅。

春天来了，百花没有盛开，因为旱灾；百鸟没有齐鸣，因为气候干燥。可孩子们的心野了，山上、水中，忘却了冬日的酷寒，面向大自然，向新一年的希望奔跑。他们拍着胸脯夸自己是好儿郎。妈妈呼唤着孩子们，小心别被马蜂蜇了，别玩儿冰水着凉。

操心、担心、忧心的妈妈，此时尽显慈母心肠。

孩子长大了，妈妈苍老了。孩子数着妈妈白发根根，妈妈拍着孩子叮咛声声。妈妈，您老了，好好休息，健康长寿啊！孩子，你大了，好好做事，幸福生活啊！

妈妈老了，一天天变老；孩子大了，一天天长大。年年、月月、日日变换着母子情深，编写着妈妈的故事，凝结着孩子对妈妈的深情，母子间的大爱无疆。

突然，妈妈病了，病得好重。医生、亲友、同事们都很震惊！妈妈平日里看上去挺健康的，怎么就一病不起了呢……

妈妈，妈妈，孩子们还没长大，尽管已成家有子；孩子们还没有成人，尽管已事业有成。在你眼里，我们永远是孩子！没有了您，我们怎么把家、把事业支撑。

那一刻，跪在您的遗体前，多么不想站起，就是跪上 20 年、30 年也偿还不了妈妈的养育恩德；那一刻，一束束白花放在您遗像前，多么不想让它枯萎。妈妈的音容笑貌，如在目前。

殡仪馆里，几乎忘却了自己是怎样熬过来的，只知道众人的哀思、花圈、挽联都缠绕在妈妈的身旁。妈妈好像还在人间守望，守望着孩子们的成长。儿女们也会按照妈妈的心愿快乐、幸福地生活，不让妈妈失望！

我看见了，我们看见了，妈妈还在人间守望……

满山红叶女郎樵

　　中秋已过数日，我和十多位驴友驱车二百多里前往辽西红山文化遗址的牛河梁，发现红山的枫叶今年分外红。红山文化是祖先留给我们的珍贵遗产，而离我们最近的却是红山传递出的红叶情。

　　从远处看，红山有些雾气，成片的枫树被绿绿的松柏半遮半掩着。远山模糊，近景也不清晰。高大的松柏林立、庄严肃穆，给人以进入皇家陵园的感觉。

　　满山红叶，只因那山杏的心思和绿树放肆地炫耀使红叶不能独显风采。好在眼前一处小山坡的枫树悬挂着红红的五角形叶子随风摇摆，红的、黄的叶片姿态各异，灿烂的金光把山坡染红照亮。飘落的红叶为大地铺好红红的地毯，人们轻轻地踏过，脚虔诚地抚摸，是足上的光荣，也是一次感恩。

　　大家争先恐后地拍摄枫叶，即使那些半绿半红和经风雨洗礼稍有破损的叶片也一样新鲜怡人。喜爱照相留影的美女们摆着各种姿势，好看又好笑。有限的美女们在无限的空间里尽展婀姿芳容，成就了诸多的美人图画。此时我想起了苏曼殊的诗句"满山红叶女郎樵"，以及丰子恺先生依此所作之画。此时美女们虽尽显妖娆，却没有当年轻舞竹耙怜红惜叶的村姑在枫叶映照下的风采。

美景是大自然赋予的，美女则是自己展现后由他人感觉出来的。十几个红男绿女把牛河梁半个山搞得热烈起来，赏红叶人的精气神也被染红了。赏红山红叶之游勾起了我对"女郎樵"的点点情思。

站在红叶旁追忆相隔数千年史话，感觉就在昨天，或许这片祖先生活的热土上曾发生过红颜恋情，曾有过夜宿野郊的传奇故事。如今已没人去理会先人们原始的放肆，不知谁是谁，只为相互的依存。现在人们似乎不在乎红尘之恋的倾情欢愉了，因为我们正超越着历史空间，开始着远古人们追求过的梦幻生活。

对历史文化遗址的保存、纪念是为了让后人留下记忆。但用豪华建筑来还原已经遥远了的堆堆沙土和残碎石瓦，奢侈得令先人们都会脸红，只留下红山的红叶才让人们知道她的魅力而忘情地追逐和赞美。

历史文化的传承靠教科书和社会宣传来完成，靠继承来发展，而不能去触碰和修正，当然也不是靠摄影者和喜好拍照的美女们几次红山之游就实现了的。几代人的价值观、历史观一旦被颠覆是负不起历史责任的。还是尽情潇洒地欣赏红山红叶来寄托我们对历史文化的尊崇吧！

谁的虞美人

今年春节，我提前到公墓祭奠母亲，又是想念之情去，伤感之痛回，带来好几天的心痛。

二十多年，我写过好多思母文章，每一次提笔都伤感落泪，写写停停，真想放声哭喊。"妈妈"两字让我的心异常颤动，那种思念，一直是我的最痛！

妈妈二三十岁时喜爱文艺，参加过单位文化宣传和街道秧歌队、向阳院演出，很多人欣赏妈妈的美丽，那时妈妈很快活。现在每当在公园、广场看到六七十岁老年人们演唱、跳舞、游乐，我都会想要是人群里有妈妈的美丽身影多好啊。一生最大的遗憾，是妈妈走得太早了。

今年祭扫，在妈妈墓前我端端正正地摆上一尺见方的黑框，上面放着母亲二十多岁时的照片。照片是我出书时爸爸给的。爸爸说，妈妈很漂亮，在当时农村那一带是大美女。这张是爸爸妈妈结婚前妈妈的单人照。爸爸还找了一张妈妈四十多岁的照片，那时的妈妈已经银发过半，脸上许多皱纹，眼睛里透出无奈和读不懂的凝重。妈妈为了家，为了孩子们，被生活折磨得如此苍老，失去了美丽的容颜。最后，我在文集的《情缘天地鉴》篇选用了妈妈二十多岁这张照片，制作时又稍加美化，妈妈更漂亮了。爸爸看了书中妈妈的照片流下了眼泪。八十三岁的老爸被拉回到六十年前和妈妈困苦但真实的年代，在爸爸眼里妈妈是最美女人。

面对精心制作的妈妈的照片，我跪在那里失声痛哭。哭声引来一位吹喇叭的老者，喇叭声悲哀低沉，刺痛着我的心。

喇叭声停了，一下子墓前很静。我直起腰前后左右望去，满眼墓碑和柏树，人们在各自表达对逝者的哀思。香烟缭绕，空气里渗透着深深的怀念之情。

这时，吹喇叭老者看看墓碑说："这是你母亲啊，很漂亮。"我感觉他是在安慰我，绝不是在讨好我，因为照片里的妈妈就是个美人，或者说整个墓地有照片的人中她是最美的。

我站在妈妈墓前不愿离去，好像逝去二十多年的美丽妈妈时隐时现。亲爱的妈妈，愿你的美丽永存，你在儿女心中是最美的人。

朋友圈里不乏帅哥靓女，每每打开他们的空间，都要先看相册，主要是看看朋友们的近期变化，看日志能看到朋友的思想，看相册则能看出精神状态。

我朋友的女友也加在了我好友圈里。前几天在翻找相关资料时，无意打开了她的空间，看着空间里日志有上百篇四、五百字的小文。从哀愁到自信看得出一个自勉、自励和自强的女人在展现自己的内心世界。突然在相册里我看到一幅照片，上面是女人的一双脚。

这是一双嫩嫩的脚，脚下有一个绣着小鹿图案的垫子，脚丫的上方斜盖着一个带着诸多运动图案的毛巾被。看得出这是一张图像清晰、色彩明亮、画面温馨的自拍照。

我的朋友周围有一群年龄不同的美女，他们经常结伴出行。无论到哪里都会构成一道美丽的风景线，会有好多人羡慕嫉妒。相聚的日子里，美女们把生活打点得绚丽多姿，让每个人头上的那束阳光格外炽热、温暖。

三年前的一个秋日，天稀稀拉拉地下着小雨，一位二十七岁的美女撑伞外出购物时意外遭到车祸，无情的汽车车轮从她的双腿碾过。

医护人员全力救治保住了两条腿，但大面积的严重骨折，把这位爱说爱笑的漂亮女孩一下就拴到病床上。在日后的三年里，她经历了好几个大小医院的医治，经历了几次大小手术，也经历了无数次的痛哭和昏厥。这一切她都一步一步地挺过来。

她的美女伙伴们从那时起减少了外出活动，因为少了一个美丽的陪伴；伙伴们降低了笑声，生怕打扰她的行走梦。

身边的朋友纷纷去医院探视。眼见身材修长，相貌俏丽，个头一米七的女孩直挺挺地躺在病床上，目睹美丽的花朵将残落于陋室，直叫人心酸、怜惜、叹息。

伙伴们坐在她对面，夸她细长的双腿如何美丽，是纯粹地道的T台模特。一个眼尖的小帅哥情不自禁地说："我看她这双脚最好看。"大家把目光一下聚在女孩没穿袜子的脚上，白嫩的皮肤，整齐的小脚丫，指甲像是刚刚剪过，大脚趾小拇指都涂着红色指甲油，一双脚打扮得像一幅《相亲相爱一家人》幽默画，自然大方，光彩照人。

当大家无法关注她的双腿时，脚就变成了唯一的亮点。只可惜又可怜，这双美丽的脚在这里、在此时做了陪衬，成了一个象征。她已经短时间难以落于土地行走了。一个二十来岁的女孩突然抽泣起来，说："这么好看的脚丫真是浪费了。我脚畸形，夏天不敢光脚丫，以后搞对象也得过审查关，自己好悲哀啊。"

她在床上笑出了声："把我的脚丫给你吧，那样你就会有自信，也会感受到'脚'好的幸福。"

"不行，我能凑合。要不我把双腿给你吧，那样你就可以站起来继续和我们游玩奔跑了。"

对话把大家的心弄得很悲凉，愈加沉重。

后来伙伴们拍了好多脚的照片存于各自的空间里。有人说，女孩们爱美之心，不光在脸蛋，脚下更有春光。

受伤女孩表情淡淡地不再言语。大家知道她的痛不在腿上，而是在心里。脚丫的美丽有什么用呢？又不去展览比美。脚，是用来和腿合作迈步行走的，可她是无法做到了。

伙伴们除了送花送水果送玩具，也送来不少猪排、骨头和猪蹄、羊腿。大家说，吃啥补啥。

她笑了："好在伤的是腿，要是伤了头和脸那我真得吃猪头羊脸了。"

嬉笑中，看得出她装出的淡定，淡定后的内心又是凄凉和无助。

活泼可爱的女孩受伤前参加各种室内外活动，尽显青春的活力。中学是校中长跑运动员，篮球排球都是主力，号称"体育棒子"。

她总说自己生不逢时。快毕业时因家境困难没考大学选择了上班挣钱，以保五姐弟中唯一男孩的学业。自己在饭店做服务员，后又被招聘到县政府宾馆服务岗位，把自己的青春第一季献给了餐饮服务业。闲暇之际，她随男女伙伴们外出游玩、徒步、登山，平时跳绳练瑜伽，憧憬着美好的生活。

老天不公平的一次灾祸，使她为一双腿恨着、忧着、痛着、盼着。三年里最大的愿望就是要重新站起来，走起来，让靓丽青春再放光彩。

在两年的轮椅生活里，她盼着跳下轮椅挂起双拐快乐地行走。真有了拐杖又急于扔掉它。

电脑空间里有她三年前户外游玩的倩影和三年里自我勉励的

上百篇日志，字字篇篇诉说着对生活的十分无奈百分挣扎万分渴望。

　　看着相册里这双脚，我的心里颤抖了好一阵。这双脚就是曾被夸赞、给人诱惑的美丽之脚，她用双脚把自己的内心世界表露出来，渴望站立、行走。她用脚呼唤着双腿，快让脚再次发挥本能。

　　我和她的伙伴们期盼她能走出相册，走进我们中间，共同踏上生活之途，再去领略人间的无限风光。

　　相册里的照片我收藏了，盼望哪一天它变得完整、完美……

哭
鱼

北方的冬天好冷！我曾自问，冬天的鱼儿会怎样呢？

那日去河边，偶见冰面上有好多条鱼，仔细看来，鱼儿已被结实地冻在冰层里。它们怎么会冻在冰里？为什么在被冻住之前没有逃脱？

也许，在鱼儿没有预知的时候，便被瞬间冷冻、凝固，行动不得。鱼儿们都睁着眼睛，身姿依然优美，还怀揣着无名的梦想，便长眠于冰水之中。

望着冰面，仿佛鱼儿还在游动。据说，鱼死后正常温度下一般六七个小时才会变硬。眼下的鱼儿们也只能等来年春天冰雪融化时还原于水中，变成食料，接受更凄惨的结局。

回想自己多年来养鱼的时光，可以说我对鱼曾有过一种迷恋。我伺候过的鱼儿们大多是欢快游弋，快乐成长，享受幸福的"鱼生"。

鱼，属低智商动物，情感世界很简单。但万物皆有灵性，鱼儿看似平静，其实也有悲伤，也会哭泣，只不过一霎间它们就会忘记。

鱼儿们追逐着没有终点的目标，它们向往冲出禁锢，渴望外面的世界。根本没有想到一旦跃出了那个温暖的家，可能就是自己生命的终结。

都说，鱼儿记忆只有七秒。它们在鱼缸里拼命地四处游动，要超脱自我，可七秒过后，游过的地方又成了自己的新天地。所以说，鱼儿们永远活在新鲜中。

新年伊始，我开始饲养热带鱼，开始了从不习惯到精心呵护的过程。鱼儿有红的、粉的、紫的、黑的、花的，五颜六色，好看极了。先后买了好几个大小不同、高低不等的鱼缸，配备了多种精美饲料。鱼缸里摆上了小桥、假山和水草，装饰得十分美观。还特意准备了好多小网子来接收新鱼。为了鱼儿的洁净生活，我经常囤水为鱼缸清污换水。鱼儿们在自己的国度里快乐地成长。对鱼儿的喜欢、喜爱换回了自己的悠闲和快乐，每当看到鱼儿，自己就异样兴奋。

记得曾经问过一位企业家，这么忙累为啥还养那么多鱼。回答是养鱼就是培养自己的责任心。好有道理，因为伺候鱼的过程很辛苦，要有耐性，要细心，不懈怠。时间的把握就是责任的担当。

鱼儿们自由自在地过着与世无争的日子，它们相互追逐、嬉戏着，摆动着双鳍，亲吻着水面，一双双充满好奇的眼睛张望着外面的世界。

鱼的贡献就是让小鱼儿一批批、一茬茬地到来，把整个鱼缸搅得沸沸扬扬的。在鱼儿批量繁殖的季节，我多少次守在大小鱼缸前，为鱼儿接生换缸，刚出生的小鱼们蹦跳着，活泼可爱。把买回的鱼虫用剪子剪碎，喜得小鱼们个个衔着小块鱼虫，边游动，边吞咽，动作笨拙可笑。鱼儿们变了颜色的尾尖，宣示着它们渐渐长大了。

几个月的时间，家里的鱼越来越多，多时有三百多条。鱼儿们的快速生长和繁殖，使家里充满了新的生命活力。好多时候，我搬着小凳坐在一米半高的鱼缸前，目不转睛地看那些五彩的鱼儿，自己仿佛走进了海洋世界。鱼儿们摇着小尾巴快速游动，不时地撒娇靠拢过来，问候主人也等候精美食物的再次降临。

我留恋也分享了鱼儿们自由快乐的心情，喜欢鱼儿的执着，喜欢鱼儿追求快乐、自由生活的精神。鱼儿的一生虽然短暂，但自从有了生命就在不懈努力，追寻自己的目标，超越自己的极限。在不大的空间里，与众多鱼儿们和睦相处。虽然鱼的追求都没什么结果，但这种战斗精神令人羡慕。

寒冬来了，家里的鱼每天有好多条死去，引来活着的鱼儿们一次一次的叮啄。

主人慌张起来，这些鱼儿怎么了？水脏了？有循环水泵啊！鱼饿了？食粮不缺啊！温度太低，鱼儿无法忍受过早的冰冷？养鱼常识的匮乏真让我不知所措。唯一能追究的就是主人的不精心。

细细查询得知，有些鱼儿是近亲繁殖退化衰亡，有些鱼则是被撑死的。因为鱼是贪食不知饥饱。尽管自己这么精心照料，鱼儿们还是被自己葬送了。

为失去的鱼儿，我几次来到河边宣泄着一种无名的忧伤。今天又看到好多鱼儿竟冻死在冰层里，更是惊讶和痛心。

迈着沉重步伐行走在岸堤的林荫树下，又见到片片柳叶也被镶嵌在路上的冰面里，犹如一条条小鱼儿，那种联想让伤感更为强烈，真想大哭一场。

这个冬天寒冷本就异于往年，死去的鱼儿们又把整个冬天弄得悲伤了。冰水无情，把好端端的潺潺流水变得沉静，鱼儿们也失去了自由的天地。可怜的鱼儿，无法挑剔主人的冷落和过失，无助又无奈地离开了自己的世界。

鱼儿们可爱又可气，如果再坚强些，就不会轻易遭受不幸；如果再机智些，就不会无辜地身陷冰层；如果再温柔些，就会感动寒冷，不再遭受受伤。

当春暖花开时节又一次到来，鱼儿们会重返河流，炫耀曾经的魅力，会再次充满家里的水族馆，重复一生的贡献。在鱼儿的世界里，一定会有新的、更多的追求与欢乐。

有时我在想，人像鱼儿一样活着多好啊！忘记过去，忘却烦恼，一切是崭新的开始……

用治病的钱出本书

周六上午去家中看她，都说上午看望病号吉利。最近听同学们说她病得挺重，特别想念大家，我接到信儿就从百里之外赶来了。

这位让大家现在牵肠挂肚，想起来心酸落泪的女同学叫郑伟。她上学时少言寡语，学习好，一直担任学委。别看平时跟同学们不怎么说话，课堂发言她举手是最快最多的，回答问题干脆利落，老师很喜欢她，每次都笑呵呵地点她的名字。

别看她人老实但名字很牛，同学们称她是"政委"，是全校最大的官。

郑伟毕业高考是全校头榜，进了省重点大学，专业是她喜欢的中文。她在学生会负责宣传，办了校刊叫《书院》，除自己写些文章发表外，主要邀请更多喜爱文字的同学来展示文采。

郑伟上大学体检时身高 1 米 64，大学四年后长到 1 米 7，原来的娃娃脸也长开了，小鼻小嘴配上丹凤眼细眉毛，相貌越来越像扮演林黛玉的演员陈晓旭。

前些年同学聚会时，有位男同学自喻贾宝玉，把郑伟叫林黛玉。郑伟不高兴地说，林黛玉病中获爱却不得善终，自己不想像她那样。

不料，今年春天，医院确诊郑伟患淋巴恶性肿瘤。不幸的消息让老同学们震惊，正值事业巅峰、文学上颇有成就的郑伟怎么会染上绝症！

几位女同学上庙烧香求佛祖保佑郑伟逃出苦海。一女同学含泪说自己愿意替郑伟得病，有位男同学学了几年易经八卦，天天在那儿祈福。

这些举动郑伟全然不知，她不知道自己的全部病情，甚至埋怨几个要好的女同学这几天没来看自己。

郑伟的文学水平在全县女士中属一流，是大才女。前几年出了几本书，除赠同学、同事、朋友外，在书店销售了一些。郑伟算了下，出书费用大于售书收入，她说赔本出书心里快乐，对自己多年写作的成果很满足，也很骄傲。

从去年春天开始，不到两年时间她写了一百多篇散文，还有五篇短篇小说，有些还在报刊上发表了。她筹划到年末出两本专集。费用就用积累的奖金、剩余工资和部分稿费。她核计着钱得慢慢攒，今年钱不够就等明年，总得把文字的心血凝聚成精品献给公众。

在医院的几次放疗、化疗，郑伟承受了极大的痛苦，反而使她对自己的病越来越不在乎了。她说自己是文化人，也是明白人，前些年帮别的文友处理过此类病，熬来熬去，困难了家庭，难为了大家，又没挽回生命，最终是人财两空。

这回轮到自己，郑伟想得开。别说普通百姓，就是名人伟人得病也得相信科学，尊重自然，该去的就得去，没有什么力量可以抗拒。

住院第二个月，她告诉主治医在医保范围以外的那些辅助又昂贵的物疗和药品停用，自己要把省下的钱出书，完成她人生最后一个心愿。丈夫、女儿、同学、同事们都劝她用好药和进口的药，大家可以凑钱治病，郑伟坚决不同意。她说自己的病自己知道，要有钱就捐给她出书，再无休止地花钱治病比自己得病还难受。

郑伟执拗地回家养病，她感觉自己像退休了，很清闲。天天除了做饭、吃饭、室内外简单运动，大多时间在修正原来写的小说、散文，为出书做前期准备。

在网上看到的一些治病的土方、秘方，她很相信。不是迷信网上宣传，而是花不了几个钱能治大病，自己心里舒坦些。去年春天，听说天天吃大蒜能杀癌细胞，她一天吃好几头，半口袋大蒜她像是大蒜加工厂一样一个月就处理掉了，刺激得口腔疼，胃疼，连喘气都不是正经味，浑身散发着大蒜的刺鼻味道。

乡文化站长把她托付弄的核桃树皮送来，她天天熬水喝。大学刚毕业的女儿心疼地哭了："妈妈本来有病就痛苦，现在又自己吃苦折腾自己，妈妈命太苦了。"

郑伟强装笑脸地说："偏方治大病还省钱。"

"妈妈，要听大夫的，该检查的项目、该吃的药不能停，就是卖房子卖车也得治病啊。"女儿紧握着妈妈皱皱巴巴的手央求着。

"那可不行，车是你爸的最爱，我不忍心让你爸把爱车卖了，那样他会难受的。"

郑伟对丈夫的感情很深，结婚二十多年一直惯着他，宠着他。她常说丈夫是她的生命。女儿要帮妈妈校对文字稿，郑伟不让她浪费时间，要她抓紧时间复习，考到喜欢的工作岗位上。

郑伟把丈夫定的食谱简化为一日两餐，以清淡鲜蔬为主，心里盘算着，这样一个月能省好几百元。

为了让丈夫上班精神状态好，她坚持和丈夫分屋睡眠，这样自己难受折腾也不会影响丈夫休息。

一天晚上，枕边一叠已校对好的文稿不小心碰落地上，乱七八糟地整不清章节页，她气哭了，恨自己废物，偏要拼命校对文稿。她坐在地上一篇一页地找茬接页。她自问：什么是自寻烦恼？她自答：自己正是。她又问：什么是自找苦吃？她又答：自己也是。

郑伟的身体日见消瘦，但精神头没减。为了出自己的书，她熬着日子，熬着身子，熬着心血。

前几天，同学们陆续来看她，她一直强作笑脸迎合着大家装出来的笑和安慰话。她说，那样的场面自己很感动。

丈夫这几天没上班，说是单位放假，其实是旷工在家陪她。郑伟劝丈夫，吃好穿好，学会自己照顾自己。丈夫平日少言寡语，最近总和郑伟唠嗑，有时还边说边唱地让她开心。

这次郑伟昏迷醒来后对丈夫和女儿说的第一句话："攒的钱够出书了吗？"

女儿哭着说："我不要书，我要妈妈。"见妈妈没什么反应，她在妈妈耳边说，"出书的钱爸爸准备好了，治病的钱也一点不少。"郑伟听后，叹了一口气，声音弱弱地说："钱够了就好，过些日子文稿校对好就送去出版社。"说完眼睛眯成一条缝，微张小嘴露出几颗白牙，笑了。

丈夫和女儿都转过身哭了。郑伟已经有半个多月没有表情了，一直半昏半醒，靠输液维系生命。难得的一笑，或许是她一生最后的灿烂微笑。

出版社来消息了，两本书费用减少三分之一，让郑伟安心养病。当两本文集出版后却摆在了郑伟的黑框遗像前。那本心血之作，花费了丈夫卖车的一些钱。尽管郑伟不让花很多钱治病，丈夫也把卖车的 10 万元打入医院账户确保及时治疗。妈妈不在了，医院剩下的 3 万多元女儿全都捐给了同病房患白血病的 8 岁男孩。

郑伟不会知道这些，但心里一定会知道丈夫爱车，更爱妻子，女儿爱妈妈，也有爱心，自己爱书，更舍不下亲人。

丈夫和女儿反复默念着郑伟在书的后记里的一句话：人在大病之中才能真正感受到人间大爱。

送别牛牛

当郊区那位远房亲戚把我家的小宠物狗牛牛抱进他们家里屋时，我的心就碎了，眼泪也噼里啪啦地落下来。我急忙转身快步离开那个院子。

我家的小狗叫牛牛，是两年前孩子托人买的一只出生仅一个月的幼崽。

说起养狗，起初真是无奈之举。

女儿打小就喜欢小狗，常常到别人家逗狗，也挨过小狗咬，打过疫苗。后来她见路上有流浪受伤的小狗就往家抱，有一段时间家中来了七八只狗，使本来就不宽敞的屋子更拥挤了。这人狗共处乱不说，还有一个脏。

我埋怨孩子几句，她就哭一通。无奈，家人只好忍着，也想着办法给狗们找下家，说服了许多朋友、熟人全力把狗推销出去。

小狗一只一只送出去，女儿一只一只从外面抱回家。也怪，路上怎么那么多狗！别人发现不了，单单女儿去发现去抚慰。真可怜那颗十五岁女孩的怜悯之心。

终于有一天，女儿说不再捡狗回家了。她说老师讲课时说了，外面的流浪狗身上有不少病菌，容易带来各种传染病。女儿听了老师的话，这才下狠心不去路上捡那些狗，也就不再引狗入室了。但女儿向我提了一个要求，就是买一只干净的小狗在家饲养，也好弥补没狗的缺憾。

第二天，女儿和妈妈买回的这只小狗像个玩具，体格小，耳朵大，尾巴细长，两只圆圆的大眼睛很招人喜欢。

女儿天天围着小狗转。小狗在卧室客厅来来往往跑得欢，女儿也跟着走来走去累够呛。她笑嘻嘻地说是在遛狗，我马上说："是狗遛你。"那场面挺温馨的。女儿开心最好。

女儿给小狗起了个好听的名字——牛牛。因为那段时间小狗和女儿一样天天喝着蒙牛牛奶。可以想象，小狗从狗妈妈怀抱走进新家后的两三个月里是它最幸福快乐的时光。小狗在一个新家周游着，所到之处都留下点纪念。

女儿把自己剩的一点大米饭拌上肉菜汤给小狗吃，牛牛吃相可好看了。本来是观赏宠物的小狗慢慢变成了肥肥的小胖子，走起路来蠢蠢的、笨笨的，大多时间是卧着不动，只有两只眼睛时常左右滑动，告诉别人自己是活物。

我对女儿说："这狗不能喂狂了。"女儿反问："为什么？"我说："狗这类动物在食物链中是最末端，要不过去怎么叫猪狗食呢？它比猪吃的还次呢。"女儿不服，牛牛更不服。我试着弄点粗粮、剩饭，那小狗根本不去理会，开始"拒食"抗议。

这天女儿下学回来看见小狗呆呆地趴在窝里，对她没有了往日的热情亲昵，问："牛牛怎么了？"我说："不吃不喝一天了。""是不是有什么毛病了啊？"女儿说完心疼地掉了几滴眼泪。我赶紧说："是想让你喂它。"

女儿放下书包，打开冰箱门取出一个小纸包，里面是一块牛肉，她走到菜板那乒乓一阵剁，放在一只小碗里端给牛牛。牛牛用鼻子闻了一会儿，抬起头用一双狗眼看看送来美味的小女主人，又低下头慢慢享用起来。

小狗和小孩一样都是不能惯着，几天的牛肉饮食，牛牛还真的牛起来了，别的食物根本不吃了。

我对女儿说："那牛肉连咱们都得隔三岔五才吃一顿，你可好，给小狗天天吃上了。"女儿说："那么一个小玩意，愿意吃啥就吃啥吧！"

牛牛来家里一年多了，街坊邻居不太愿意，认为小狗乱脏脏的，夏天开门窗飘过来不好的气味。但见到牛牛也会假意表扬几句。当然"夸狗看主人"嘛！邻居小男孩说这小狗像个小猪，女儿听了不愿意，就和他吵吵起来。那男生把刚学会的有关猪的词语都用上了，猪狗不如、猪朋狗友、蠢猪一个，等等，气得女儿抱着小狗直哭。

争斗中处于弱势的女孩盼着小狗能帮自己一臂之力，只可惜小狗躲在她怀里不敢露头。看来小狗觉得在主人怀抱里是最安全、最舒适的。

小区里有几家养宠物狗的，每天清晨和傍晚都是给狗放风的时间，说是遛遛狗，其实人跟着狗挺累的，不知道狗理解不理解。

这天傍晚，牛牛跟我来到楼下，趁我和邻居大婶闲聊时跑没影了。我开始四处寻找，走了十多个楼口也不见狗影。心想咋也不会跑出小区，不是钻到哪家享受更美的食物去了，就是混入其他异性狗窝享福去了。

牛牛已经两岁，到了繁育后代的狗龄。一般情况下小母狗会主动去联络心上狗来完成造就下一代的工程。最担心的却是如果真的怀了狗崽再生出许多小牛牛，那家里就更乱套了。

如果女儿见到那么多可爱的小狗一定不会送出的。

女儿回家没见到牛牛，哭着喊着满小区找。晚上9点多钟，不知是谁家放出来的，还是牛牛自己私通归来，反正牛牛重新回到了女儿的怀抱。

牛牛回来老实多了，趴在沙发垫上静得出奇。两只眼睛一会张开，一会闭上，像是心事重重，又像是疲惫不堪。女儿守在牛牛身边，眼睛时常与牛牛狗眼对上一会儿。

牛牛睡着了。女儿离开它回到自己的卧室，一会儿听牛牛打起呼噜来。没想到失踪五个小时的牛牛竟学会了一套本领，睡姿变化了，会打呼噜了，一定是在有限的时间里做了许多事。当然对于牛牛来说是很重要、很有益、很伟大、很幸福的事情。

女儿睡着了，梦里喊着牛牛。

我是怎么也睡不着。

街道动员养狗户抓紧把狗请出小区，邻居们对养狗的人家也话头话尾表示不满。一开春，牛牛那种"叫春"，像小孩子哭喊，挺吓人也特烦人。这一回牛牛外出回来，如果几个月后再生下许多狗崽，那么这个家，这个小区可能就更招架不了了。

越想越着急，正好街道社区干部们来催得紧，所以下定决心，冒着女儿回来发现牛牛不在而大闹的危险，一个上午就把牛牛送到了郊区一个远方亲戚家。也就有了开头"生死离别"的场面。

晚上，老爸来电话说妈妈病了，女儿不再为失去牛牛伤心，而是哭着要跟我上医院看看奶奶。

这时我才知道，在女儿心里奶奶最重要。

我睡了人家的床

去年秋天，去江西采风。从锦州坐火车卧铺下铺，因担心上铺的人会跌落下来而彻夜难眠。十天后返回火车的卧铺却是曾整夜担忧会有人跌落的上铺。

走进卧铺间，住对面铺的是爷爷奶奶和两岁多孙女，他们去湖南看烟花返程。祖孙三人上下铺轮番折腾，孙女由爷爷奶奶抱上去接下来，当成滑梯游戏般地玩耍，很温馨快乐。

随着孩子说睡觉，大人们也来了困意，不到晚 8 点便和衣而眠。

他们睡得真香，呼噜声阵阵，我也劳累一天急于入眠。

我的下铺一直空着，我想既然没人自己先躺一下。躺在了别人床上心总觉不安，上别人的床这词本来不好听，这回真睡了人家的床。

盖人家被子感觉没有温度，那白白的宽大被罩与被套不协调，很快被我的几次翻滚串乱套了。我睡了人家的床还弄乱了被子，意味着我的借住已经有些随意和放肆了。

夜。9点多。直快列车比起不时呼啸而去的动车逊色许多。几站后下铺的人还是没现身，我仍在下铺躺着。反倒为下铺的人不在而感到缺憾和心忧，这应该是什么人呢？

　　是一个返校的大学生？现在的学生每月定额开销由父母支付，学生们社会活动越来越多，花销也大。班内、宿舍里、校内同学生日等请宴随礼占去月费一半多，其他事情也得掏钱包。学生们习惯了"正常"开销，父母们也适应了。卧铺不太可能，省吃俭用的孩子还是不少，学业没成怎舍得这般享受。

　　那下铺是一位六十多岁老人？一生清贫俭朴，难得儿孙们孝顺，外出时办个卧铺也正常。老人们可舍不得花儿女的钱，现在儿女们不当"啃老族"老人们已经知足了。儿女的孩子出生后，还需要交给老人抚育。只要儿女们过得好，老人们依然吃苦受累、尽责任与义务从不计较，但住卧铺还是舍不得的。

　　那下铺有可能是位妙龄女孩？一般二十来岁的女孩是最喜欢享乐的，阅历少容易轻信他人，妄动自己。有多少钱就享受到什么程度，没钱再去创造机会。外出游玩、会朋友是不会挤在硬座车上东倒西歪让人笑话的，更不想把浓妆下本来面目不经意暴露。

　　想到这里基本断定下铺是年轻女孩。那样我就可以品鉴一下下铺美女的风韵成色，闻一闻头上飘出怎样的味道，如果能听到一阵阵银铃般笑声就更满足了。想到这里，我心里美滋滋的。

　　火车又停下了。看看表已经夜里11点多了，只希望这次有一个美丽女孩闯进来，"夺"回我占用了三个多小时的床铺。

　　列车又发动了，下铺仍被我占用。

　　我终于撞进了梦乡。在车站拥挤，找售票处，找安检，找电梯，找候车室，找检票口，找车厢，找座位，在东找西找中熬着时间。

　　当大家站在车厢里像在筷笼子里一样紧密地相互依靠时，从车门口进来一位和睡前想象中一模一样的漂亮女孩。我想凑过去问候一声，无奈相隔的几人如一堵墙横在那里。我举起手臂用力摇晃向她打招呼之时，我被人拨弄几下，醒了。

睁眼一看，一位看上去四十多岁的男士站在我身边。

"这是我的床。"

我猛地坐起来，环顾四周，噢，原来我睡在人家床上做了自己一个黄粱美梦。

我看看表，已是早上 5 点 10 分。我已经睡人家床铺一夜了。

我慢慢爬到上铺，躺在自己床上开始想下铺的这个人，寻思着他为什么不是我设想中的人呢。

"我跑销售的，常年在外。""咳，也是为了生活。能挣多少钱？""有任务，提成就是工资。""今年四十几了？""哪有，35。"

我愣了一下，无语了。日夜操劳，生活的颠簸使他过早地衰老。

细想起来，这样靠辛勤劳动创造生活的人是快乐无忧的。他的钱是汗水浇筑的，那汗水虽然有甜有咸但清澈透明。钱，花得坦然心安。

我突然感到，这样的劳动者最令人尊重，也值得住在下铺好好歇息一下。在他的梦里一定有钱有美女，因为他脸上始终带着微笑。

我睡了人家的床没白睡，认识了一个人，知道了一些事，只可惜就睡了一夜。

忽然我闻到一股酸味，那人在自己的床上脱掉鞋袜和内外衣裤睡了。

搓澡工的心思

　　洗浴、温泉、游泳一条龙的山庄一日游很惬意。

　　几位男士来到更衣室泳后冲淋浴歇息。

　　走进淋浴间看见紧靠小窗户的一个小方桌上站着个人，从窗口向外面泳池很专注地张望着。

　　百米长五十米宽的温泉泳池到处流动着五颜六色的泳帽，水浅处游动着赤裸的臂膀和花色的泳装。平日矜持的靓女们此时并不介意穿着泳装透着凸凹部位。

　　泳池边凉亭小桌旁围坐着身上带着水珠脸上泛着红光的红男绿女们，有的喝着饮料，有的整理泳装把水中无意暴露的部位重新遮掩起来。一个小女孩穿着粉红泳装顺着池边蹦蹦跳跳的，展示着将成为少女的俏美身材。

　　"扑通、扑通"，两个泳者纵身跳入池中，溅起朵朵水花，从十来米远处钻出水面，引来池内池外许多惊奇羡慕的目光。

　　其他游泳回来的几人不再去理会外面泳池的无限风光，只顾各自在喷头下冲洗着自己。

这时桌子上的男人跳下来，泳者们定睛一看，原来这人二十来岁，个头较矮，皮肤发黄，光光的胸前看出几处鼓起的肋骨，最显眼是下身肥大的裤衩，裤头几乎搭到膝盖，把个头显得更小了。他规矩地站在那里，两只眼睛看着淋浴头下的人，脸上挂着笑意，露出的两排小牙挺白的，样子挺可爱。

"哪位先生搓澡？"他终于说话了。泳者们才知道原来是搓澡工，看着很轻松的样子。

"搓澡挣钱不少吧？""我挣不多，可我天天看景，快乐就行。"话语中透出了美滋滋的感觉，可见游泳池里的风光让他的青春充满了激情。

隔了一会儿，见没人搓澡，他一转身"嗖"一下蹿上了小方桌，把脸贴在窗上，向外边很投入地看着池内的一切。

泳者们注视着小方桌上的背影，感到他矮小的身体渐渐高大起来。

搓澡工，普通岗位的普通人，把观赏泳池风光当作一天最开心快乐的事。他在羡慕、欣赏的同时也渴望融入其中，与美女帅哥们同池弄水，游弋人生。

小窗外泳池的情愫就是他对生活的憧憬，对幸福的张望，在他心里一定有一片比泳池还宽大的地方。他甚至想满池的男女都来搓澡多好啊，自己还能挣好多钱啊。

这也许就是搓澡工一天又一天眼中的风光和心中的世界。

我给老师当儿子

再过四个月就高考了，我们进入了紧张的总复习阶段。在这个关键时刻，我们班换了一位辅导员，也就是班主任。

这是一位戴黑框眼镜四十多岁的男老师，长方脸，中等身材，看上去很单薄。他的嗓音很亮，说话口齿清楚，像个老学究。到班级几天没见他笑过，我们班同学都挺惧怕这个严肃又认真负责的老师。

老师姓杨，我和他同姓但不是亲戚。可从第三天起杨老师对我特别关注，在课堂上手指着我叫杨新的名字。我小声说我叫杨光，可能老师没听到，又叫了一遍杨新同学请回答问题，我没办法就站了起来，很流畅地回答了老师提的问题，老师很满意。

上午两节大课，老师用杨新的名字招呼我四次答题，每一次叫得很亲切，我也将错就错，一直配合着，每一次老师脸上都能显出点点笑意。

过了十多天，老师来到教室，同学们发现老师脸色不好，眉头紧皱。大家害怕得大气不敢喘，生怕哪里惹怒老师挨训。

上课不久，老师站在讲台上一字一字叫着：“杨新同学请注意听讲。”过了十多分钟老师又提问：“请杨新同学解答这道题。”我又以杨新的名义做完了老师要求的任务。

下午上完一节课，老师当着全班同学的面说：“杨新同学认真听课，积极回答问题，提出表扬。”老师说完摘下眼镜掏出手帕擦了擦镜片，又轻轻擦擦两只眼睛，慢慢戴上眼镜。我发现老师的眼睛发红，像是哭过。我心里不是滋味。

打这以后，杨新的名字在课堂上经常出现，我也似乎忘记了自己的名字，天天听杨新的称呼开始习惯了，因为感觉老师叫杨新时的声音温柔好听又亲切。

一周过去了，老师组织大家模拟考试，我伏案认真答卷。偶一抬头看见老师站在我身边，黑框眼镜内那双眼睛瞪得老大，嘴巴紧闭看着我的卷子。我有点害怕了，肯定是我的答卷不正确，或者字迹不工整。老师不吱声，一会摇摇头，一会嘴巴发出“咂”的一声。我真的有点发毛，不知在老师眼里我这个杨新是否让他满意。

一晃快一个月了，杨新已成了我真正的名字，连同学们也都叫起来。我想，什么时候得正个名啊，万一高考时名字弄乱了就麻烦了。有几回想跟老师说出自己的真实姓名，但没有找到合适的机会，还怕老师一旦知道把姓名搞错而尴尬，所以干脆不去纠正了，反正高考时要看身份证户口本呢，那么就让这个名字一直坚持到考前复习结束。

一天回家我和妈妈说，新来的杨老师这么长时间总叫我杨新，我也没去较真改过来。妈妈很轻松地说：“老师也许看错你的名字了，叫啥无所谓，好好复习就行了。”妈妈都不在意，我想就顺其自然吧。

两个多月过去了，有一天我遇见了上高一时的老师，她嘱咐我："杨光啊，复习要抓纲答要点，你学习一直不错的，提前祝福你了。"

我随便说一句："新来的班主任一直把我叫杨新，也不知怎么回事。"

科任老师一听吃惊地愣了一会儿："什么？叫你杨新？"

我说："是啊，都叫两个多月了。"

科任老师听着，用手指揩揩眼窝，又用力抽抽鼻子，一声叹息："咳，老师看你和他儿子长得相像，就想自己的儿子杨新了。"

"什么？他儿子杨新？"

"是啊，这杨老师的儿子叫杨新，是高三学生，马上毕业高考，年初车祸没了。他是把对自己儿子的思念，通过给要高考的学生们辅导，用你替代他儿子的复习倾诉出来。他多么希望自己的儿子能像眼前这些孩子一样，实现苦读12年的大学梦啊。"

听了这番话，我的心怦怦地跳得慌乱了。多好的老师，多不容易的父亲。杨老师的心里真的很强大，这么长时间只是用一个名字告诉自己依然在尽一位父亲的责任。课堂上下跟大家很融洽，有问必答，百问不厌，真不知他的内心却埋藏着人生的巨大悲痛。这时才回想起多少次老师直眼看班级里男同学，目光很亲切，很深情，也很深沉。

我的心在流泪，算起来我是幸运的。杨老师自从看到我，像对自己儿子一样给予父爱，谆谆教导，他也从中得到一些安慰。我是荣幸的，当了两个多月杨新很值得。我在心里默默地祝福着杨老师，我愿意做杨新，好好复习，迎接高考，替代老师的儿子走进大学，完成老师的心愿。

老师，我愿意做您的儿子，儿子杨新永远爱您！

我家大哥

我家大哥今年 60 岁了。自从 21 年前母亲去世后，大哥和我坚持每年春节、清明节、端午节、中秋节都去市郊的公墓祭扫。

在母亲墓前敬上香，摆上水果、点心，烧几张黄表纸，以寄托儿子的一片哀思。随着岁月流逝，大哥和我也都老了，可是对母亲的怀念之情一直没变。

每当节日前几天，大哥就提醒我要去祭扫，对于这样的约定我们哥俩很快就能成行。

我们两家住的相隔不太远，每次大哥都在提前约定的地点等我。他每次带的祭品不少。他朝我来的方向张望，盼望早点能见到我。

当我来到大哥面前，他一定要说上几句。穿得少了吧？怎么没戴帽子啊？夏季时说，没带瓶水啊。赶上雨雪天气就说，没换双鞋啊，路滑。每一次都要关心一番。

对于大哥的点滴话语，我这么多年在感动中已经习惯了。

去公墓的路较远，也是步步上坡，大哥怕我累问我要不要打车上去。每一次我都说不。因为我想，步行去做祭扫心更诚，情更重。

到了墓前，大哥首先去擦墓上的尘土，我摆上祭品。没等我念叨几句，大哥便开始说："妈妈，我们来看您了。保佑我爸爸、我弟弟、我妹妹，我们每个家庭平安幸福。"语调虽轻，分量虽重。

到了公墓的定点焚烧小炉前，大哥先冲上去，冒着身边焚烧的别人家的烟火在竖牌上写上母亲的名字。我突然发现，大哥这些年把妈妈姓名这几个字写得越来越好看，看着特亲切。

每当这时，大哥就开始叫我往后站，说别让烟熏着，火烤着。一会儿又让我再往后点儿，说太脏。大哥忙乎着点香、烧纸，用一根不到一米长的木棍摆弄着几层正在燃烧的黄纸。股股黑烟带着小火苗和纸片喷出来，大哥全然不顾，一个劲儿地让我往后点儿。

眼看着那黄表纸和香都要燃尽，大哥才退后几步。看看我，又伸手来拍打落于我肩上、后背的黑白纸屑。还埋怨着："让你往后站一点儿，看，弄一身吧。"其实，大哥身上挂了一层白白的纸灰，连头发上都是。

我自知不能不靠前，因为我要不时地往小炉内填纸，大哥有时发现不了我也在身边。

大哥在衣兜里掏出一包纸巾递给我："擦擦手和脸、耳朵，还有眼镜。"说完又猫下腰拍打我裤子上的白纸灰。我赶紧退了几步告诉大："你的脸也擦擦吧。"

我和大哥站在离小炉五六米的地方，看那炉内的火最后熄灭才离开。大哥又开始嘱咐我："回去洗洗头，干净地上班。"还要强调几句那些老一套的说道。那种关心很亲切，很温暖。

母亲去世二十多年，大哥成了真正的大哥。母亲的离去，那些母亲般的关怀和温馨大哥继承了过来。

　　一个小时的祭扫，大哥的言行每一次都让我动情。

　　大哥今年本命年。六十多岁了不显老，心态也越来越年轻了。大哥每一次的亲情涌动更令人尊敬。大哥对我的处处关心呵护并不是因为我小，而是他在以一个大哥的心对待他的弟弟。

　　其实呀，我只比大哥小 2 岁零 23 天。

司机夏章

某公司司机夏章三十多岁，一个月前调来伺候老板。

这一个月夏章早晚接送老板到一小区，老板每一次都让他把车停在相隔几栋楼的侧面。夏章感激老板体贴下属。

这天早上下着雨，夏章到老板指定地点等候。一想平日老板照顾自己不远开，这雨天不能再让老板走七八十米来坐车，干脆把车开到老板每次出入的那栋楼下。

老板看到车在楼下，顿时大怒，让司机快把车开到每天接送的地点。

夏章先是发懵，后又感到委屈。下雨天怕道远接接，哪承想惹老板生这么大的气。

车回到楼头。见老板手持小花伞遮雨，一蹦一跳地躲着地上的雨水。

上车后夏章为缓和老板情绪试探着问："这是你的新家吧？"

老板瞪着眼睛气呼呼地说："你问得太多了吧！"

夏章司机第二天早上没来接老板。

朋友，你又一次让我心颤

朋友离去已半年，这段日子我身体也一直欠佳，减少了和其他朋友的往来，抠下手机电池造成"无法接通"状态。

自认清闲的日子，其实心中的烦和殇一直困扰着自己。想让自己清静下来，超脱一次，净化一次，想炼就一个新生命。

今天拿起手机，索性调到"搜索"键，随意地翻看联系人，十几年来他们陪伴自己都以各样号码震动后一次次地相见相聚。

每一个熟悉的名字都在眼前闪过，自己的心随之起起伏伏。

突然，一个名字跳出来，竟然是已去世半年的老朋友，我的心立刻怦怦乱跳。不知是见到死者名字吓的还是惊的，好一会儿才缓过神来。眼窝开始流出泪水。

他是我从小到大呼来唤去近半个世纪的朋友，是无话不说无事不晓的哥们。

上小学时他家是困难户，爸爸是矿山地面工，母亲是"五七工"，抚养四个孩子。他毕业后直接上班下井，生活有点好转。毕业多年后但凡红白喜事、同学朋友聚会大家也不让他随礼请吃，是想力所能及地帮帮他。

十五年前矿山破产，他下岗。他在本地、外地十多年里换了十几份工作，吃了不少苦，钱挣了些，可身体越来越糟。在外打工时寂寞劳累，闲时喝酒吸烟，熬着一个个春夏秋冬。终于被烟，被酒，被累，倒下了。

劳累后的烟酒相伴，使他的心肺渐渐衰竭。看过老中医，50元一服药，九服一疗程，他说舍不得浪费钱。

动迁搬进五楼，上楼气喘无奈卖楼重新走进了平房。

他这大半辈子没享过福，一直奔波于生活，也许抽烟喝酒就是他最大的幸福了。

半年前夜里11点多，他媳妇打电话声音哽咽地告诉我，他半小时前去世。震惊，心痛，半夜难眠。早6点坐车赶到百里之外他家中，帮着料理后事。这么一折腾，自己心脏病复发又被送回来住院治疗。

或许是老朋友折腾我，或许自己的心已承载不了太多太大压力。两颗相印五十载的心，一个停止搏动，一个病态之中，人生冥冥之中都有心灵感应。

自此心病一直伴随着服药、修养。半年多来刚平静下来的心，此刻又开始颤动了。

如果不是偶然翻到他手机号，我想把他忘记，因为想起他，就心殇。他，会是我一生的痛。

不愿意走出那道门

　　寒冬时节，在人们兴高采烈地过"圣诞节"那天我走出了那道门。

　　耳畔依然回响着单位三十多年不变的、套话连篇的退休欢送词，习惯了自己曾多次为他人开会常用的"热泪欢送"那句话，回味着接替者那么多夸赞之语，记得在岗时没有领导和同志对自己这么高评价，似有"盖棺定论"之感。

　　走出那道门，意味着再走进来自己就成了客人、外人、闲人。门卫保安会让你止步、登记、盘问，验证合格才能进入。

　　站在那道门外，脚步迈不开。双脚似乎留恋穿越无数次的门而不愿轻易地离去，那时双脚的失落感比心的失落还强烈。那时的脚就成了自己跨越时空的代表。

　　离开那道门已是午时。回望大院，冬日暖阳，被树木遮住阳光的大路小道上走向那道门的人群中不会有和自己一样心境的人，所以步伐轻松、随便。各类款式的鞋子踏着通往门的路，进出许多杂乱的响动，这是从大院里经常能传出的声音。

走出那道门的人，大多是新面孔。这些年考入、调入、借入的具有高等学历的中青年人占据了大院内各部门和重要岗位，很多领导职位也渐渐被更新，一步一步地把老同志们转换出局。这个大院的新老接替很平静，很顺利，似乎没有人再去回忆或计较过去。

目送身边走过的大院人，那道门便把自己和他们，把工作和清闲，把紧张和活泼，把约束和放松分了开来。

走出那道门，人们的说话声调都有了变化。板着的腰弯曲了，挺着的胸脯泄瘪了，走到饭桌前想的是凉快、爽快、消气、去火的饭菜，把紧绷的神经伸展松弛下来，使自己变成完全自由自在的人。

那道门里八小时是警钟长鸣，发生的故事中记录着官场百态，人性百态，人生百态。

大院扶持了企盼成材的人终成了气候，造就了胸怀大志又无用武之地的人大展了宏图，也使一些单纯的文化人成了商业利益化的崇拜者，让骄子变成了棋子。还有的在权、色、利上迷失方向，走上了歧途。

很多抱着理想和幻想的人走进那道门，骄傲地走在大院内，把宏伟的人生规划一步一步地大胆尝试和实践。有些人步子大，走得快，成功率也高。而有些人小脚慢步，谨小慎微地做事做人，这样的人不出大成绩也不会有大毛病，遗憾的是绊住了自己的脚步，错过了好多机会。

有些人则把自己调整得体，脚踏实地地历练自己，直至走上大院的英雄台和光荣榜。这就是优胜劣汰，适者生存。

那道门修缮了几次，每次都有明白人来指手画脚，但不管怎么做文章，门依然在承受着沉重的闲言妄语。

那道门见证着进进出出大院的人，目送着一批批有志青年走进去和暮年壮士走出来，这里的自然精简不会因岗位空缺而贻误工作，耽误人才。

走出那道门何必惆怅。尽管一时失落，可这是每个人都需面对的经历，包括那些总绷着脸、斜挎皮包、趾高气扬的年轻人。他们会看着大院慢慢地变老，陪着那道门把春夏秋冬送往迎来。

回望那道门，忽然感觉它高傲起来。没有门槛的通道似乎增加了一道土坎，里侧又增添了浅水池，池里浸着消毒水的棉垫，把踏进门的人双脚清洗得干净，他们才能通过那道门走进幸福又幸运的大院。

看着那道门，自己的心跳得发慌。反复地问着自己还可能再走进那道门吗？按此时的心境，自己是不愿意走出那道门。

炖豆角

记得我七八岁时，对豆角特别喜欢。那时吃上一顿豆角也不容易，妈妈做的炖豆角有独特味道，其实就是荤油加盐，顶多放点胡椒面，可那味道现在怎么也吃不到了。

在大铁锅一汪黑油油的汤里，盛出一大碗豆角，还能捞出一碗豆角豆。豆角豆五颜六色、大小饱瘪不一，但味道都一样。

那时吃豆角很奇怪，豆角丝怎么那么多，丝还有韧性，嘴里嚼也不烂。原来菜农不轻易摘下不大、不熟、上称不合算的豆角，所以豆角到家锅炖就老了。

妈妈摘豆角凭感觉把两头一掐，如两侧带出丝便扯下来，剩下的丝只靠锅炖和嘴嚼了。我吃时就用手从嘴里抻出有长有短的豆角丝，有时慢慢把丝吐出来。后来我习惯了，印象中豆角可能就这么个吃法。妈妈对家人吃豆角不挑剔很高兴，尽管她自己也常口中拔丝。

生活条件好了点，妈妈炖豆角就放些粉条，切两块肉，味道很香，更不计较豆角有丝了。

我成家后回家就想吃妈妈的炖豆角。因为有小时候豆角丝的阴影，我主动上手摘豆角，妈妈劝我歇着，我还是抢着干。可能妈妈不知道我为啥这么勤快。这时的炖豆角又有了新内容，放几块顺溜猪排骨或猪蹄，味道鲜美，吃得放心，因为不会嘴里吐丝了。我对妈妈说豆角摘得真干净，可妈妈认为把豆角摘干净是正常的，用不着夸来赞去的。

　　以后多少年，只要我去妈妈家炖豆角时，一定是我来摘豆角丝。这时听到妈妈还夸我摘得干净，我想妈妈根本没意识到过去她摘的豆角丝多的事，反正二三十年也这么过来了。或者妈妈以为炖豆角带丝增加了好吃度，何况当时豆角属上等菜整个吞掉也是为了不浪费。

　　说来也巧，我爱人也爱吃炖豆角。但是她炖的豆角味道没有妈妈做得好，可是那豆角带丝的风格却莫名其妙地传承了下来。

　　我家每次炖一小锅豆角，媳妇狼吞虎咽地根本不管什么皮、豆、丝一律咽下。而我又在忍受豆角丝之苦，心里不平，总在想摘掉豆角丝这么难吗？我不会做饭烧菜，在家只能是再难吃也得忍着。有时一想起过去妈妈就是这样做下来的，我只好继续忍气吞丝。

　　现在饭店餐馆吃饭我不敢点豆角之类的菜，同席人也不知道我为啥不爱点豆角这道菜。

　　有一天，家里的炖豆角很诱人，媳妇在锅里放了排骨、粉条、红辣椒，这是我最喜欢的配料，感觉口水、馋虫一起向我袭来。当夹起第一根豆角咬在嘴里时，又是丝丝入口，摘罗不开，我的兴奋劲儿一下全没了。我按捺不住怨气，冲媳妇发火："豆角不会好好做呀！摘干净豆角丝，说多少遍了。"媳妇满脸委屈："我摘了好几遍，谁让豆角丝这么多呀。""还是你不上心。"我生硬地说。媳妇来气了："你总挑毛病，伺候不了你了。"

我坐在椅子上生着闷气。忽然想起当年妈妈对豆角的做法，我从没发过火，今天感觉自己好像有些不应该。忙对媳妇说："今后凡是做豆角菜的事，我负责。"

媳妇还是不满意："别人都吃不出什么丝，就你事多。"我想没有必要为豆角丝和媳妇争吵："好了，难为你了，今后我们注意就是了。"

半夜，我醒来去卫生间，见厨房灯亮着，走进一看，媳妇坐在小板凳上一根一根地摘豆角丝，很认真，没发现我在身后。豆角在她手里夹去两头，再折断，几次多角度抽丝，应该说很干净了。

我的心"怦怦"急促跳动，好像要蹦出来陪媳妇处理豆角。那么多年妈妈做豆角菜我从没说过什么，现在怎么了，挑吃喝惹媳妇不高兴。我有些后悔，突然双手按住她的肩膀，媳妇吓了一跳，连忙转身站起来，面对我没说什么，只是两眼含着泪花。

"妈妈当年给我们炖豆角也没挑什么丝，现在总是有丝，真的难摘，也摘不净。是我做得不好啊，还是你口味高了？"

听媳妇这么说，我的心里又不平静了："跟你说吧，这半辈子，妈妈的豆角丝我没少吃，只是忍着不说。妈妈不容易，我能挑吃挑喝吗？"

"那我告诉你，从搞对象到嫁你家，吃咱妈炖豆角我也是伴着豆角丝每一次表现得让妈妈高兴，像你一样总夸豆角好吃。"

此刻，我俩从吃妈妈的豆角丝上找到了共同点。想起妈妈炖豆角而留下的丝，我们依然心动。因为妈妈，飘香的炖豆角和进出口中的豆角丝已成为我们心中一个美好的记忆。

我是辽宁人

难得的休假随旅行社去南方几个景区观光。飞机刚起飞十多分钟，我前排座位一位女士就发出呕吐动静，说恶心，晕机了。身边一男士埋怨一句："人家晕车晕船，你还晕飞机。"

听两人对话，我赶紧在衣兜里找出两片晕车药递给女士。女士点头道谢，男士斜看我一眼没吱声。我感觉不论是恋人或爱人，这男士都不够绅士。

大客车把三十多人从机场拉到住所。组织到景区第一站已近中午。原来这一车是一个散团，飞机上前位的男士女士和他们身边三人、我同行。男士问我哪的，我一字一字告诉他："辽宁人。"

午餐他们五人坐在一长条椅上，男士从旅行包里掏出一大堆小食品，几个人狼吞虎咽，看来这一路真饿了。

我坐在一旁独自小吃。一会儿后，他们吃完向一座庙奔去，留下不少杂物。我找出塑料袋走过去，把垃圾归拢到袋里四处看了看直奔不远处的垃圾箱。

晚饭旅行社安排聚餐，同桌那位男士对我说："辽宁人，喝一杯。"我摆手谢绝。女士说："辽宁人，心眼好使。"我笑着说没什么。

这时男士说："导游，咋没啤酒啊？"导游忙说："没安排。"男士不满，嘴里骂骂咧咧的。我见此状赶忙说："等着。"

我到附近商店搬回一箱青岛啤酒，开瓶给每个人倒上。男士不好意思了："辽宁人，真讲究。"我微笑。女士看我手上沾着啤酒沫递过来一张纸巾说："辽宁人，真棒。"

从这天开始他们因不知我姓名一直叫我"辽宁人"。

坐小游艇每次六人，他们让我上船。女士坐在船头，我让她坐里边，告诉她船头风大浪大危险。女士说："没想到辽宁人这么心细。"

五天结束准备返程。女士说："感谢你一路友好，邀请去我们那作客。"这时我发现男士眼光不时投向我，也许是在羡慕或嫉妒我这个辽宁人在女士心里有了相当的位置。

分别时男士一只厚厚的手使劲握我一下，女士则用纤细的双手握住我另一只手，两眼含情看着我，脸颊飘上两朵红晕："辽宁爷们真好，我要能找到这样的就知足了。"

我转脸看那男士低着头赶紧说："祝你们幸福。"女士说："考验到期你就来喝喜酒啊。"

车窗里伸出两只手臂摆动着，辽宁人，我们爱你！

以酒请雨

这鬼天气，连续十多天不下雨。天气预报里说的"局部地区"总不沾边，就连卫星云图中也没有位置。惹得老农们愤愤不平，这雨怎么总在"局部地区"下呢。

农民大田是水浇地的有些指望，能抗过一般旱情，可山坡地、沟壑旁和未达到水浇程度的地只能靠老天帮忙。

一朋友家在城郊住宅小区，生活得很滋润。楼群后各家都有近四十平方米的空地，原来是杂草乱石，后来这一栋一楼十户人家联合清理并各自围好栅栏形成了十个小院，再后来又变成了小菜园。各家根据需要种各类小菜，品种齐全，绿色怡人。

如果在城里，小区严格限制私家菜园，主要原因是节省水。郊区的住宅供水是大井提水，水源还算丰富的。

但是老天已近二十天不下雨，水位也下降很大，井水已满足不了小区用水，所以小区的菜园和农家大田一样都渴望雨水的降临。

这天，朋友四人来到小区说是参观传说中的"极品菜园"。

主人热情接待，一致同意晚餐就在小菜园里摆上小桌，弄点凉菜，泡几瓶啤酒，算是冷餐会。

夜色悄然来临，伴着阵阵小风天气忽然变得凉爽。有位朋友说可能是下雨前的征兆。朋友们一听大喜，盼雨多时，如真能下场雨哪怕是小雨也能缓解一下大田小园的旱情。

大家共同举杯，以酒向老天求雨。连干三杯啤酒，如果真下雨宁愿在雨中淋浴，雨中饮酒，庆贺甘露降临。

这天老天爷好像理解了朋友们的诚心诚意，或是在刻意考验大家，雨真的滴滴答答下起来。

雨水落进菜盘，不介意；雨水滴进酒杯，不在意；雨水浇到头上顺着头发流到脖颈，大家才开始在意，因为此时雨愈来愈大起来。

大家搬着小桌躲到雨搭下，欣赏着直线而下的雨浇到树上，落在花丛，铺在草坪上。

雨下了一个多小时，慢慢停下来。天幕还是灰黑，看来雨随时还会下。朋友们很高兴，久旱多时，这场雨很及时，很有用。

几人围着小区漫步在甬道，一直沉浸在雨后的心旷神怡之中。我们欣慰以酒请雨的成功，尽管有巧合之嫌，毕竟天公作美成全了我们的心愿，当然很开心。

朋友家菜园的秧苗被滋润了，明天再看一定长高不少，农户大田更是喜逢及时雨，庄稼会茁壮成长。

回想一下，我们还有一份忧民之心，有怜惜农时，珍爱粮菜之情，尽管被雨浇了一阵，值得。

我家乡也有『花果山』

我家乡辽西北票有座山叫"花果山"，它没有《西游记》里花果山的虚幻，它实实在在是家乡最美的山。

"花果山"形状像个圆圆的馒头，有数十种花木和十来种果树，"花果山"之名当之无愧。山上群山层叠，树林葱茏。山腰间，时常白云缭绕，轻云薄雾飞来荡去，恍似仙境。茂密的灌木丛林里，鲜艳的野花在山风轻吹下翩翩起舞。山下的几条沟壑有泉水细流，形成几个小池塘，点缀着山水之景。这些池塘，因长年水流进流出，所以一直水质清澈。鱼儿们成群地游来游去，小青蛙在岸边跳跃。池塘边各色花草，红黄粉白相间，衬托着池塘的美丽。一群群黄鸭白鹅从山下农户家走出来，在这里嬉戏玩耍。

山东北边有一个七八十户的居民点，大多人家是百十年前从山东、河北一带闯关东迁徙在这里，靠采摘山货和养殖家禽生活，繁衍三四辈子。这里的鸡、猪、鸭、鹅是正宗"溜达"的，果树有苹果、酸梨、山楂、大枣、山杏等。虽靠近县城，但依赖木柴和庄稼秸秆做饭取暖，属于半原始的田园生活。

县城方圆不到三十里，三面环山，"花果山"就是守候县城南大门的山，后来建设成了公园。

这座山曾经是日本侵略中国在当地开采煤矿时设置的一个军事指挥所，站在山上可俯瞰全城，后来又成了中国人民抗击日本的前沿阵地。前些年还有战时的壕沟、掩体、小楼，虽经公园多次修整，历史的痕迹很多，也成了老年人一次次追忆的地方。

"花果山"已成为人们饭后茶余的休闲之地。每次去花果山要攀登250个坡度不小的台阶，都怪山顶的漂亮凉亭的一次次诱惑。

城区有高楼建筑，万家灯火，背对灯光踏着台阶向上攀登，身影照射在面前，随步伐而晃动。晚八点后照射在通向山亭的灯光更亮，身影也越来越清晰。

站在亭子上展眼望去，一条闪着白光的小河横跨城郊。城区内斑斓的灯光下楼群高低错落。山下树丛中太阳能路灯点亮着山间两条环山小路，平整的路砖方便着人们游玩。

山下灯火通明处是休闲广场，高大的四个立柱灯照亮了半座山。广场四处播放着节奏感很强的音乐，喜爱健身的人跳着交际舞、健身舞。跳绳的人绳技高超，变换着花样，吸引众人驻足欣赏。欢乐的人群把夜晚的山、林、亭都感染得欢乐起来。

我为家乡"花果山"有悠久的历史、美丽的风光、幸福的人家、健康的人群而感到自豪和欣慰。我无论走到哪里都会情不自禁地夸赞：我家乡也有"花果山"。

我爱大鹿岛

初秋时节，我来到辽东重镇丹东，只觉得大鹿岛模样很特别，它和浙江舟山群岛的普陀山，栖居南北，各有千秋。

对于游岛，这些年来我有过许多经历，尽管印象不太深刻但记忆还有。坐船、登岛、上山、下水，虽折腾着身体，却快乐着心灵。

这次来大鹿岛，又来到了一个仙气与灵气交织的地方。

大鹿岛自然有它神秘传奇之处。很久以前玉皇大帝派两个仙女下凡到人间，一个成獐一个成鹿，后遭猎人追杀跳进大海，变成了一个獐岛，一个鹿岛。

置身于岛上，立觉神清气爽。一条长三公里，纵深一公里的海岸线吸引着各地游人欣然而至。

细腻的滩沙，无礁石的海底，平稳的水面，令游人们流连忘返。三五只渔船在不远处动摇着，吸引着游人蹚水去探寻和挑选刚捕获的用竹筐网套罩住放在船舱海水中的对虾、螃蟹、海螺等几十种海鲜。

岛西面山崖处有个"滴水壶"，是一个永不枯竭的水潭，岛上人习惯饮此处的分外甘甜之水，这里的人就都有了仙气和灵气。

月亮湾北侧小山上，有棵三百多年的嘎巴枣树，当地居民说吃了枣树上的东西人都长寿。

大鹿岛星级宾馆和居民小楼星散在海边，酷似海上小城。

高耸矗立的邓世昌塑像一次次把人们带到发生在大鹿岛前黄海上的中日甲午海战的年代。旗语台、炮台、石砌马道都铭刻着昔日的烽火。

月亮湾是天然的浴场，诱惑着身着五彩泳衣的男女老少追逐海水的涨落。几个年轻男女手拉手成一排向海的深处走去，走了二十多米水深没多大变化，只是退潮的小浪显得猛一些，再向前二十米也只是刚刚没过膝盖。还有些人用海沙泥涂满全身把一个个人弄成雕塑，再迎着滚来的浪花，从头到脚被荡涤的一清二白。

夜晚，涨潮声伴着岸堤上篝火晚会的喧嚣和小卖摊主的吆喝把岛弄得分外热闹。有心的商家借此在门前燃起了大城市禁放的烟花，照亮了半个岛屿的夜。游人们迎着头上花开花落的方向，相机"咔嚓咔嚓"地疯狂响着，想把精彩瞬间留住。

清晨，我站在海边想了很多，静静的大鹿岛在辽东一直守望天辽地宁的家园，默默奉献着美丽和传奇。

又是一年中秋节

　　每年中秋节，我和哥哥都提前几天来到公墓，表达人子的哀思。上午回到单位，心情很久静不下来。隔着办公室窗户向外望去，市医院的大楼高高矗立，看见这些我的心又颤动得很。这里一定有很多患者企盼着中秋回家团圆，而我的妈妈就是在这里走进了天堂，再也不能与我们团聚。

　　妈妈离开我们二十二年了。她年仅五十八岁就离开人世，怎么不叫儿子们深深思念和愧疚。是儿子无能，还是医学无奈，慈母再也回不来了。二十二年里我和哥哥每年的春节、清明节、端午节、中秋节都怀着沉痛的心情去扫墓，献上贡品，寄托哀思。从没间断的一年年，一次次，每每都心痛不已。

　　二十多年，我们想念之情随着年龄增长，越发怀念母亲，我也写过好多思念母亲的文章，每一次都是泪流满面，写写停停，痛心不已。

　　母亲没享过福，没住过楼房，没看过手机，好多好多她都不知不晓而遗憾离去。母亲去世时只有五十八岁，那时她显得很苍老。翻找她四十多岁的照片，她已经银发过半，脸上皱纹许多，眼睛里透出无助、无奈和读不懂的凝重。那时的妈妈比现在同龄人要老了二三十岁的模样。

每当去公园、广场锻炼时，看到那么多六七十岁的老年人唱歌、跳舞、游乐，非常羡慕，也很痛心。总想，人群里要是有妈妈的身影多好啊。这些老人们多幸福，可妈妈真没福。

住了三十多年的旧平房要动迁住新楼，妈妈去世了；尽心哺育的三个孩子都结了婚，儿女们还没尽孝心；两个孙子、一个外孙子健康成长，该享受天伦之乐了，妈妈离世了；孩子工作稳定家庭事业有起色了，妈妈离开了。一生的遗憾，就是妈妈走得太早，时常想起，总感觉世道不公，对不起妈妈。现代医学怎么就没有能力救治妈妈的病，挽回生命。

每年的母亲节我不敢想也不敢写，只有用其他方式分解我的深深思念。22 年，我的心碎了一回又一回，泪水流的无法计量，只有思念一直一直不断、不变……

寒酸的晚餐

初冬的十月末，乘坐去江西新余的火车参加《仙女湖》采风笔会。临行前准备了北方特有的咸黄瓜、咸鸡蛋、花生米，伴着杂粮蛋糕整装出发。

火车行驶到晚间用餐时间，我一一拿出可心又可口的主副食依次摆在小桌上。我暗喜这些美味食物也许其他旅客没有，可当我前后左右环视一圈后，突然有种说不出的感觉。

看人家摆在桌面上的是烧鸡、烤鸭、火腿肠和蛋黄派加上瓶装奶品，我顿时口水肚里咽，叹了一口气。

在家时经常参加宴席，鱼肉蛋菜俱全，且常说腻了，而过两天还要享用。那时把粗茶淡饭当解馋，咸菜也只当开胃小菜。

那样的日子，那些饭桌上的快乐，今天在火车上似乎一扫而光，感觉自己被冷落一旁狼狈起来。

多年不坐火车，不晓得餐车上还有好多可口饭菜，也有推车串来串去的卖货男女。尽管价位比车下贵一些，但还是及时、方便、可口，许多旅客还是舍得掏钱来真正体验"穷家富路"的旅途生活。

我特意在车厢小道上走了个来回，用眼快速扫描着就餐者，他们的主副食的确挺"豪华"，最次也是一碗价格5—10元的面了。

　　回到自己的座位上，看看眼前的食物，还是感觉有些寒酸。这时也饿了，可吃这些东西又怕遭人冷眼，踌躇一会儿，干脆低下头埋头苦吃。边吃边安慰自己，自己是因血糖高、血脂高才用这些粗制品来虐待自己、寒碜自己的。人，要学会适应在各种环境里生活，做自己喜欢的事，选用自己喜欢的食物，不能攀比眼热，心态最重要。

　　这样一想，自己心情好多了，一鼓作气将半根咸黄瓜、两个咸鸡蛋、一袋杂粮蛋糕全部消灭。

　　这是我多年来吃得最多、最香的晚餐，因为我的心情被释放了。

窗外的灯光

夜深了。列车此时正以每小时 125 公里的速度行驶。在一个陌生的环境里，我怎么也睡不着，索性撩开车窗皱皱的布帘向窗外望去。

靠近车的大小物体都在眼前一晃而过，而远处的灯光却慢慢悠悠地随我的目光移动。我欣赏着，幻想着。

星星点点的灯光，那里一定是村庄。此时劳累一天的农人早已歇息，射出光亮的大多是孩子们在挑灯苦读，妈妈正在为孩子做过冬的衣裳和明早的饭菜。灯光虽弱，虽少，但显得很柔和，很温暖。

眼前闪过来成方格状的排排光亮，那是工厂上夜班工人们火热劳动的场面，通过不变的灯光告诉路人，有产业工人的活力就有企业的生机。我企望这里的夜晚灯光持续明亮。

看上去溜直成排的炽亮灯光，那是城镇的标志。人们常说一个有活力的城市要具备三种功能：一是公交，二是公厕，三是灯光。

随着城镇化步伐加快，小城小镇也都亮化起来，说明它是有财力和能力让光明伴着城镇公众度过黑夜的。

我的目光又开始向上看。原来建设中的高铁的灯光高高在上，很整齐，很壮观。现代化的交通不仅让高速公路随处可见，就连高铁也横空出世。当人们还叫不准什么是高铁时，它已实实在在伴在身边了。

列车来到一个站点。小站自有自己的特点，灯光有红有绿，夜里的小站被装点得很气派。

没见有多少乘客上下车，站台上铁路工作人员依然站立整齐地为停车后上下车的旅客们服务。偶见有接站人员高呼某某姓名。

列车停的时间很短，很快又把我带入探寻窗外灯光的时间里。

我想，还是让灯光陪着自己入睡吧，那样我和灯光都能得以休息。

因为，明夜，窗外还会有闪烁的灯光。

走进下保村

新余市文联和《仙女湖》杂志李海球主编带领我们去参观一个村，一个全省最优秀的村。到了村部才知道这个村是全省乃至全国一个"下保模式"村。过后不禁惊叹，遥远的山村竟然建设得如此美好。

进下保村的路很长，从县城到村里走了近两个小时。

这是通往下保村的唯一的路。路不宽，走一辆客运大巴稍有余地，路的一侧是山，一侧是水田，再往里是一条小河。山一侧是坡度不小的成片杉树林，每棵都有碗口那么粗，当地人叫它沙树。

水田一侧分块不规则，地里呈现着农家菜园风格的片片植物。几位农家戴着草帽正蹲在那里劳作，分不清男女老少。

那边几头灰黑色水牛在已割过的稻田地里边走边吃边看。一只浑身无毛，尾巴翘得高高的小狗左右张望，慢慢悠悠地走着。这里是一片祥和静谧的景象。

路边方格式的小稻田里，被割过的第一茬稻草齐刷刷地矗立，旁边又竖着一个用稻草扎成的两米多高的草塔，像云松树又像是戴着草帽穿着蓑衣的警察。我和大家好纳闷，不知它立在那里做什么用。

在一块块的稻田里还有就地攒起来的稻谷枝扎成的小草人，整齐列队在仍流淌着水的田地里。

据同车懂农事的人介绍，那一片一片金黄的地方是尚未成熟的二荏水稻。我只知道过去金黄稻田是丰收的景象，而此时的金黄竟是尚在茁壮成长时期，当稻子成熟了会变成深深的黄土色，也没有了往日的娇娆。

最吸引目光的是路旁的橘子树，长得只有一人多高，但青黄色橘子挂满枝头，好像一个个金蛋，大模大样地展示自己。它唾手可得，无奈车内的人只能望橘兴叹。

车上的当地人引导大家看路两侧开满白花的山茶，我们刚摆脱了金橘的诱惑，又开始欣赏洁白妩媚的茶花。

在东北家乡，在单位，山茶花一般作为高档盆景摆在案头，没想到这里随处可见，仍不失高贵的本色。这时几只羽毛黑白相间的小鸟盘旋在车前车后，吸引着同车人。

当地引路人告诉大家，这里的育苗业很有名气。我们隔着车窗向外望去，那些葱绿色的东西不是什么蔬菜，而是橘子树苗、松树苗和其他各种苗木。这里培育的苗木已遍布全省大地，也是当地百姓脱贫致富项目和拍胸脯夸耀的产业。

车快进下保村时，我们望着树木林立中矗立的栋栋小楼，心里发痒，急着走进村庄。可是路又出现了状况，一辆装载移植松树的大货车挡住了通道。

大家都在预测怎么化解。当地引路人是乡里一个中层干部，他走下车不知和对方叽里咕噜说什么，回来与司机交代几句，让我们的车后退。

一百多米的路，开始检验司机考驾照时的倒车功夫。真不错，司机顺利通过全车三十多人的考试。两台车串出了可顺利通行的地段，我们的车径直奔向相隔由近到远又从远至近的下保村子已近中午。

在村里看到的是一派新农村的喜人景象。

拾级而上的心事

跟作家采风团去井冈山，头晚一夜难眠。井冈山的记忆一幕幕在脑海中闪过，那次记忆里有我工作的一次转折。

五年前我第一次去井冈山时，心里总想着一个事，一路没说出口。几次下决心把憋在心里的话坦露出来，争取有个好结果。

第三天上午 9 点，我随领导们顺台阶走上烈士纪念碑敬献花篮。走在台阶上我们步子很慢，但矫健，场面庄重，每个人表情严肃，大家一步一台阶走着。

我因为喜欢运动，从小爱登山，这点坡度的攀登显得很轻松。

没走到一半时我竟然追上了原来最前排的人。我转头一看，嗬，是和我们主要人物圈在一层台阶上。我感觉不太自然，想说点什么又没有多大胆量，就随着领导们的速度踏上几个台阶。

终于我忍不住了，对身边主要领导说："现在太累了，想换个地方。"这时那领导才抬起头转过脸看了我一眼。在这之前的时间里他根本没有注意到我的存在。

沉默几秒钟，他说："啊，回去考虑考虑吧。"我听后还是有些激动，好歹人家没有正式推脱或拒绝。

　　眼看要到台阶上端，我赶紧停下脚步，怎么不懂规矩也得让领导们走在前面先上最后一台阶，因为还要主持献花仪式呢。

　　短暂的仪式里，我发现领导的表情一直很凝重，本来很大的双眼皮大眼睛总是眯成一线。

　　我想是缅怀先烈们呢，还是在井冈山的精神洗礼中而感动呢？或者是人们常说的，要想进步高升先登井冈山，在做此盘算呢？忽然我想到，是因为我提出调整工作岗位让其发怒，认为我怕劳累怕担责任不安心工作跟组织提要求出难题。

　　想到这里，我的心紧张起来。离家千里之外要是把领导气个好歹，我可要负历史责任的。我越想越严重也越离谱。

　　那个景区人很多，但很有秩序。人们都觉得在这里要安静不能造次，那样会惊醒英灵们，自己心里会不安的。

　　可是我的心真平静不下来，开始后悔偏偏在这里，在这个时间段，在这么个庄严时刻给领导说一件在他心里最小的事，搅得两人心里都不平静。又一想可能是我想错了，人家根本就没在乎、也没在意你说的什么事，或许左耳听右耳就出了，我是在自作多情。不管怎样，盘亘在心里好长时间的想法终于表达了出来，管它后果如何。

　　井冈山归来没几天那位答应回来考虑一下的领导调离了，就是说我和他在井冈山说的事他真不管了，我又一次陷入了胡思乱想之中。

　　时隔五六年我又来到井冈山，还是那步步的台阶，但身边已没有了想表达想法的人。

　　怀念那段时光也想念那个给我留下回去考虑的诺言的人。

　　因为，我现在不需要了。

沉重的下铺

坐火车长途旅行去南方某市，购票喜得卧铺下铺，自觉能行动自由又可安然入睡。

那个拥有上下三层共六个床位的小卧铺间很干净，我进入后独自一人也很安静，心中好生惬意，便盘腿上床喝茶休息，很舒服。

过了几站，卧铺间内陆续入住几个人，我起初不太在意，可当我的上两铺依次躺下两个人时，我的心一下就紧张起来。

这两人一个比一个体重大，都在二百多斤，就是说我的上面有四百斤肉体悬着。躺在下铺我感觉上边两床随着列车颠簸一直在摇晃。当他俩翻身时便发出闷闷的声响，仿佛又要坠落下来。

我两眼直瞪，一直向上边看着。心想中铺对他的上铺是否也是这个心情呢？我没敢入睡，甚至竖着耳朵聆听上边发出的不正常响动，或许随时能塌陷下来。

夜里十点时列车走廊熄灯了，我的心也渐渐地平静下来。可中铺的男人却噼里扑通地下床了，可能是去解手或出去自由放风。不到一刻钟那人回来了，很费劲地爬上中铺。他翻了几次身就传来呼噜声，我的心也再次安静下来。

　　过了不多时，上铺的小伙子也翻身下床了。他的动静不大，但嗓子眼干咳出好几声，夜深人静声音很大也挺瘆人。那动静我很熟悉，是喝酒后干渴的症状。小伙好半天才回来，那么他出去干什么呢了，让我耐心又焦急地等待了好长时间。

　　他很快平静下来，没有呼噜声。但他睡与没睡我不能穿透床板得知，反正我没有入睡。

　　我这时觉得自己是满车厢离地面最近的人，车轮和钢轨直接碰撞发出的变轨、加速轰隆声音很大也杂乱，刺得耳膜嗡嗡作响。

　　我想住个下铺虽然喜欢，可真觉得心情挺沉重的。不管怎样我心里有底，因为熬到天亮一切就会好起来。

阳光下的冰雪路

　　每当阳光灿烂的日子，我的心情就非常愉悦，那时想的最多的是让热烈的阳光一直温暖自己和他人。更多的渴望是阳光普照人生之路，让人们在阳光大道上快乐、健康地阔步前行。那时阳光路上一定宽广通畅，充满鲜花和祝福。

　　万物生长靠太阳，人们向往阳光才有了对太阳之神的敬仰，如果把阳光比做幸福，那么阳光就是人间最贵重的礼物。

　　这个秋末冬初我还没来得及收起阳光打包寄给人生之旅，它就悄悄地溜走，而且走得好远。

　　今冬第一场大雪兴高采烈地到来了。

　　雪，飘舞着从天而降，不管人们喜欢不喜欢，它还是一股脑地飞落到各个角落。

　　寒冬里的雪景让很多喜欢摄影的人异常兴奋。雪中、雪后拍了那么多的雪景，孩儿们在院子里高兴地堆起雪人，女孩们身着各色服饰照相留影，文人墨客们把雪景折腾得够呛，雪中雪后的快乐亲昵、爱抚和感谢这场不速之客。

雪后的路面，人们不及时清除，就会形成厚的或薄的冰层，也就成了冰雪路。不知大都市的冰雪路能坚持多久，小城的路和小区的路冰是要维持好久的。

路上，有半化不化的冰坨，好多杂物掺进已冻冰的路面，显得杂乱。不多的车辆慢行也出现了侧滑，解冻的冰水被车轮溅起些水柱，一次一次泼洒在行人身上。

路上的冰是阳光的不热烈与雪的倔强而铸成的，现在它不愿融化，不想融化，而是喜欢阳光的照映，晶莹地反射，为自己争得一点宠爱。

前行的人小心翼翼地在冰上行走，抬头看着太阳，虽炙热刺眼，但充满信心，渴望与祝福着阳光的伟大爱心。

冰雪路有多少艰险，阳光不知道，它把光热洒下，任凭路冰去自己消化、融化，自己去解脱自己。

那一日，雪后我包裹严，外出慢步行走。经过路上冰渐渐融化成的冰水中时，鞋浸湿了，脚感觉冰凉，但是为了走过这段冰雪路，也只能冒着冰寒，忍着脚痛，向前或向寻找不准的目标前行。

路过一个小小的冰坎，脚步便迈得十分小心。怕触滑到冰边缘，怕踩在冰水中心，怕打乱冰两侧的平衡，怕终于迈出的那一步带来风险和无辜，一旦跨过，可能有自己的不安与不幸。越位跨行，有些胆怯，思忖半天，跨越不到位，姿势不端正，对岸不喜欢，此岸不满意，等等，都要求你在冰雪中行走得格外小心，比一场竞赛还难，不仅累体还要累心。其实，这就是一次竞赛，是优胜劣汰的对决。

行走在阳光下的冰雪路上，还要经过一个小小的转弯，这可要费尽心机。怎么转，转多少度，既转得合身合体，又要合理合情。弄明白什么步子能配合自己身段的转体和扭动。大步太急，小步不到位，中步适合但难以掌控。用尺量，两头按不住边；再量，尺度把不准；还量，尺又出了毛病。总之，关于尺度，只能靠心计才能完全确定。

定准了行走转向，还要校正方向。哪里是目标，哪里是最近的目的地，哪里是最佳的运具，需要心明眼亮，瞄准方向，查清路障。当要透过大雾迷茫时，是难以用肉眼穿透雾霾，必要时得动用透视灯、穿雾镜等工具，这样才能使自己不至于迷失方向。

能意识到冰雪路的这一次转弯，是人生的又一次选择。尽管阳光照耀，但需领略阳光下的风寒，要正视眼下的冰雪路，把身上的寒气果断地置于地上，吸收丝丝暖暖的地气，供养你的全身温暖与太阳接轨。

行走的这条冰雪路，头顶的阳光依然闪耀，脚下的潺潺流水是冰雪在阳光作用下融化的感动回报。让冰雪路少点坎坷，阳光一直在努力。只可惜，月球、地球不公平地转动，扭曲着一次次方位的标准，周期的轮回，常常留给争取阳光的人更多不确定。

晒着太阳，会被阳光刺穿，暴露你不成熟的变幻，进而会抛弃你。如果幸运，你将于凡间镀金，经受折磨与考验，等待来日的回报。到那时你的金身应是足金足两。否则，你没去精心经营自己，吃喝玩乐，贪图安逸，造垮了自己的身板，也就失去了享受阳光得到的幸运机会。

可爱的阳光，把热能传给渴望温暖的人，哺育着新生命的健康成长，而阳光同样让惧怕阳光的各类人不得不去逃避或无奈地伪装。

阳光戳破层层冰的层面，透出路的本色，石板、碎石、沥青、沙土、花岗岩，哪一种都足够称得起太阳光的分量。

一条不宽不窄的小路，不记得往日无数次是怎么行走的，感觉很平淡，很平常，一旦来了冰雪才觉得这条路真的不好走。

寒夜。睡梦里摆上香台，燃起五炷香，跪拜佛像前祈望阳光照耀，寻求福禄至、幸事临，梦呓中呼唤着太阳，太阳……

按《周公解梦》释：梦见太阳是向往雄男来保护，来扶持助力。可有的书偏偏说，梦见男性是小人入梦天气阴暗易遭挫折。我不顾迷信，闯到天明，默默祈祷神灵保佑梦想成真。

清晨起来发现，真就来了雪，又演变成冰雪路。难道夜里的阳光不是和梦相对？是否应验着阳光下人生之路的艰辛。想得开些吧，梦中遇见太阳总比梦着憋在阴暗中爬行要幸运得多吧！

我始终坚信阳光都是伟大的！

阳光温暖，那是大自然的赋予；雨露滋润，那是人的感受与追求。

前夜的雨雪，没有完全结冻，冰雪下偶尔流出细细的小水流，哗哗的声音很小很弱，默默地穿越冰雪路面、路基流向低洼的地方，静静躲藏起来，躲避着路上的胶着和碰撞。

这夜，寒冷突至，毫不留情地把雪水冷冻封存，像远古的化石保存着各种形态。冰雪被车轮、人脚踩压得形成好多横棱、冰窝，布满大街小巷。此时，人们在冰雪路上只好以探雷式的步伐前行。

路旁两侧的商家们，有些还算勤快，起早除雪刨冰，把好长的大街形成了分段冰雪路。这也没什么可指责的，"各扫门前雪"是城管部门确定的责任制。

路，总会被大自然或人为地制造出些故事来，让讲故事的人去解读故事，让写故事的人来寻找故事。最后的故事，都成了关于太阳的故事，那就让太阳给人间更多的故事吧！

故事里还会再现阳光下的冰雪路吗？

飘落的树叶

　　漫步在回家必经的这条小路上，路旁五棵并排生长的杨树一次次地送往迎来，让我激动过也惆怅过。

　　这五棵树挺拔屹立，都有十多米高，十来年生。每次经过或绕道来到这里，我都驻足凝视，培养着对树的感情，深深感受着它的呼吸、味道和神采。

　　初冬时节，在小路上我几次止步，仰望着那五棵杨树，心情沉重。见不规则的一片片黄叶不断从树的各个角落飘飘而下，折腾几个跟头，摇摇摆摆地落在树根部，然后带着几分无奈和伤感与伙伴们先后聚集在潮湿的土地上。它们不安分地翻滚移动着，勾画出了地面的黄金图案。它们在等待风的传送和雪的覆盖，最后化作泥土碾作尘，走完不悔的一生。

　　秋风曾为它们喝彩，秋雨也为它们伴奏过。它们没有挣扎，没有悲伤，按自己的生活轨迹走着属于自己的路。

　　小雪过后，树枝上稀少的金黄色树叶还在轻轻飘落，偶尔飞至眼前，贴在脸颊，落在脚下。还有调皮的叶子落在头上，轻柔得没什么重量，感觉像中了彩一样的幸运。这种心态也就是对树叶的喜爱和留恋吧！

不禁想那一片片叶子曾经的经历会是什么样子呢？

在春天，那些新鲜的绿叶，娇嫩可爱。它们渴望、期待着与伙伴们共同成长，增添树的魅力，把绿色洒遍人间。

可春还未尽，不知是春风的力量过失，还是春虫饥饿地蚕食，或是树无情地抛弃，嫩绿叶儿春的美好梦想尚未长大就过早凋零，脱离了母体，跌落在无人问津的地上，也许能换来行人的几声叹息，就再没人去记得它的昙花一现。人们欣赏的目光仍习惯地向上看着……

夏日的叶片，是在渴望秋的成熟中度过的。日日夜夜遥望秋的来临，以在丰收季节享受收获的喜悦，祈福着和伙伴们一起牵手同行。但阳光、雨露的竞争过度却把一些先天不足者无情地挤出局，它们无奈又无助地失去了向往的目标。

叶儿们叹息着，疑惑着。本来春季里熬过了坎坷的风雨时节，勇敢地闯入了夏季，夏，却没给它们机会去拼到秋日的金黄。在半青半绿中无征兆地跌落树下，根本没人去理会自己奋力生存的一春半夏，遗憾地告别依存的树干空间来到陌生的土地，最后又被雨淋风吹得不知所向。

那些美丽的叶片告别了曾经充满理想和幻想的树体，虽然它们在一个时辰生长，却不能在一个时期凋落，这就是富有理想化、哲学化树叶的半生。

深秋里，树木准备过冬，储藏营养，便开始卸载减负，绝情地把那么多的留恋强制性脱离母体，这个过程是集体性地脱胎换骨。叶儿们自认已经长大，完成了陪伴树木从春走到秋的任务，没有必要还粘在树上。其实，树叶儿们也在逃避着冬天的严酷，怕冷风日夜袭来，那种摇晃的恐惧不知会被折腾成什么模样，也许破败残损，也许他乡遗落。这些落叶跳着生命中最后一支离别舞，带着好多的凄凉，也把整个秋天弄凉了，所以才有了冬日的来临。

风雪来了，遗留在树上的叶片怎么来承受片片雪花，那需要用自己的毕生承载来自上天的力量。晶莹的雪花片片轻盈，也给叶片们带来欢喜，喜过之后就是雪的不断施压和加力，叶儿终于忍受不了折磨，抗议着雪的无情，风的不义，愤然逃脱，回归了大地，来享受地气的温暖，诉说一年的经历和曾经的精彩。

树干挺立在风寒里；叶儿黄了，飘落于自然中。

冬季来了，树又开始做着来年的春梦。在老树新枝多处留下来年的生育窗口，期待春芽会从这里长出煊耀一生的嫩叶，再开始重复前辈们生长、衰落的过程。

让叶片最欣慰的是伙伴们一年年的增多和树体的粗壮，这样一茬茬新生的叶片们更有了安全感和依靠力量，这种轮回就是树的岁月。

自从对这五棵树有了微妙的心情和感慨后，自己更加关注它了。有时早晚特意站在那条小路上观望，这种特意、故意、不经意的过程都表明自己是太在意了，因为在那里会联想出许多故事来。

这五棵树是十年前社区组织老人们栽在小区的绿化风景树，逐年减少只剩五棵了。当年老人们说栽树让后人乘凉，可以想象得出老人们的精心管护、剪枝、浇水，冬天里在树干一米高的部位刷上石灰粉，防虫、防啃咬又防寒。前几年怕遭到伤害又设法在树干旁绑上枣刺枝来防护。可以说，老人们对树寄托着无限的期望，现在那些老人们可能不在此居住或者不在了，使这些树渐渐弃管，留下的五棵树带给人们许多回忆。

如今树依然屹立着，可身边又多了许多建筑物，矮矮的小房和围绕着的小菜园，头上新架起的电线好沉重。还有枝条上挂着一个个黑的、白的、粉色的塑料袋，尽管色彩斑斓，但树也欢喜不起来。

几棵树有时成了行人们休息的依靠很惬意；夏季的乘凉很幸福；夜间有人靠树随意"方便"解脱自己，施恩于树根；醉酒者则靠着树让多余的酒菜尽情喷吐，把树一次次熏醉。那日发现树上一根粗绳拴着一辆驴车，黑驴不满主人的苛刻竟啃起树皮来充饥。

树，每一回，每一次看到，都会感受到一种疲倦和无奈，那无声的呐喊只有四季的天知道。而树的高贵就是在受人尊崇和委屈时都不声不响，一直默默地付出。

这五棵树虽然年代不久，却是一段金色时光的见证。尽管已没多少人再去对树细心关注，精心管护，我依然祝福这几棵树顺其自然地生存。

乏秋

挺过了春困，熬过了夏打盹，还是撞进了乏乏的秋。

秋日里，不知怎的，就是一个劲儿地乏，一味地乏，总也摆脱不掉，挥之不去。

这个秋天，不管是初秋、中秋还是深秋，反正都在乏乏之中度过的。每年的秋天都一样，秋天里的人却不是每年都一样。

那日不经意地察看了同会场的人，怎么都显得疲倦、困乏或者憔悴。也许真是熬过漫长的春夏之累，或许是真的还没完全脱离困意朦胧就匆匆忙忙地来到秋天。

秋日里，天高气爽，一片苍绿景象。提前成熟的作物正一步一步地将绿色染黄，变红，显现出美丽、迷人的秋天景色。

田间地头，忙碌了大半年的"庄稼人"或许刚从远处做工回来，匆匆返回，接收秋天；或许刚刚贮藏夏果就转来秋收。脸庞黑红，黑白或全黑全白的头发把辛苦和忙碌毫无掩饰地告诉了等待搬弄的果实。

是收，可不一定是丰收。如果不丰就收，那心里会很痛的，又不可能不收，那就是收获了一半喜悦一半失望。是收，可不一定是丰。如果真的丰了就收，那喜悦会使获得的果实更丰。

丰与不丰都要收，要收就要受累，就要付出精力，那么你就会越来越感觉到乏累。果真是因为收才乏的吗？

熬过漫长的冬季，人们盼来春天，也就开始了一年的忙碌，筹划着秋日的收成，春天就得付出。

人们常说"几分耕种，几分收获"，这话不那么准确。庄稼人春天的耕种充满着理想和期待，有时也不企望不奢望，尽可能是丰收，但有好多时候耕种和收获是无法成正比的。

累过了春天，把"希望"带到炎热的夏日。精心地呵护，喜滋滋地看着"希望"在望，生怕哪一点疏漏和粗心把那日夜的梦化成泡影。

那些个夏日真的困极了，但又不可能无所事事整日里酣睡不醒，所以在打瞌睡、半睡半醒之间往返不定。其实也是春日里累的，才追到夏日来补偿。

好不容易迁到秋日，连春的身累加夏日的心累，聚到秋日就更显得乏累至极。

春天，寄托着美好与希望，那时那种设想好像等于理想，也等同现实。人们往往把春天描写为一年的开始，而这个开始应该是艰难的、艰辛的、艰苦的，付出也就是心甘情愿的。那种深情的指望和渴望就是春天这篇理想之作的完成与成功。

夏日，记录着春天的故事，把一春的心血和汗水化作流淌在夏日诗歌的词句，让劳动光荣充满字里行间，那是对已走过日月的回忆、留恋，也是对秋的憧憬，对丰收的企盼。其实劳累的夏日，人们得不到轻（清）闲，有多少夜晚庄稼人趴在静静的农田边聆听悦耳地拨秸声，喜上眉梢是夏日成长和秋日成熟的信息。

用日日的劳作一步一步地赶往秋日，迎接秋天。那也是一种激动人心的力量，无力抗拒地来到秋日。春夏联手这么快合并成气爽秋高，让人们好像在企盼中还没有完全领悟就参与了秋的赏月、赏菊、收成与收获。

其实，乏累的原本不是人，而是一个完整的秋天，是春把秋弄乏的吗？是夏把秋累乏的吗？还是秋自己把自己盼乏了呢？

秋收的人们聚多了，压着秋天的土地；作物的果实增多了，压着秋天的土地；丰收的期待过多了，压着秋天的土地。而这个乏乏的秋弄得不乏的人真的乏了。人乏了，歇息几日就能恢复元气。秋乏了那得等待多少日夜来轻松解脱呢？

迎着走来的是秋天疲倦的面孔，背身离去的还是秋天疲倦的背影。其实，那秋日里，过多的喜庆日子人们还是欢愉地品着秋月，沐着秋风，赏着秋景，摘着秋实。

那几个节日不论是初秋还是深秋，都在前呼后拥地把中秋打扮得美丽，尽情地让喜爱秋的人们忘乎所以，把秋爱个够。

如果是这样，秋还乏吗？那么会是秋不乏人人自乏吧！

秋来了，就来了成熟，天熟了，地熟了，人熟了。

成熟了就会懂得来之不易地珍惜，就会懂得还有季节轮回不懈努力，还会懂得秋天毕竟是短暂的，还有那么多风霜雪月在交替中，不断地催着你成熟再成熟，最后也变成果实，让人们去采摘、贮藏和来春的耕种。

脱去那层乏乏的秋衣，洗掉那层乏乏的秋尘，展开那幅乏乏的秋卷，吟唱那首乏乏的秋歌。

忘却秋乏，就是穿透冬天，去迎接暖暖的春天！

人在秋乏中一天天变老，不变的只是乏乏的秋天。

乏秋里，我真的有些乏了，可是我的心不乏……

寻找宁静

喧嚣中难得一丝宁静，繁乱里难寻一点清净。

探头向左张望，攒动的人头，分不清谁是忙人与闲客，谁是好人与歹人，都在向各自的目的地奔去。

向右看，车水马龙分不清车要奔向哪里，分不清车的名牌与名号，都在用一个速度行驶着。

向后看，身后竟是那样的纷乱，谁带来了那么多的不洁净，带走了那么多不该属于自己的印记。

想象，每个人都没注意也没想或没敢回头看看身后，留下了什么？带走了什么？有多少人指点的痕迹，都被前方的辉煌所诱惑而奋不顾身，哪有时间想自己的过去。

想当年，为那一路前程拼死拼活，废寝忘食，做了那么多的好事、益事，博得了那么多赞语和掌声。

当站在了第一个高点，觉得比他人强了一点点，那种骄气便滋长起来。随之继续努力，游弋在喧杂的潮流中继续打拼。

那种打拼更努力更辛苦，但仍顽强而坚挺着，终于又来到一个高点，在那里望下去，虽杂乱不堪，有一丝霞光便是自己的阳光之地，为之欢呼。终于有了一块天地大展宏图，那时虽繁华未至，但初次在喧闹中找到了自我的价值。

这点铺垫只为那新的发现，根本不允许你清静下来，也只好继续向前，那步伐带着过去的尘土泥泞，带着期盼与沉重，带着一路走来的苦辣酸甜。最多还是自信，把这一路走好。

付出多少可能都值得，尽管有了江郎才尽的感觉，但不能输，不服软，不抛弃，不放弃。这时更体现人本身具有的强大生命力、创造力、忍耐力。那时的目标虽一步之遥，但形同万水千山，即便熬尽了物力、财力、精力，也得去攀登领略。

创造人间精华，你需要培植出相配匹的精华东西，你就有了真财实物，它是真金白银！过眼的财富如同梦里娇娘，喜欢而不可求留，但也一定会给你带来一时的快乐和快感，你会认为你是世界上最值得拥有一切的人。

高处不胜寒。眼下的繁花似锦，莺歌燕舞，真正属于你的有多少？闯够了官场商场情场，闯累了纷纷扰扰的大街小巷、酒店商场，人们开始要寻找安静了。官也，熬来熬去，够了，心寒；商也，拼来拼去，认了，心伤；财也，倒来倒去，亏了，心碎；情也，转来转去，淡了，心静。

在那些乱乱糟糟的环境里，你难得一点宁静。当拨开晨雾，你会见到晴朗与清凉，撩去云雾你也会发现阳光透入，斜射的光柱构造成魔幻景象。

在那旋转不休的转圈里，手握着操纵杆，按心愿启动着来回左右升降，那时你会感到无比高大，自然社会竟会掌握在不懂自然的人手中，世间一切都是自己主宰下的玩偶而已。

好多人寻找着宁静，寻得好辛苦。寻来寻去，有的不得结果，有的则不得好果，还有的人触犯了天条跌落下去。那种寻找就是方向错了，路程偏了，仰望的旁观者都是喝倒彩、推波助澜，你不可能成功的。

现在这世上还有多少安静之所，会有多少宁静之地，又能容下多少需要宁静的人？

小区前那棵枣树

　　大自然是五彩缤纷的。她馈赠了大地无限的生机，无数生物在她的怀抱里滋长。有枝叶婀娜的柳树，有繁茂高大的杨树，也有不畏风雪严寒的柏树。但，我家小区前的那棵枣树还是最引人注目的。

　　那是隆冬时节，一次雪花飘飘时，我外出走到小区门口，突然发现小区前的那棵枣树，在雪花的陪伴下竟是那样的壮美。无数次出入小区，从来没有在意过那棵枣树，全然不知她恬静安然地守候在那里，汪视着出入小区的每一个人。

　　从那以后，我开始注意那棵枣树了。每次出小区都要细细地打量她，注意观察她每一天的变化，渐渐地我习惯了那棵枣树。她伴随着我度过每一天，她已经走进了我的心里。

　　昨夜那场春雨过后，清晨看那棵枣树换了颜色，十分清新。雨水冲掉了风儿带来的尘土，吹落了去冬残存的残枝败叶，感谢春的温暖与力量，使这棵枣树又迎来了"新生"！

　　这棵枣树，是十多年前小院内众多枣树中最大的一棵。她的繁枝早就探身于外，多少年来一直默默地守望与生长着。老人们也愿意搬个小板凳来树下聊天、乘凉，谈论着年轻人听不懂的陈年旧梦。

去年秋季，原来小院外的杂草土坡被后面新建小区的开发者用水泥抹好并顺坡垒起了五步台阶。这样一来，枣树下那枝枝条条把台阶遮盖起来，成了白日乘凉，夜晚席地而坐谈笑风生的好地方。

看着枣树冒出小片绿叶，很像茶树露出的嫩叶。枣叶很快就开了像米兰花一样的小小白花，细小玲珑，可爱极了。

那个时候，我生怕来什么风雨、冰雹啊，把她们吹落，毁掉。祈盼着风绕过她行走，雨儿轻轻地敲打，冰雹则远离而去，以保证枣树健康、无伤害地生长。

不长时间里，枣树变换着容颜，形象改观，叶儿长大了，小小的枣儿聚堆成撮，挂满枝头。

这些枣儿真顽强，春风春雨对它们的花期丝毫没有影响，看那坐果的势头可是一粒不少地孕育了出来。

感谢大自然，还要感谢像我这样的人们对她的祈祷与祝福！

夏季来临，我更加关心这棵枣树了。因为看到那些枣儿一天一天长大，就招来了风头。人们路过都要回头张望，欣赏她的窈窕娇枝嫩绿，喜欢她带来果实的渴望与快乐，祝福她把美好的光景年年带给人们。

每当夜幕降临，我就想小区前的那棵枣树下会有什么人？会发生什么真情故事？会留下什么难以忘怀的记忆？

走出小区途径它时，伸手抚摸那枝枝叶叶，好像有刺，但没感觉扎手。摸着她会怦然心动，惹人的身材，娇嫩的翅膀，丰硕的果实，喜人的笑脸，一切一切都会把她联想成一位美丽的天使在迎接人们前来接受哺育洗礼，接受爱抚，享受幸福。

那夜外出归来，站在枣树下，看见枣树仍然伸展玉臂，屹立小区前，我竟不愿离去。第一次坐在那被日光晒得热乎的台阶上，眼前是数个垂落的枣枝，随风摆动，头上是遮月的枣树叶，在微风下沙沙作响。每一片枣叶都浸出诱人的香气。

在枣树下和枣儿说着冬天的故事：冰天雪地它很坚强，因为有天使的护佑，身寒于外，温暖于心。

和枣儿说着春天的故事：风儿雨儿都在与枣树相伴，就像鱼儿和水一样，相望不弃，深情相依。

和枣儿说着秋天的故事：果实累累却不轻易被人采走，因为她的心只属于它的主人，那种定力是专一的，不折不扣，它见证着一生的真情，忠于本色，倾心相爱相守在小区前，在楼房前，在屋檐下。

秋天来了，天气早晚的凉意，也凉了那棵枣树。坐在树下聆听远方的呼唤，暖暖的心底，长久不会退热。手偶尔抚摸枣树叶有些发凉，一会儿就被温暖过来，因为有了天使万般热能，都能融化一个完整的冬天，还不能暖回一棵枣树和叶片吗？

多少次，如遇枣树下坐着两个人，一定在谈着两个人的事，或者在联想世界，或者在畅想未来。而一个人在枣树下，也在说两个人的事，因为那个人在远方，遥祝着两个人的未来，再畅想明日的清晨。曙光呈献给人们的一定是热风暖意，是点亮新一天的标识灯，能把昨夜的风凉与心动都融进光明之中。

枣树下如果没有人，那么应该享受祝福的人身在他乡，遥望彼此，也在共度好时光。

枣树，把小区点缀得光鲜艳丽，虽没有绿林中寻梦思亲，而在一棵枣树下找到了一种心境，寄托着爱与情的魅力延伸。

冬天还没有来，因为那棵枣树已没有了冬天。有这么多的人们关爱呵护，那个冬天不再寒冷，她会在阳光普照下，快乐健康地生长。

让我们共同祝福那棵平凡而令人疼爱的枣树吧……

孙女在用眼神说

　　我三周岁了，已上了几个月幼儿园。周日幼儿园放假，难得全家老少三辈在一起欢度。

　　这一天，我的爷爷奶奶、姥姥姥爷和爸爸妈妈确定的日程，首先是吃好，做以我口味为主的可口饭菜，然后在客厅玩各类玩具，再就是外出花果山游玩，傍晚如果天气允许再出去逛逛夜市。

　　吃完早饭已九点多了，大人们各自忙碌着，只有我靠在沙发上，不声不响，瞪着一双水灵灵的大眼睛注视着我身边的每个人。

　　在我的眼神里，姥爷还是那样少言寡语。或许天天在想凭自己高级技师身份出去帮助哪个企业，也挣点大钱。姥爷习惯摆弄那些积木，垒成各式各样的模型，这与他的专业特长有关。我最喜欢了，也总缠在身边，我提的要求有时为难姥爷，可姥爷总是笑呵呵地造出了小屋子、小桥、火车等叫不上名却挺好看的形状。我看完一笑，再用手一推还得做一个来回。对于我不停顿、不知累的玩，姥爷总是陪着，看得出心里很快乐。

　　过一会儿，我看见姥姥拎着一个新式拖布走过来。她用眼瞄一下，看到我和姥爷坐在爬毯上正忙碌碌地堆积玩具，就开始拖地。其实地面挺干净的，每天早晚一次拖地成了姥姥必完成的劳动项目。姥姥很勤快，窗户、窗台、家具、厨房、卫生间都收拾得干净，擦得明净，连我和爸爸妈妈的床铺都弄得整洁。姥姥前年退休，一直看我到三周岁去幼儿园。她本应清闲一下，但家务活还得继续做。我看她累了就倚在沙发上眯一会儿，有点动静一激灵醒了还接着干活。姥姥念叨过，退休比上班还累呢。

奶奶给我留下的第一印象就是爱瞪着大眼睛看我，那慈祥的目光在盼着我快快长大。两岁时我指着扎花围裙的奶奶说，奶奶好看，这时的奶奶经常是在厨房里。全家的三顿饭，我的特殊饭菜和两顿加餐她都负责。一年三百六十五天调着样地做，已无法再翻新的饭菜真难为奶奶的厨艺了。

奶奶平时是风风火火，忙忙乎乎的。厨房出来，卫生间洗衣服，出来又是厨房。饭菜有不好吃、不愿吃的时候，谁说出来奶奶会不高兴，唠叨着："谁做得好吃谁做吧，我五十多岁了还不受累呢！"她在沙发椅子上坐不到两分钟，抬屁股还是去厨房，直等我招呼"奶奶"，奶奶会从厨房探出头来给我个笑脸，然后还是厨房忙碌。

爷爷只要有时间就陪我玩。他会一个劲儿地把书本、画板、识字卡片、彩笔凡是学习知识类的东西都弄到我身边。在他眼里这文化知识得从婴幼儿抓起。是啊，出生一百天照相，就让我靠在沙发上，手捧画册留影。镜头很生动，但我不知道是怎么回事儿。我出生时，爷爷奶奶已分工，奶奶做后勤奶奶，爷爷做文化爷爷。所以我的成长过程中一直是书本、智力玩具陪伴。《十万个为什么》和什么画册、儿歌，不少书到我三岁时已撕烂扯碎了。有一本二百多页的画册，现在前面已到五十多页，后边是一百多页，真是缺头少尾了。记得两岁时，姨奶买回两盒彩色铅笔，爷爷削好后让我拿笔手把手在纸上乱画，这是我来人世第一次拿笔，很有意义。三岁时又让我拿毛笔练书法笔画，我那时很认真，动作很像回事儿。这些画面都存在爷爷手机相册里。

爷爷一般不给我买玩具，就是买也多是带数字的，连儿童电话都是智力问答式。爷爷买的开发智力的书太多，我想，就是天天读也得十年八年时间才能读完。

书本、智力玩具都是爷爷收拾，然后摆放到原处便于下次准确无误地找到。爷爷做这些有了习惯动作，像个机械人似的。对我随意抛扔到的书本，爷爷都要猫腰撅腚地捡起放好。他不爱训我，知道训我也不听，所以就惯着我。常见爷爷用手捂着后腰说腰疼，再慢慢直直腰，面部表情有些难看。

看到爸爸妈妈最多的时候是晚上，特别是临睡觉前一两个小时。爸爸妈妈上班起早贪黑的。有好多时候他们起早走了，结果我早起见不到他们又会哭闹一阵儿。

上幼儿园前，一天时间基本上是姥姥看护，见爸妈时间最少，所以对姥姥比爸爸妈妈亲近。到夜晚睡觉却离不开妈妈，尽管有时妈妈厌烦，我还是紧紧黏糊在一起。现在周日放假在家，见爸爸妈妈时间多了，可是有爷爷奶奶和姥爷姥姥在家，他俩基本不来哄我玩。在我眼里爸爸妈妈很忙，不是做家务，是这屋进那屋出地来回绕圈。要不然把头埋在手机里，眼睛盯着大小屏幕，很投入，有时还会很激动。可能是游戏到了最激烈时，或微信发来有趣的信息，还有投票呀，赞助呀，红包呀，反正是挺忙乎的。甚至我的招呼他们都听不到，不理会，我很生气，有时气哭了，作闹一会儿。

当爸爸妈妈两人从手机里走出来后就是斗嘴，也听不清什么事，什么话，总觉得是鸡毛蒜皮小事磨磨唧唧。这也许就是年轻爸爸妈妈的通病吧，听说搞对象时双方发现的都是优点，缺点忽略不计，而组成家庭后，双方的优点忽略不计，而特能发现毛病。好在我出生后有爷爷奶奶姥姥姥爷照管，否则受气、受苦的就是我了。

星期日的一天，是我发现的一天，感悟的一天和觉醒的一天。盼着自己快点长大，不让爷爷奶奶、姥爷姥姥太受累了。自己能独立了，自食其力，会让爸爸妈妈更轻松自由了。

我的眼神应该说是天真又纯真的，是简单有内涵的。我见证着一辈一辈人的生活状态、精神面貌。最幸福的是享受着长辈们的呵护和宠爱。长辈们对我的爱，需要我一生来感恩、报恩。

丑妈

明明十五岁了。在初二年部是学习成绩前十名的好学生。

妈妈发现一向乖巧的女儿最近一段时间情绪低落，有些莫名其妙的性格变化。

妈妈一日三餐换着样地给她做好吃的，做啥女儿吃啥，不夸好也不挑食，只是和妈妈交流的少了。妈妈感觉女儿不愿意和自己说话，问孩子她爸，爸爸说不知道咋回事，也不相信女儿对妈妈有什么意见，或许是青春期的缘故吧。

有一天，妈妈发现摆在女儿房间学习桌上一家三口的合影照片被挪到书架上边，原来照片位置摆上了明明自己的侧面像，连明明房间仅有的两个镜子也撤掉了。明明说不愿意看见自己。

快放暑假了。有一天，明明放学回家进屋扔下书包趴在床上不起来，妈妈发现女儿抽泣着。妈妈刚要问，女儿坐起来在床上抹着眼泪跟妈妈发了脾气："班里男生给班里 31 个女生排名，我第31，是最丑女生。"

妈妈听了不以为然："排就排吧，你学习好就行。""不行，哪有女孩子不爱美啊。""那咋办？""怨你呗，谁让你长得这么丑，生出我这个丑丫头。"妈妈一听愣了："我就这么丑，我也没怨你姥姥呀。"

妈妈走出屋子，坐在沙发上发呆。她没有像往常一样去厨房给女儿做饭，而是在检讨自己长得丑对不起女儿。该怎么办呢？想来想去，按电视广告上说的让女儿去做整容，美容，虽然价贵，只要女儿高兴舍点老底也认了。

一连十多天，女儿不愿和妈妈在一桌吃饭。她看见妈妈五官不端正，面色青黑，头发稀疏，觉得像自己展现在全班同学面前的形象一样，心里受到了很大刺激。

妈妈哮喘病犯了，爸爸在床前伺候，细心为妈妈熬药换洗衣裳。饭菜由爸爸自己做。明明感觉味道变了。妈妈病刚好点就下床给女儿做饭，爸爸心疼地阻止，却阻止不住。明明又吃到了可口饭菜。妈妈偷偷地擦眼泪，不能怨孩子不懂事，姑娘爱美，说明长大了，爸妈高兴才对。

有一天，妈妈给女儿收拾她学习桌，发现女儿写的一篇日记，名叫"丑妈"，写了不少心里抱怨的话，发了一通牢骚。还写到"最怕妈妈去学校接自己，穿个大背心子，胸前胖乎乎的，感觉有些丢人。"妈妈一下了解了女儿这段时间的内心活动。妈妈边看边哭，原来妈妈在女儿心里就是这个样子，妈妈心碎了。晚上妈妈跟爸爸说她想娘家妈了，要回去看看。第二天爸爸带着妈妈回到百里之外的妈妈娘家。

半个月过去了。爸爸很累，除了伺候女儿吃穿住行，还要回去看望明明她妈和姥姥，几次让妈妈回家照顾女儿，她不愿意回来。

放暑假前，学校开展"亲情进校园"活动。每个学生带一位家长来学校，听报告，搞互动。请来的一位外地校长声情并茂，语重心长的报告会引起了学生和家长们的共鸣。现场互动，让孩子与父母拥抱，大声地喊出"我爱你"。因为明明妈妈不来参加，是爸爸去的。明明哭了好几回，抱着爸爸喊着："妈妈，我想你，我爱你。"

回到家里，明明催爸爸去接妈妈回家，爸爸说女儿你去接吧，妈妈最疼你了。明明坐上公汽一路颠簸着来到姥姥家。见妈妈在炕头躺着睡觉，爬上炕坐在妈妈身边，小声招呼着："妈妈，妈妈，回家吧，爸爸想你，女儿也想你了。"

妈妈来到女儿学习的小桌前，又看见正中摆放着一家三口的照片。照片上面带微笑的女儿很开心，很可爱。好像好久没看见女儿这样的笑容。妈妈眼睛湿润了。

旁边还有一个红边的相框，里面是妈妈带白色工作帽，穿白色工作围裙的照片，底部有女儿写的一行字：献给美丽的妈妈。妈妈从来没认真看过自己的相片，也没有过自信说自己长相如何。这张照片是当年在纺织厂时每人照一张贴在出勤本上的，也是保存下来的唯一的照片。

饭桌上，爸爸不断地给妈妈夹菜，很亲热，很恩爱。明明不住地笑。

放寒假前几天，明明回家高兴地直喊妈妈，拉着妈妈的手告诉她，我当选学校"最美女生"了。妈妈让女儿坐下，看女儿的着装，那件过年时不愿意穿的棉衣今天也翻出来穿上了，看上去有点过时，女儿笑容满面，简朴的着装才是女儿的本色。

学校在每年部选出十名学习成绩好的女生参加三个年部的综合比赛，有演讲、唱歌、跳舞、智力问答，最后写一篇描写女儿和父母亲情故事的记叙文，比赛那天，明明获全校"最美女生"。

女儿里屋进外屋出地照镜子，那样子不像初二的学生，像小孩子过年吃点心、放鞭炮、点灯笼那个美劲儿。妈妈感觉女儿上初中特别是有意识爱美追美以来第一次对自己的长相自信了。

　　妈妈端详着女儿，是与电视上影星的容貌差不少，但那对不大的眼睛很有神，也很动人。她发现，当女儿笑得开心的时候最好看，最漂亮。

　　女儿笑着对妈妈说："女儿在学校是最美女生了，那妈妈就是最美妈妈。"妈妈第一次开心地笑了。这时爸爸凑过来："我就是最美爸爸。"

记忆『下湾子』

四十多岁以上的老北票人可能还记得，当年在北票西部凉水河有一个叫"下湾子"的地方，很有名气，以致后来被称为"小香港"。

改革开放初期，人们的思想在渐渐解放着，接受的各类新生事物也越来越多。人们渴望的不仅是物质上的享受，更多的年轻人则尽情地享受着精神快乐。

过去名不见经传的凉水河下湾子村就忽然火了起来。

刚刚思想解放的孩子们，以十八九的年龄带头把港台音乐搬到了他们潇洒玩乐的农村，因为这里是新开发的一块乐土。

城里的年轻男女从四面八方聚在这个有山有水的地方，相互传递着各自感受的新文化，新浪潮。

当年通往下湾子的路还不多，一般性的公路除少量的汽车，主要还是年轻人的自行车队伍，络绎不绝地流向这个小山村。没有交通工具的孩子们则抄近路翻山越岭从北票县城、台吉方向来到这里。

那时对于他们来说，没有星期礼拜，只有尽情休闲的时间是属于自己的快乐时光。

　　其实啊，这里是由山泉自然形成的大水坑，面积有好几百平米。它地处小山下，两面临村，正面是由二三十年生的杨柳榆树组成的一大片茂密树林。坑内的水也清澈，自然形成了小气候。看得出来当年那里的村民们爱护、保护环境的意识很强。

　　大水坑里，泳者尽情快乐地玩耍，身着各色泳衣的男女水内追逐，互相倾诉着解放、开放带来的欢乐和快感，尽展着身姿百态，激情万千。

　　周围的男女村民们好奇又新奇地围着观看，也要享受着城里年轻人的快乐。当然他们也有加入游戏行列的冲动和渴望，最后还是选择了全心全意为游玩人提供休息、吃喝的场所。

　　喜爱水但不会游泳的人用汽车胎充气制成的泳圈边划水，边搓洗，漂游在泉水坑里好不惬意。

　　树林里更是风光无限。身穿彩色裤头的小伙们和身着艳丽泳装的姑娘们伴着港台流行音乐，用力摇动着细腰和屁股跳着“摇摆舞”，那些音乐通过当年最时髦的收录机（单卡、双卡）悠扬地飘出来，伴着青年男女的舞姿，倾倒着观赏者和迷倒了青春男女。

　　“今宵离别后，何日君再来……”当年邓丽君的靡靡之音回荡在古老的山村，刺进了土生土长的山里人的心田。

　　开放的衣着，开放的动作，开放的乐曲，开放的场面，由一群群开放的青年人给改革开放刚起步的那个年代带来一阵阵清风，吹遍了被压抑的城乡角落。

　　树林里有好多好多人在野餐，他们三一群，五一伙地边听音乐、观赏舞姿，吃着小菜、喝着瓶酒。虽然酒菜简单，但乐趣无穷，笑声、喊叫声此起彼伏。

那时这里就是自由世界，就是一片乐土。不管谁身处此情此景都会被感染，被激动，心潮涌动。

当年孩子们好几十里路的去那里玩耍，有个重要缘由就是当时娱乐场所的缺乏，更别说什么游泳池了。所以天然水坑也就是最理想的去处了。

前些日子户外活动徒步行走，我特意来到"下湾子"追梦。

如今这里全然没有了往日的喧嚣，那个快乐的大水坑泉水已经干枯，被土填平种上了庄稼。最可惜的是那一大片遮风避雨、快乐玩耍的树林一棵树也不见了踪影，变成一片庄稼地，难道这里搞"退林还田"了吗？

周围的老百姓也迁走了不少，因没有了水就没有了灵气，没有树林就失去了生存空间。

现在这里异常平静，只有几道铁丝网和破旧的小屋给我们一点记忆，当年的红火热闹已被厚厚的黄土埋掉，只有岿然不动的小山见证着这里的曾经。

见与不见

好多年了，有些朋友平时见面很难，但梦中却能常见，那种感觉、感受如亲临其境，历历在目。

我梦见过从没想来往的人，梦见在陌生的地方见陌生的人，梦见别人那么多秘密。在梦里幸福、快乐、快感。

有些人青天白日见不到，却在阴暗朦胧中相见；在清净、优雅时见不到，却在狼狈、脏兮兮中相见；在春风得意时见不到，却在懊丧、失落中相见；在风和日丽的景色里见不到，却在狂风暴雨里相见；在百花盛开时见不到，却在残枝败叶时相见。

我总觉得，梦传递着信息的密码，把白天看到的形象在睡眠中毫无秩序地显现，通过梦能获得很多日常生活中得不到的满足。

梦是一种信念，一个预兆，人们习惯根据梦来决定自己的行动。

好多书对梦的解释千奇百怪，电脑里也在为你解梦。使你一天欢喜一天忧。解梦理论左右着你的行为，限制了你的日程，规范了你的品行，使你学乖了，变温柔了，想明白了。看来梦理论贡献不小啊。

80 后的人群大多不去追逐梦学说，太遥远、太深奥、太传统。他们只信洋理论，把理想、信仰、行为指南统一在星座里，经营着自己的生活。

所有的梦都带有人生的轨迹、痕迹、踪迹。许多心情不顺的人，有压抑感的人，靠梦来释放，靠梦来解放，靠虚幻排除沉渣，靠意念解脱烦困。

十年前，一位朋友患绝症后，我常去看望。他总说有朋友来看他很高兴。临终前两天去医院看他时，他说睡觉闭上眼睛黑夜中总有一帮牛鬼蛇神在周围抓挠他，他不愿见到它们。

在他的梦中有最想见的人，有最不愿见的人，有离世久远的人，有身边健在的人。可惜他的梦在人间画上了句号。也可能他在天堂还做着人间同样的梦，谁去解读呢？

他说的就是一种预兆，是感觉不到的心理暗示，只遗憾他已没力气把那个过程写给后人了。

我一直在追梦、求梦，时常盘点着我的梦中缘，梦之情。把梦里相见当作一种奢侈，一次享受。

夜深人静时，我通过电脑、手机叮嘱朋友，祝你好梦。

对最亲密的好友而是一句：梦里相见！

有多少好友能梦里相见？！

第二辑　静听心雨

过去的事要完整记录下来好难，往往好与坏、美与丑、善与恶之间容易被误导走偏，就让做故事的人解读故事，最后故事成了故事的故事……

闲来读书听雨声

搬进新住宅小区快三年了。年初我花两千多元在一楼外搭建一个二十多平米铁棚子，平时闲着搬出藤椅坐在里面读书看报，呼吸新鲜空气，在楼群里过着古人亭下读书写字的逍遥生活。

棚子样式不太美观，除了我占用一椅之地，更多的是一个单元楼的自行车、摩托车躲进来避雨遮风。大家认为是公益行为心安理得地享用着，我却不在乎，只要有自己落下藤椅的地方就行，尽管是自己耗资兴建，情愿贡献当下了。

铁棚给我最大的感受是动静大，不管楼上掉下来什么，与棚顶的彩钢板接触都会发出或大或小的动静。过去默不作声的自由落体一下暴露出来，对不自觉的人敲着警钟，因为楼下行人常因不明物体坠落而心忧。

到了雨季，铁棚三天两头奏出"叮叮当当"的雨滴声。每次我也会搬出藤椅在棚子下边读书边听雨声，也领略了难得的雨声。

夏天。小雨。铁棚下。我在读北宋文学家范仲淹的《岳阳楼记》，重温了三十多年一直陪我文学事业的名句——"先天下之忧而忧，后天下之乐而乐"。思考着，自己一生能做些什么呢？除了写点字，为社会分担了什么忧，又创造了多少乐呢？

天下之忧乐，不知有多少文人在关注，今天雨中铁棚下我领略了几位真正把持忧与乐的人。

傍晚下班的人急匆匆地赶回小区，溜进棚子下躲雨。大家客套一番，各自看雨听声。一位五十来岁的男士，单元住的人很少见得到他。后来得知他是做信访工作的，起早贪黑地接访、下访很辛苦，难得他开口，"天天忙乎，前天接访采矿占地的事，百姓上访多次调解又不依不饶，最后交法院判去了。昨天几个医院下岗职工反映身份和待遇问题，有一位五十多岁女工要求返岗，这些事正在协调处理呢。今天处理李杖子乡种子站与种植户纠纷，种子站同意赔偿，解决得挺顺当，难得能正点下班。"他边叹气边说，"总感觉有干不完的活。"

六楼的四十多岁男士说："你做事一件一件的，我做的一个大事，拆迁，那才叫难。政策宣传十几遍，大多数户得到优惠动得挺快，少数户就认一个理儿，钱少不谈，不答应不动。我们是大话小话都说了，有的几个月也说不通。连我这不爱说话的人现在都成说客了。"

天还下着雨。棚上的雨敲打声一阵快一阵慢，我感觉今天的雨下得不正常，转眼间棚子上动静很大，像铁沙泼洒下来，刷刷地响。棚子里一共六个人，除了我和说话的两位，还有一位闭目养神的老者。身边两个十来岁的男孩直勾勾地看着我们。

雨滴声刚小点就跑进来一位三十多岁女士，脚跟没站稳就磨叨上了："这天气跟干的活一样，任性，雨说下就下，人想干啥就干啥。"我们一听这话里话外的都是牢骚。女士像是对我们说又像是自言自语，"查教师私自补课的事，查了多少年了，也处理多少人了，还是整不住，弄得县里局里不消停。在学校该学的，非要到老师家补，收钱还挺多。家长们有怨气，但都说不能输在起跑线上。"

其实，我们这个年龄段的人都经历过，那时想的是只要对孩子有好处啥都得认！

我在这楼里住了多年，没见过他（她）们。也怪，一个楼邻里相互不认识，不来往，各家习惯了"各自为战""闭门自守"。今天这个单元五六人家能聚在棚子下高谈阔论，要感谢我不经意建的这一铁棚，看来能聚集的地方都有各种声音，比起自己的读书声畅快多了。

我想趁此机会与住户拉近距离，邀请几位到我家小酌几杯。忽然那女士手机响了，放下电话说，有急事了。尽管我有些失望，毕竟这单元我是第一个提出聚会，是良好的开端。

小雨一阵一阵落在棚上，声音断断续续、不均匀，或重或柔，已经遮掩了真切的雨声。对自己阅读的妈妈细语太熟悉了，而雨敲打铁棚声我真的没有听懂。

闲来读书听雨声。读书时听到雨声不多，听到忧国忧民的语声更少。读书由自己来做，雨声靠天赐予，而天下的忧与乐会不会经常地、真实地发生呢？

铁棚子的读书声、雨滴声、语声真的挺好听，但是很沉重。

鸡之殇

鸡，很早很早就退化成了长着翅膀却不愿意飞翔的禽类。

人们喜欢它的美丽之余就是品尝它的美味。从欣赏美丽到品尝美味是人们的欲望在变化，在膨胀，把美丽吃进肚子消化掉，消灭掉，这个过程好悲切。

可怜的鸡儿，在人们眼望着成长越来越美丽后却不加怜惜地成为盘中餐，真是鸡的可悲的一生。

某年某月某日，几个朋友聚在一起，说吃一顿鸡宴，点名到某某饭店。据说全城爱吃鸡的馋人们都到过那里吃鸡，生生地把那里的鸡身价炒得陡长，叫人不吃嘴馋，吃了心疼。

我为之惊愕。好多人喜欢鸡，从小纸壳箱到小笼子再到小院里见证了鸡的一生。而最终还是自己和食客们使那些羽毛美丽又趾高气扬的鸡，被指点着成了盘中餐。

食客们在大鸡舍或笼子里挑选准备吃掉哪只鸡的时候，很像旧社会客人去挑选接客女的场景。都是在选择自己喜欢的东西，一个是要享乐美人，一个是要享受美餐。从古到今人们的欲望就是变着法地让身体快乐起来，舒服起来，幸福起来。

被顾客点播了的鸡开始蔫头耷脑的，小小的眼睛里挤出串串水珠，似乎已经知道自己的末日到了，食客们也早已下狠心要把它吞到肚子里，而且是粉身碎骨。

有人亲眼见过，风味土鸡店一个年轻的"水案"从杀鸡到退毛，从开膛砍块到下锅煮，也就五六分钟时间。也就是说，一只活鸡从一生的靓丽展示到成为锅中的食物仅仅占鸡一生中的万分之一。

有位热心的朋友面对那几只在笼子里等待被挑选的长尾绿毛公鸡时，似乎听到了鸡感慨地说，你要选择美丽，享得美味，可是你们选错了，其实我就是一只土鸡。

当那些在小栅栏里、小铁笼里的鸡儿们欢快地吃着主人送来的美食时，不会想到主人也在为膳食家们准备着它们饱食后变得更丰满的桌上餐。

有位客人走到鸡笼前用挑逗的动作对待那只长得头颈挺拔、翘立长尾的大公鸡时，公鸡愤怒了，使劲扑腾着翅膀，两只小鸡眼瞪得溜圆，用那只平时啄食、殴斗的尖嘴向对方用力地啄着，看得出一种对世道不平的愤怒和无奈。

那人用手指点它笑嘻嘻地说："过一会儿我就吃了你。"那只鸡忽然静了下来。迷惑的眼神，不知盯在了哪里，只知道它异常得安静，最后双腿瘫软地卧在笼内，它知道片刻工夫就成了人家的菜，再努力拼争都是没用的。

也许高傲的雄鸡也惧怕死亡，面对杀手时也十分胆怯。人类在与禽类的斗争中没有过绝对胜负，谁也不是金刚之身，谁都不会逃避相互的争夺，最后的胜者就是主宰者，而人类就是现在的胜利者。

笼内的几只鸡已安然地闭上了眼睛，那卧姿根本不去想哪一刻被人选中而英勇献身。或许从蛋壳里踏出那一刻已经想到被宰后净身或全身或碎骨成为大众口味是早晚的事，没敢想什么无疾而终。

有一位胆小心细之人对前去选鸡的人说，不愿意看见活蹦乱跳的鸡被断头而死，提出先给鸡灌些酒，等鸡慢慢醉后再杀，这样鸡便死得无知无畏而从容有尊严，也是在生命终点尝一点人间之福。

如今集市上没有什么家鸡、野鸡专业市场，人们习惯把娇娇嫩嫩的鸡列为家养的溜达鸡，而肥大的鸡儿则列为为精饲料五十多天速成的鸡，这样有些身体强壮的溜达鸡也被划归到不是绿色鸡中，看来在禽类中不明不白的冤案也会时常发生。

只因为有了这么多想法，好久好久我没对鸡去伤害，必然也没被鸡惹怒。管不了别人怎么去对待那些本来就是菜的鸡，只是自己善待了一次次，一回回，心里感觉有几分坦然，幻想着如果鸡也能得道成仙自由自在地融于自然，也有自己一份功德。

我一直在想，如果鸡再恢复飞翔的本性，那么有可能成为天空中一只堪比雄鹰的大鸟。到那时，鸡不再悲伤，因为它成了人类重点保护的动物。

又去天池山

在北票常河营乡马家营与义县交界处有一座海拔 568.6 米的山——天池山。因为在山顶低洼处有一个小水池（直径不到 1 米，深不到 2 米的小井）而得名。

前年我随宣传部、电视台的同志为拍摄大型专题片《川州纪行》攀登过此山，主要是拍摄蜿蜒山梁数十里的明长城遗址。

当我们一行八人扛着摄像机、照相机等设备艰难地登上山顶的时候，我们为眼前的美景陶醉了。尽管上山的路很陡，荆棘绊路，每个人都气喘吁吁，汗流面颊，但还是欣喜万分。

晚秋时节，我们在山上依然看见大地一派丰收的欢乐景象。一块块田地里还有没运出的玉米秸秆，几辆小驴车来回忙碌着，就像儿时的玩具车，有节奏地奔走。远处散落的人家小屋飘起弯弯绕绕的炊烟，像是幼儿园孩子们的蜡笔画，不太清晰，但也有意境。我们不禁感叹，人们常说的江山如画只有在这时、在这里才体现得最深刻、最真实。

天池山可谓高耸险峻，山石嶙峋。它东西走向延伸，和远远的山峦绵绵相连，好像眼前全成了大山和小山。站在山顶四处张望，景色各异。南坡山势陡峭；北坡平缓，植被茂密，苦丁香榛子树等灌木遍山坡；东坡有一大片油松和珍稀罕见的落叶松。当时就有人说这里的植被这么好，一是大自然的恩赐，再就是多年来人工、飞播造林又强化保护带来的郁郁葱葱的景象。

山顶上天然形成的小水池多少年来几经人工修砌已形成一口小井，不见水影，可井里散落着湿漉漉的几片落叶。据说，这个池水冬暖夏凉，常年不冻，常饮此水可以消灾祛病，只可惜它的水量太少了，难以满足所需。还有一个石碑斜斜地矗立在水池一旁，碑文早已模糊无法辨认，让我们这些人望碑遗憾不已。

水池西侧有一破落的小房，知情人说是一处姑子庙，因年久失修，已没有了模样，只有几小堆的供物告诉人们这里的曾经。

下山时，我们行走在怪石出没的山梁，细心寻找那段途经山脉的明长城。上小山过缓梁，拨开半米高的荆条枝，我们在草丛中陆续地发现了用坚硬白石头砌成的城墙。最高的不到半米，最低的仅露出一块石头，有人形容它就像是原来修梯田时垒的石坝。

这段长城和我们原来看到的长城不一样，它是单体一道墙，依山势而建，险处惊险，缓处平缓，给人以伸缩有致，有张有弛的感觉。站在这里看到了长城内外山村的美丽景象，想起那个朝代的战火使周边的百姓人家饱尝苦难，动员那么多人去那么高的山上筑垒防御墙，不知有多少人为此丧失了生命。虽为防御，但现在看都是炎黄子孙一家人，只是当年的时代只有战争才能生存，所以才有了那么多的抗争。

我们在上山途中，看到了一个大大的土包，实际是当年战争时的土墩，也就是烽火台。当时那里就是"十里一墩，五里一台"遍布在天池山一带，也是明长城在这个地区的显著特征。

我们登上有三米来高的土墩，虽已坍塌坑洼，但整个轮廓还是显得壮观、庄严。我们依次照相留念，就是对当年修造者的最大安慰。

下山的路很难，因为没有找到正式的路，那么就得借助秋草的厚实采取滑雪式顺山而下，偶尔被高枝阻拦，然后再重新下滑，加快了下山速度也尝到了高山秋季滑草的乐趣。

天池山一行，既拍摄了大量的珍贵历史资料，还对那一带的风土人情有了了解，也过了一次登山的瘾。

这两年里，好多人，好多场合都议论过天池山，每每都深情向往。在北票，这座山真是好去处，也是历史厚重的文化遗址，也早知道政府将要重点开发天池山景区，打造北票明清文化旅游重地。

今年初冬时节我有幸又去天池山。

这一次是因为户外运动群要开辟新的徒步路线，便利用双休日前往天池山探路。八人的小团队，没有寻历史踪迹的目的，只是为了探出一条适合全体驴友，不同身体条件的人都能参与的登山赏景路线。

我们沿着一条被人简单开发出的登山小路，顺着陡坡慢慢攀登，一路有枝条相伴，也发现落叶松叶厚厚地铺在小山坡上，我们偶尔用登山杖挑起来，细细的针叶依然散发着松叶的清新油香。

我们一边登山，一边议论着，天池山的植被太好了，也夸赞当地政府封山育林抓得好，老百姓爱护山林行为好。

我边登山边追想前年来天池山的见闻，感觉这次更亲切。虽不比当年深秋山景，但初冬的山仍给人以无限遐想。

到了山顶，我最感欣慰的是前年那座破落不堪的小庙被修葺一新，几处香火残迹告诉我们这里常有人光顾。那座小井里面被清理得很干净，没见神水，但比从前更加湿润。旁边一块大石上被热恋的男女用红油写上了"我爱你"几个大字。

我们信步登上石板斜坡的山顶，忽感冷风袭来，登山时的汗水被一吹而干，浑身先是凉爽而后是冷瑟。照相，休息，喝水，小吃，议论着登山的小小感受，很快就忘却了登山时的疲劳。

下山的路实在艰难，山石怪木时常让我们一行找不到方向。

几位男士轮流在前面开路，趟着半米多高的荆条、山榆树和不知名的高棵植物，绕着一条山脉前行。下山的路其实不远，只是布满荆棘，举步维艰，也发生了不少有趣的事情，可谓花絮多多。

过山梁时，尖石阻挡，一驴友胆怯欲哭，被两个好友强行搀扶过去。有一人担心裤子被刮破，为心疼价值百十元的名裤，竟反穿起来，一下露出了名裤里面粗糙的秘密。一人坐在山石上往下滑，一下把一条迷彩运动裤刮开不小的三角口，他不好意思地用手捂住那个缺口，连连叫苦。还有一人在山上拾获两只野鸡毛翅，很好看，随手插在另一人戴着帽子的头上，整个下山过程这两只漂亮的野鸡翅一直在头上飘动，也成了一路的话题。还有一位驴友出主意，告诉几位爱照相的人穿漂亮的服装上山，那样好多衣服就将惨遭荆棘的折磨而破损。引来大家一阵哄笑。

这次上山我们没有讨论什么历史痕迹，而是策划着怎样把这条山路走好。上山前路过的村庄，我们感受到那里的百姓人家热情、质朴，热心地指点上山最近的路。当我们踏上小道时，才发现这条弯曲细长的山路被当地百姓们修整过，尽管没有达到路的标准，可山道依然迎接着远近登山赏景爱好者们的一次次光临。

三个小时的山路，我们把天池山的上下路探清，准备待到小雪初下时集体登山，饱尝天池山的冬季美景。明年春天这里将是开发新景区热火朝天的景象，到那时我们还会再来天池山。

为朋友们做点事

　　我参加工作三十多年，结交了很多朋友，相互间给予了各方面的帮助。但我记忆最深也是最值得骄傲的是那些年我为知识分子朋友做的事，影响着我后三十年的人生。

　　1984 年冬天我被选调到县委组织部，从事落实知识分子政策工作。从那时起，我广泛地接触到各行各业知识分子，结识了一批有知识有技能的朋友，也开始为他们积极地、认真地做事。

　　1985 年，我市召开改革开放以来第一次知识分子工作会议。领导安排我为几位知识分子写事迹材料，通过对每个人的深入了解，我看到了他们丰富多彩的内心世界，他们追求事业，渴望生活，无私奉献，令人尊重和尊敬。他们的事迹感染着我，感动着我，我为能为他们做点事感到荣幸和自豪。我为他们总结的先进事迹不仅在大会上博得赞誉，而且在广播、报刊和专集进行了一个时期的大力宣传。这是我第一次为这么多知识分子朋友做事，虽然辛苦但很光荣。

　　我市高等学历的知识分子几乎都是外埠分来或派来的。我们搞问卷调查了解到当时三百多中级以上知识分子年富力强但身体状况令人担忧，我们开始定期组织他们体检，建立健康档案，办理优诊证。知识分子们说，现在身体健康了，心理也健康了。针对他们家庭生活困难情况，我们采取一些超常举措，大幅度调整工资和福利待遇，从"根"上解决了后顾之忧，使知识分子朋友感受到了党的政策温暖于心。

由于几次运动的洗礼，知识分子留下的伤痛很多。我们到乡镇、单位帮助清查历次运动没收、查抄的大量金银首饰和房屋等家财并按照程序进行了返还。对他们在单位工作专业不对口、作用发挥难等问题我们去理顺、矫正。当了解到有些单位发生排挤知识分子的事件时，我们马上找单位主要负责人面对面地谈话，宣讲政策，查找问题根源，制定积极措施，及时地解决了诸多问题。我们也知道，要真正做到对知识分子瞧得起、用得上，从上到下的观念转变还需要较长时间、较复杂过程。

因历史原因，很多大中专毕业生的家属和子女身居乡村，知识分子家庭成了半工半农户。当时我负责经办"农转非"工作，当他们带着毕业证书和呈报表来到组织部时，我们沏茶倒水热情接待，让他们感受了"知识分子之家"的温暖。也就在那时我练会了签"同意"两个字，觉得很神气。我一次次地带着"农转非"申请表来到公安局签批。那时刻，生活在某乡某村某屯的某些家庭已幸福降临。

来自农村装束淳朴的知识分子朋友们，眼神和言语中都透露出对新生活的渴望，或许当年读书时也没想到"学而优则仕"真能应验。一批一批"农转非"批复下来，我们靠一部电话通知到乡里，第二天上午，我们办公室就成了欢乐的场所。来领取转非手续的人绽开幸福和激动的笑脸，"孩子们昨夜乐得不睡觉。"

他们说，"进城来办转非手续时，亲人们几里乡道挥手来相送。"身居农村的子女们做梦都没想到今生会有大好前程，一下变成了乡村的"城里人"。在小小的县城里有上千个家庭拿到了"红粮本"，几千名青年走上了追逐理想之路。

应该感谢三年的知青生活，使我了解了农村孩子对城里人的羡慕与可望而不可即的心境，现在为他们打开了这道门，我感受到了为知识分子朋友做一件善事的神圣和幸福。

上小学时我曾立志长大后成名成家，当这几年近距离接触这些有专业技能的知识分子时，感觉他们并没有什么"名分"，毕业多年也没有属于自己的专业技术职称。一直熬到1987年，党的政策又一次温暖了知识分子的心，职称改革开始了。

这项工作涉及知识分子们切身利益，他们期望值也很高。我们召开各方面代表座谈会，每次在会前都道一声"知识分子朋友们好"，大家很快拉近了距离，心也落了地，既翘首期盼又积极参与。我们是带着爱心和良心工作，到教育、卫生、农业、工业系统知识分子集中的地方，公开政策，征求意见，现场办公，一年时间完成了本市级的上千人中、初级职务评审、聘任工作。知识分子们职称获得了，工资兑现了，他们除了兴奋就是感激。他们不会请客送礼，挂在嘴边的也是我们常听到的"谢谢"。我为他们高兴，也多次参加他们的庆贺宴会，那场面像知心朋友们在一起一样的开心快乐。

我们也常听到有知识有本事的人抱怨没用武之地，他们要在有生之年干一番事业，体现人生价值。我们按照"政治上大胆使用"的要求，选派一批有专业知识的人到乡镇和企业任职，把优秀人才充实经济和科教部门，一批德才兼备的人进入了各级领导班子。那一年，我们组织优秀知识分子报告团在城乡巡回报告，产生很大震撼力。老百姓说，这年头文化人吃香。我们听到这些感到很欣慰。

转眼三十多年过去了，我怀着激动的心情把那些年为知识分子朋友做的事折腾出来晾晒，慢慢闪烁出道道光鲜的印忆。最值得我骄傲的是落实政策那几年，我学到了许多知识，丰富了阅历，历练了自己，最重要的是结识了很多知识分子朋友。这段经历是我一生的财富。

因为我是病号

　　一次坐公交车，自己有个座位。过了一站有乘客上车，一位六十多岁的老人也上车了，可是没有座位。按道理和我的素质，我是应该主动让座的。可看年龄我比他小不了几岁，再就是我患腿疾一年有余，阵阵作痛，站立也不方便，所以不能让座了。虽然自己当时心里过意不去，但反过来想，自己是病号还需照顾，所以还是原谅了自己。

　　还有一次，夏日一早下着小雨，我撑着伞上班。带着长把伞，有雨防雨，没雨做拐杖，因为自己腿疼年余。行走中，见前面两名看上去有约六十岁的妇女在雨中小跑，一个用破兜子盖在头上，一个用黑乎乎的手掌遮在头上，她们都在尽力挡雨快行。这时，我想赶过去把自己的伞递给她们，但我又没有做。我想，也许乡下人习惯了在雨中劳作和行走，再就是自己伤痛的腿脚也追赶不上她们。自己是个病号，因为怕累、怕凉还要自己照顾自己，不送伞也说得过去，这样自己又原谅了自己。

　　人啊，因为那么多的理由从容地原谅自己一次一次的私心和过错，而错过了应承担的社会责任。值得自我安慰的一点是那个时刻自己还能想到别人，只不过是自己已力不从心了。

自己也许错误地想，先保护好自己，别给家人和社会增加负担，然后再去努力为社会做些益事，这样是会得到理解和原谅的。

对面三楼那个男人

我家小区和对面小区相隔很近，两楼之间有一道不高的砖墙，划分着两个不同职业不同生活水平的小区。虽一道小墙相隔，但相互能听到、看到居住者的言行轨迹。

对面楼平时很寂静，有一个单元的三楼两三年不见什么动静。今年春节刚过完年，那个单元三楼西侧住户接连弄出不寻常的动静。

仔细观察，那住户是男性，年龄不过四十。他头发根根立着，面部发红，眼睛不大（看不太准），留着腮胡，嘴巴上也好多胡子。这男人的特点是在家总是光膀子，爱站在南阳台小窗户往外张望。他不吸烟，有时张开右手掌往鼻子嘴那摩挲一把，想必是过去吸烟留下的习惯。

他家是南北间的两室一厅。好奇怪，南厅落地阳台上光秃秃的，没有一件摆设，更别说有什么绿叶红花了。

他站在阳台小窗前，会对本楼和前楼发出的动静很反感，也偶尔把头探出窗外嚎几声。楼的另一单元老李头家新养了一只小宠物狗，每天早上6点左右不知是饿的还是主人特殊训练的，"汪汪"叫个不停。

三楼那男人可能实在忍受不了了，把身子探出好长对着那个单元喊叫："把那破玩意关起来，还让人睡觉吧。"没觉得狗叫声怎么瘆人，倒是他的喊叫挺吓人。不光是狗主人老头害怕，连小狗也真不敢再叫了。后来不到十天，狗的声音没了，那男人的声音也没了。

我们这个楼的老李太太，每天起得早，这些日子不是鼓捣那个就是搬动这个，反正总发出很大的响动。三楼那男人又光着膀子站在阳台小窗前，先是用双手捂住耳朵，后来显得很烦躁地把头探出小窗，半嘶哑着嗓子喊道："这天天叽里咣当的，还让人睡觉吗！"

老李太太慢慢直起腰，来回转着头寻找声音来自哪里，发现对面三楼一个小窗口探出的脑袋，老李太太不高兴了："哎呀，这都七点了，你还睡觉呢。"

那男人理直气壮地喊："这不放假吗，你这么大岁数也不讲究。"老李太太还要和他理论几句，一听人家是放假在家睡懒觉就不吱声了。

转眼夏天到了。天气闷热了好几天，终于一场大雨倾盆而下，不到一小时，小区积水没到脚踝，而且越来越糟。原来几处下水道被冲下来的树枝塑料杂物堵住了，排水不畅。

这时，三楼那男人在阳台小窗伸出脖子扯开嗓门喊道："这个楼还有老爷们吗？都下来清清下水道。"这声音两个楼的住户都听得到。不多会儿，三楼那男人光着膀子拿着板锹在那挑着水沟。

雨还在哗哗下，长得不算黑的三楼男人像在澡堂淋浴似的从头到脚被雨水冲洗着，膀子干干净净。

看到他，我心里有了一种对这人从没有过的感觉。挺古怪的人，关键时刻还是人模人样的。两楼所有听到他喊声，看到他行为的人都会对他另眼相看，就是对过去印象的转变。我下楼了，清理我们楼下的污泥浊水，那个楼的几个爷们也加入了抢险行列。

好几天，对面三楼阳台小窗不见了那男人的身影。我好纳闷，时常在窗前晾着自己光溜上身，时常对着前楼后楼喊叫的男人，这些天怎么这么消停。我更多地注意对面三楼，三楼那经常开着的阳台小窗户，三楼那个男人。

有一天，我看见一个穿着白大褂的人在小窗前逗留一会儿离开。我想，这不是医院的大夫吗，怎么在他家？一定是三楼那男人病了，病房安在了家里。可能是那天光着身子冒雨抢险弄感冒了吧？

有着弱不禁风的身子，有着时常喊叫的脾气，也有着普普通通人做出的小事。看来对面三楼那男人还是不错的男人，或者说是一个真正的男人。

又一次深情记忆

　　人生有很多记忆，而每一次记忆的感觉和感受各不相同。当我们把记忆搓成粉面再用水捻成面团，禁不住对它深情地一吻，那股股记忆的清香让人陶醉、痴想，这就是记忆的魅力。

　　1971年从县城开往60公里外北票北部山区的第一趟列车到达宝国老公社韩古屯村保国站时，偏远山村沸腾了，百姓们欢呼雀跃。当时山村公路尚不发达的山区却开进了火车，它给山里的百姓带来了生命的福音，宝国老自此在市县地标图上又多了一点——火车站。

　　通往山里的火车让城里人有了早出晚归去山村探望、消遣的机会。山里的百姓也轻松地往返于县城与山村，把乡土气味一点一点传送给城里人，带回的是刚刚有些开化的新生活气息。

　　不管当年是为了备战备荒，还是附近煤矿铁矿开采需要，通往山村唯一的铁路大大方方地走进了宝国老。这是从县城开往这里的一条专线，一趟趟货运把沉寂千年的煤铁资源运往下一站然后转战南北，把山货采摘后的点点希望发往城里的市场、饭店。

正是这一辆辆火车把百千年的希望拉出来又送进去，成就着宝国老各项事业的一步步腾飞。

宝国老地处县城北部山区，号称北方大镇。据考证，在 23.6 平方公里土地上 2.3 万人民有近一半是近百年来移居这里的"关里人"。他们带来了百态千姿的文化和生活习性，也正是这些传统的文化和地方乡土文化有机地融合，为这里的发展注入着一股股、一次次的激情和活力。

北保铁路历经四十多年依然流畅运行，为铁矿、煤矿链接着南北东西。贯穿 6 个村的 15 公里铁路线为方便百姓出行、货物运输发挥着积极的作用，拉动着山区工业、农业、畜牧业的发展。可说，家门口的铁路成了这里百姓们的依靠和骄傲。

深深地记忆在百姓心中的不仅仅是来自城里的铁路，还有发生在十多年前治理大河的不朽业绩。

流淌在北部山区的一条叫老寨川的大河，千百年来哺育着两岸万千民众。而当河水无拘无束地泛滥之时，却给周边百姓带来了莫大的灾祸。多少年来人们对这条河是既赞美它、依赖它又惧怕它、怨恨它。老寨川以它母亲般的慈祥和严厉一直伴着山村百姓生息繁衍。

刚刚踏入 20 世纪时，市领导们"彻底治理老寨川"的英明决策如吹响了宝国老全民应战出征的号角。东西贯穿宝国老全境 15.7 公里两侧山上的、河里的、百姓家的 17.7 万立方石头让 1221 吨铁线编织成长长的石龙牢牢地矗立在老寨川河两岸。工程上说它是石笼，百姓们说它就是为民解难勇战河神的石龙。

当年主事的官员们算计着治河的 1330 万资金从哪里来时，市政府送来了补贴，镇政府把节省的盖房扩地资金转过来，村里的小结余拿了出来，百姓们把义务工都折成钱献了出来。百姓们说，给自己家干活啥都舍得。

自那时起近 13 万个人工是风雨不顾、日夜兼程。治水专家们来了，夸赞这工程是民间施工中一流的，是靠优秀的品德、优良的心肠筑成的特优工程。

老寨川给宝国老的农牧业发展带来直接和间接的效益，年年都有崭新的数字畅说着。政府官员们知道，当地百姓们知道，只有那条时而沉静时而欢腾的河水默默地流淌，奉献着点点滴滴。

老寨川河的治理，保护了两岸 5300 亩耕地和 4200 亩林地，那种功德才是功在当代利在千秋。土地、林地是眼下最敏感的字眼，国家保护着，政府治理着，百姓依靠着，它就是一条生命线。

随着大河的治理，岸边的 15 眼水井发挥了作用。它保障耕地、林地得到滋润，促生着农业林业的快发展，大发展，优发展。

老寨川治理为周边的 13 家单位和 3800 户百姓人家筑起一道道坚固保障线，使人们从容生活，不再日夜担忧水患的降临。

十多年来，老寨川两岸治沙造地 3200 多亩，建设了速生杨开发区、肉鸡开发区、种苗开发区、经济开发区和保护地开发区。它们的发展力显大河治理的功力，让老寨川真正成为普度众生的功勋河、母亲河。

沿河行走，美景尽收眼底，偶尔驻足又会浮想联翩。当年谋事者圈点治理工程的档案再现，当年劳动的场面在山水间依旧呈现。两岸 18 块永久性标志牌会让你激动、感动，那里是宝国老人民精神的闪耀。

镇里的党代表、人大代表们聆听了新一年的发展规划。宝国老镇党政一班人抢机遇，强作风，勇担当，狠落实，促进全镇经济的又好又快发展，把一幅幅魅力、美丽、壮丽的图画展现在全镇两万三千人民面前。百姓们见证着这里山山水水的改变，见证着百姓生活的巨变。那一组组动人的数字就是一张张庆功喜报。

看好了宝国老铁路、河川优势的兴旺矿业、华润风电、三泰选厂、天隆矿业，带着几亿元资金投入在宝国老，提供电力保障投资 2 亿元的输变电项目也随之而至。这些具有很强实力的企业将在宝国老这片神奇的土地上落地、生根、开花、结果。

在县级市的乡镇里，宝国老是工业比较发达的地方。这里蕴藏着丰富的金、煤、铁资源，县政府曾经荣获的"万两黄金县"的国家级奖牌有它的功劳。与宝国老息息相关、鱼水情深的保国铁矿承载着收储当地和附近矿山资源，增添国地税收，造福于周边百姓的重任，使一个省直企业在县乡土地上赢得了自在发展的空间。

经营乡镇的领导们从百姓那里深悟着一句话："无农不稳。"面对工业的蓬勃发展，宝国老的农业也一直在与工业并进，毫不逊色。

老寨川使农业结构不断优化，畜牧业快速发展。眼下的 7 处 28 个小区和养殖场都达到了省级规模。借助老寨川河水新型的节水灌溉工程，3000 多亩大田受益，深受百姓欢迎。

与老寨川并行的 24.400 平方米商业楼，为小城镇建设增添了亮点，为第三产业发展添了增长点，为老寨川添了一道美丽的风景线。

民生，一直是镇上掌门人的心中之重。千方百计投入人力物力财力修公路、建小学、建医院、电视转播、养老保险、危房改造、垃圾治理、种植业保险，等等。一所中学，14 所小学，2 所医院圆着百姓的求医求学梦。桩桩件件实事记在档案里，也刻在了老百姓的记忆中。

人们不会忘记也难以忘记，历届党政一班人励精图治，把宝国老的山水绿化，把宝国老山村美化，让百姓们安居乐业，把宝国老精神传承。那么多荣誉挂在会议室的墙上，也贴在百姓的心上。连续9年荣获朝阳市文明乡镇，那是一代一代人的骄傲。从这里走出的干部在市县两级领导班子得到重用。他们用一种精神，一个理念，一样的作风，规划了宝国老的昨天、今天、明天，使宝国老的发展更有潜力、活力、魅力、想象力。

在老寨川北岸连接镇与村百姓的文明街路初具规模。有人好奇地数过，一条农商130多户的街和另一条200多商农户的街共栽植了花草树木1500多棵，路灯100多盏，在乡村也实现了亮化、净化、绿化、美化，酷似一片江南景色。

回乡探亲的城里人踏过老寨川漫水桥来到镇上，感觉这里像是一幅新版《清明上河图》。8000多平米的文化广场赏心悦目，把老寨川文化演绎得愈加精彩。这里称作北票的卫星城，也是一座撒落在北部山区的明珠之城。

时隔四十多年，北保铁路一直活跃在宝国老人民生活中。6个村的村民直接感受到它的亲切友好，培育了两代人对火车的热爱，对那轰轰隆隆声和偶尔汽笛声都听得顺心悦耳。对火车百姓们是离不开，舍不得，爱得深。

时隔十多年，老寨川依旧回荡着战天斗地的号角声。掏空了自家的石头、铁线成就了为家治水的心愿；投入了乡村财政家底成就了两岸一步一步繁荣。应运而生的工业小区、农业设施、种植养殖、林业、公路建设都伴随着老寨川的滚滚河水一年一年在发展，高高的老寨川纪念碑让世人铭记了宝国老人民的精神。

留不住的是时光，留得住是记忆。把一个地方曾经的时间与事件都折腾出来晾晒，那么会慢慢闪烁出道道光鲜的记忆。宝国老火车和老寨川足以让我们一次次深情地记忆。

在组织部里成长

1984 年冬我调到县委组织部工作，那年 26 周岁。

在工商部门工作五年，期间我还是《朝阳日报》等新闻媒体通讯员，文字常见于各级报刊，还在国家工商局、省局刊物发过专稿，所以我作为"笔杆子"被领进了组织部大门。

初来乍到，感觉组织部门重要而神秘，组织部干部稳重又严肃。自己开始谨小慎微，锻炼自己耐心，渐渐习惯机关作风，使工作从生疏到适应。主要是文字综合，接触的材料原则性强、政策性强，往往是"发号施令"。起初写文章基调、口气挺难掌握，随着大宗材料不断出笼，得到了领导肯定和同行同事的认可，算是过了关。

1985 年初，县改市后召开科技大会，表彰优秀知识分子和尊重人才先进单位。分量最重的领导讲话是我向起草人提供基础素材成稿的，参与了会议十几份材料的修改、打字、校对、印装等具体工作。

1985 年 5 月后，全市开展整党工作。组织部同志被派往各单位做联络员。我与当时林业局局长同包一个乡做指导综合等工作，又一次经受了考验，自己收获很大。

1985年9月第一个教师节庆祝会，我的任务是参与写好市委副书记的讲话稿，与市委办同志几次改写最后成会议"亮点"。这是我一生尊师重教之幸事，以后的十年二十年间凡参加教师节庆祝会提此事还是历历在目，倍感亲切。

落实知识分子政策是那个时期组织部门的重要工作。工作量最大的是知识分子家属"农转非"，部领导签字后由我全权办理。那时经常签字也练会了"同意"两字。我带着一份份充满知识人渴望、企盼的"农转非"呈报表到市公安局。那时刻，生活在某乡某村某屯的某一个家庭将幸福降临。

我们到各单位帮助清查返还历次运动没收、查抄知识分子财产（大量金银首饰和房屋）；带着爱心去理顺知识分子在单位工作不协调、无法作为和专业不对口、作用发挥难等问题；参与处理打击、排挤知识分子的事件等一线具体工作。

我市几乎所有中级以上职称的知识分子都是外埠分来的，属"老五届"居多。为解决他们的后顾之忧，分批分期地组织他们体检，建立健康档案，办理优诊证。政治上大胆使用，先后选拔一批到乡镇、企业担当重任和提拔一批进入了领导班子。还定期组织优秀科技工作者报告团巡回城乡。我为之辛苦劳作三年的知识分子工作获省先进，领导干部知识分子联系点工作得到中央组织部的肯定。

1987年职称改革开始了。各类专业技术人员职称考评聘任工作落在科干科。我们根据测算科学合理地分配名额，又按行业成立十三个中级和初级评审委员会，几乎把全市精英都吸收到最高决策机构。教育、卫生、农业、工业是需晋升各级职称最多的行业。我除简单负责业务综合外，重点抓卫生系统职改试点。近两年时间里，我和卫生科技人员们完成了一批又一批中、初级职务的评审、聘任。

原有职称的重新评聘，原来低的晋高一层次，原来在别行业、别岗位需重新评聘现专业和岗位。我们对各类来信来访做到认真解释和相互理解，最后合情合理解决。

做落实知识分子政策那几年，每一项工作对自己心灵都是一次震撼和洗礼，我也为自己从事有功德的工作而骄傲自豪。

1989 年到干部科做材料综合工作。3 个月里我在档案室查阅了全市副科级以上领导档案，详细地登记了他们的经历。在全市乡干部中有 50% 以上当过大队干部，有 30% 当过学校教师，有 10% 当过站办所长，有 10% 在乡机关当过秘书，市里下派的占小部分。我开始了解到农村干部大多来自生产第一线有实践经验的人员。根据查阅和搜集的材料，写出了《全市领导干部来源调查》，为根据个体性格、素质、类型有针对性地完善配备领导班子合理结构和培养、选拔干部提供依据。

90 年代伊始，我们开始承办省委组织部和辽宁刊授党校旨在培训乡村干部的刊授工作。全市 34 个乡镇 360 多个村的 1600 多人参加了学习，两年后获得了大专毕业证，从而提高了乡村干部的整体素质。

1991 年春，举办了县改市以来第一期后备干部培训班。来自全市各部门优秀中层干部的 40 人聚集在市委党校开始脱产 3 个月的学习。我当时是组织部干训副科长，到党校带班（任班主任）服务。全体学员学习理论并深入乡村、企业参观。请公、检、法、司部门讲授专业知识，请农委、党工委讲授实用知识，效果很好。

在举办第二期后备干部培训班时吸收了部分企业干部参加。

相对年龄稍年轻一些，课程也更有针对性，重点培养一批实用人才。接着举办了党外干部培训班和第三期后备干部培训班。这几期班后三四年间有近80%的同志走上不同领导岗位，至今仍为中坚力量。

在组织部每年都参加领导班子和领导干部的考核。主要是乡镇街、部委办局班子，对重点企业和事业单位班子代考核，还有受朝阳市指派考核一些市管干部等。那几年具体负责北片8个乡镇。一大圈下来历时少则半月，多时20天。民主测评后，需与班子成员、党委委员、站办所、村、市直单位三四十人谈话。写考核材料那是班子整体一个，成员每人一个，一般得6-8份材料，考核归来整理材料，7-8个乡需闭门两天才能完成40-50份材料，那几天也是在练文字功夫。

农村考核大多是冬季。居住火炕下暖上凉，乡里大师傅每日做些小吃小菜，乡秘书张罗着住所、烧水、烧炕；乡大车司机往返送我们去他乡。在乡里，这三个人最辛苦，也最受尊重。

对各类考核组织部要求很严格。要注意形象，介绍情况、说明问题措辞要准确；如实、公正地汇报；不参与被考核人的各种宴请等。在每次市委、人大、政府、政协换届前工作最多最累。

在清理、整理原市落实政策办、"三种人"核查办、干审科档案时，翻阅很多鲜为人知的保密卷宗。最珍贵的是那时从事这项工作的同志们的责任心和严谨的工作态度，每个卷宗内容充实、规范，装订整齐，字迹工整，为历史留下宝贵的翔实资料。

凡在组织部工作过的同志，不论在本地外地，在岗退休，调离调转，提拔平调，都认为这里是最值得纪念和留念的地方。组织部气正人正，有磨炼，也有前程。清规戒律很多，但以人为本、以德服人，有家庭般的温暖。领导要求严格，约束严谨，从而锻炼了一批德才兼备的人才。刚到部里同志领导会嘱咐"多干、少说""保密、自重"。那时选调组织部干部需全面考察，说、写、干都要有真本事。

组织部是干部之家、党员之家、知识分子之家，要做党员的表率、机关干部的表率，这些是组织部干部必须做到的。每名同志以政治、业务素质较高、人品性格较好组合在一起，相互团结友爱不庸俗，既有兄弟姐妹般情谊，又有合作共事的真诚。

同志下乡抬腿就走，通讯不便有人捎信告知家人；灌气、送物也不需牵挂；谁家修房、建房、捶房、抹房都有众多体力不强但十分热情者参加；家人有病、本人染病，领导和同志们全力以赴，帮助救治；婚丧嫁娶都有大家努力操办圆满。同志调转荣升，大家依依不舍，时常看望；新来同志不用几日融洽得家人一般。

组织部每名同志十分注意自身形象，不给组织找麻烦，不给集体摸黑。在公共场合，注意仪表，说话注意场合，待人接物讲究规则。对人忠诚老实，办事可靠实在，不炫耀，本本分分做人。

在组织部工作 10 整年，我感到人生最美好、最有激情、有作为的黄金时光（26-37 岁）献给了组织部。从成长到成熟、从经历到经验、从感慨到感动、从交情到深情、从过河卒到仕相马，我自知也自信走过了。懂得了忠实、忠厚、忠心、忠诚的深刻内涵。

1994 年岁尾，我被派到郊区乡任党委副书记，开始在新的岗位感受新的生活。再后来在基层几个单位辛勤地工作二十多年。我多次骄傲地说过，一生最难忘的是自己在组织部里的成长。

枣树蔫

初冬时节，驴友们户外活动走到离城十多里的山上。放眼望去，虽已进入冬季但田野山村的风光依然美丽无限。

金秋过后山下堆放着不整齐的秫秸垛，落叶渐枯的荆条和山枣树随风摇曳。在山坡下有一片枣树，大家就像发现了新大陆一样快速地下山，奔向枣林。

这片枣林约有五六亩地，估计是农村搞一户一个致富项目后由农家栽植的，枣树现在两米来高，有四五年生。树枝伸展得很开，像人仲着懒腰，自由自在。

眼前的枣树已没有了早春、盛夏时的美丽娇艳，干枝败叶使几个悬挂在枝头的红枣显得更加可怜。冬季的寒风不停地欺辱着没有抗争能力的枣树。

枣被树主人遗忘在山野荒郊，已经成熟的红枣在冬季降临的寒风中，实在坚持不住了，便纷纷落下来。每棵树上仅有寥寥几个红枣像一个个将要熄灭的小红灯笼挂在干枝上等候自己作为树蔫喜悦的最后一刻。

风，把一个个小枣吹落，落下的枣围在枣树根部随着阵风慢慢地移动着，它们发现身边早于它们跌落的枣伙伴们有的已烂了一半，有的已被咬得遍体鳞伤。

枣树上几乎没有了叶子，在瑟瑟寒风中，满身尖刺变得更硬。但寂寞的已没人理会，今天，枣树很幸运地盼来了二十多个人的光临。

大家钻进枣林，枣树们也摇摆着小手，像在欢迎着远来的枣树主人的朋友，也像在拒绝着开荒伐树的恶人。

当一双双手伸向枣树上悬挂的枣蔫时，枣树们方知来的也是怜枣人，不管是采回去欣赏还是随即入口，既被挑选也就完成了一生的追求。

从春天青青的枣蛋蛋到夏季遭受风吹雨打后的青贝，盼到秋天，枣终于长大了。记得幼小时，来过几个孩童，嬉笑着掠下几个塞进口中又吐了出来，是嫌绿、嫌硬、嫌味道不好便肆意扔弃。当自己慢慢长大变红，又来了一批软软的肉肉的小虫无情地钻入体内，沿着枣核来回侵蚀，要把自己的皮与内核彻底剥离。

主人精心呵护着枣树，树下台田的除草、施肥、浇水，枣树上颗颗小枣的点滴希望却无法弄清，只盼着硕果累累。

枣长大了，红了，熟了，周围的防护也加强了。那是一种自我防护，自身保护，当不干不净的手伸进警戒区时，四面的尖刺会从几个方向直刺过来，告诉摘采者：好吃的东西不会轻易得到。

秋天里同高粱、谷子、玉米一样地收获、采摘。庄稼是颗粒归仓，农家对它们无比热爱，精心堆放在家中，日里夜里梦里都沉浸在丰收的喜悦之中。

可枣树的秋天，树主人却漫不经心。浓郁绿叶中那些渐渐红了的枣没被主人发现，使棵棵遗漏者变成树蔫从此自由起来。

枣儿们躲在树杈和丛叶里瞄着主人的粗壮大手，始终没有靠近自己，触摸自己，眼巴巴地看着手一次次离开，叹息也一次又一次。秋过冬来风吹紧，枣儿们机灵地躲在枝干后面，无奈风大，枝干实在无力保护它们。最后悄然落地，掺进树丛落叶和秸秆之中。枣儿们从此脱离母体，走向土地，由原本显赫的树上骄子抽缩干瘪变成了树蔫。

　　眼见身边的干枣一个一个随风落下，可怜自己不知何时才有缘和其他伙伴相聚于树根旁。更多的渴望是人们把自己捡起来捧在手上，用带着温度的嘴轻轻吹一吹，再放入衣兜里。这种归宿是枣一生最后要求，枣儿虽小也要体现自己短暂一生的价值。

　　枣在树上虽有上百伙伴的拥挤，还是各有其位，相处和谐。饱满、红润的枣早被主人或相识的人青睐，当被选走那一刻，枣伙伴们的心在剧烈地跳动，盼望自己也能被挑选。枣树主人忙碌的手最后因被枣刺扎疼而退出，丢下了主人和枣的遗憾。

　　枣儿们庆幸没被意外捕获，却在树主人采摘中被冷落，因为遗漏与遗忘，使好多枣儿无奈又无助，只能默认当时的抗争和当下的轻视使自己一次次遭受冷落从失望到点滴绝望再到彻底绝望。任凭秋风扫荡，寒风无情与残酷，最后指望跌落于地被土掩埋，待春暖时节悄然破壳发出生命的消息。小小株苗在枣树下生长，企盼自己也能长得像身旁的大树一样。

　　但是厄运降临。枣树主人每天早晨就开始了枣林里的忙碌，清除着枣树下肆意生长的杂草，把怀有远大抱负的小枣苗同杂草乱枝一起铲除，小枣苗随着单轮小车倾入地边的沟里，从此在沟里默默无声地结束了幼小生命。

　　无论是枣树上干瘪的枣儿还是残落在地上更瘪的枣儿，它们一生的努力没有结果，因为草木一秋，枣也如此。

被新主人连摘带捡又装入背包的红枣虽大小不一，干瘪不齐，但捡摘者高兴，枣儿也高兴，终于盼到了识货的人把自己挑选走了，混杂在左邻右舍同等命运的伙伴之中。它们相互庆贺、祝福，感谢新主人的英明抉择，也可怜枣树主人有眼无珠，错过机会，抛弃了自己，成为遗憾。

摘枣人中有的手指被扎破，有的脑门被尖刺划出血，但枣树上下摘的捡的都兴高采烈，全然不顾枣树的感受和自己的辛苦。

有一只山鼠做冬眠前的最后一次食物采集，穿梭于树丛中，毫不担心人类对它们构成什么威胁。也许它们麻木了，在田野中一年轻松，把一次次采食当作一次次快乐地旅行，通过一次次冲刺向大地展示从没有过的激情与风采。

这一次，当采摘干枣的人们重重的脚步踏入枣林，使得游荡惯了的生物警惕起来，躲在玉米秸秆垛里的山鼠用一双鼠眼望着高大的人把手伸向枣树，山鼠高兴了，原来人都是手眼向上的。即使当他们猫下腰来捡落地枣时也是眼睛朝着枣扫来扫去，专注于捡起枣装进包里，自己曾啃过一半的枣在他们手里一闪即重新落在地上。

忽然一阵冷风，玉米秸垛被刮动，翻滚，一个山鼠被暴露出来。它害怕被人类发现，使它啃过落枣的劣迹暴露，其实高高在上的人是不会计较小小鼠辈的伎俩，几个小枣被损坏影响不了摘枣大军的扫荡行动。

枣树被一阵寒风又摧残一次，不再挂有红红的树蔫，却把干干的玉米叶刮起来挂在枣树上。看着乱乱的场景，摘枣捡枣的人终于停下来，直直腰，低头看看背包里的胜利果实，还是暗自欣喜。

树蔫们此时更有了成就感，它们用自己的耐心与等待终于有了比遗忘在荒山上好得多的归宿。

柳条沟的驴

　　节假日里，我约了几个朋友徒步行走去体验政府新修的一条由城里通往乡村的公路。

　　这是一条村村相通的柏油路，虽然不够宽，又弯弯曲曲，但还算平坦，走在上边感觉着挺舒服。

　　走了二十多里的路程，我们并没有觉得乏累，反倒被途中的小村小景迷住了。它虽没有摄像、作画所需的特别景色，但一处一景也透露着乡村的朴实和真实。

　　一条断断续续的小河，说是河倒不如说是小溪，但它真是在这里的山泉慢慢地、一滴一滴地流淌出来的，而且常年不断。

　　就是这条小河，哺育着二三百口人的小村，尤其是两侧的柳条树丛，生长收割，收割再生长，年年都给人们带来筐篓的收获。这里也就成了"柳条沟村"。

　　小村外的一片玉米地里，被放倒的玉米秸一堆一堆地摆放着，发黄的秸秆配着土地的褐色看上去有些荒凉。这里显得好寂静，只有玉米穗和秸秆的撞击声还隐约听得见。

地里有四个人在忙碌着。两个稍年长的在扒苞米穗攒成堆，两个中年男女在往塑料编织袋里装玉米穗。

靠近路一边一辆拴两头驴的小车上已装了四五袋玉米穗。

两头驴在静静等待玉米重量的降临，之后帮助主人把收获驮回家。这是一个由人、驴共同组成的生产小组，分工明确，互不干扰，效率也不低。

地头几棵小榆树下还有一头油黑的驴，准确说是马和驴的衍生品——骡子，正悠闲地啃着堆在那里的苞米棒，全然不顾周边的忙碌。

辛劳、辛苦的农民，一年的希望都在此时此景中展现着。

也许这是个温馨的三代之家，老人们帮助子女们劳作，中年夫妇辛苦着一年的收获，孩子们正在家玩耍。

也许这是个只有两位老人的家庭，村里派人正帮助他们收获着老人们的希望。

也许这是块困难户、五保户的救助田，老少爷们都在为之献爱心，收获着新农村大家庭的温暖之秋。

等候中的两头小驴，目睹着这里的辛劳和温馨，见证着农民秋收时的忙碌和欢喜。几年来一个心思，就是即使负载再重，也是对主人春夏日夜饲养和照料的回报。

此时的驴很静，像是雕塑一样不动。当听到"咔嚓咔嚓"的照相机响时惊恐地一打磨躲在小车后头，伸在小车架上注视着路边穿着红黄蓝绿运动装的人们。

驴在揣摩着路边这些行装怪异的人的心思。是在观赏收获的景象，还是在对自己品头论足？这是一群乐于帮助农户人家的好心人，还是把农家的收获当作一种景观疯狂拍录的劳心者？

驴还在想，人对驴再不是只会怪叫、会尥蹶子倔强的毛驴印象了吧？再不会被蒙上麻袋，浇上滚烫的开水，然后宰杀成为餐桌上的美味佳肴吧？也许会被欣喜地拉着走出田野，跟随人们游山玩水，又有幸混进漫山遍野的羊群里。

其实，驴想得最多的是既在山村为驴，就应夹着驴尾，顺从听话，多多劳作，来获得主人的好感和信任。这样就会吃喝不愁，劳动量减轻。曾几次为主人扛米袋行走几里路。

驴是要让人们知道，驴也是有较高智商的。驴，生之本能就应该为农家、为主人贡献自己身体的力量，这也是一种精神啊！

人与驴的较量，没有互动，没有结果，只有一掠即逝的妄想，想必谁也不会为之动情、动容或动怒吧。

驴之悲哀，未必是人之幸事。

走过柳条沟村时，我们一直在谈论着驴。有人调侃，看见驴就想提问一句，谁知道驴在属相里的排名？我说，驴排 13。因为 12 属相里没有驴，驴自认 13，再有，现在的驴肉馆都叫"5+8"就是这么来的。大家听后大笑不已。

这时听到了刚刚离开的村头地里的驴狂叫，似乎听到了人们对它们至高的评价而高兴咧开嘴唱了起来。

四口之家

几次户外的那条路，徒步大约十公里后顺小坡路就能到一户农家。这条下坡到农家的路由宽变窄，最后窄到门口已不足两米宽。在农户家门前由几棵大榆树遮掩着，那个双扇木门在我们印象中就没关过。

每一次走到农户家时间都在上午 10 点左右，就会见到那位有些驼背的干瘦老头在门前。他站在门前左右望着，好像在寻找什么。突然看到我们一行陆陆续续到来，他很惊讶也挺欣喜。在人家稀少的小山村看到穿着各种颜色运动装肩上背着大包小包的一群人，他感到异常地亲切。

今天见面他又露出了八颗已变黄的牙，张嘴笑着和每个人打着招呼，然后又往下坡的沟里望着。不一会儿，只见一条小黄狗和一只红毛公鸡慢慢爬上坡向家门口走来。快到家门口时，小狗突然"汪汪"地叫起来，而且声音显得很恐慌。那只大公鸡则瞪着鸡眼，鸡头向前倾着，摆出一副决斗的样子。

老大爷用一个我们听不懂的口哨声，让小狗和大公鸡恢复了平静，小心翼翼地走到门前，头也没回地进入院内，之后又传来小狗的吠声。这一次声音比上一次大了，可能是狗仗家势，回家变得厉害了。鸡则不见了踪影。老大爷半个身子探进院子冲小狗喝了两声，狗声消失了。

四五分钟后，一切恢复正常。我们几次路过他家也没正式、认真地与他交流过，今天才想好好唠唠。

"老大爷今年多大岁数了？"

"我，72了。"

"身体挺棒的啊。"

"咳，吃好喝好尽量睡好。"

"家中几口人？"

老大爷沉思一会儿，左右看看，随口一句："四口。"

"老伴呢？"

"她呀，闲不住，干活去了。"

"那两口啥人呀？"

老大爷低头不语了。好半天才抬起头来，说一句："刚才那俩，这不已经回家了吗。"

啊？我惊讶地看着老大爷，又向院子里瞄了几眼，没有发现那两口。我疑惑，怎么老大爷吞吞吐吐，说那俩时表情很不自然。小黄狗和大公鸡或者跟老大爷两口有什么特殊情结。看狗和鸡的大小，那么故事也就在这三五年发生的。

前边的领队扯着嗓子喊我快跟上队伍，我这才无奈地离开那个农家门，离开那个嘴里牙不多，家中人口不多的故事主人。

我们顺着一个树丛中弯曲带小坡的路往下走，忽然发现一位老大娘挑着一副水桶，很吃力地向上走。她见我们着装鲜艳，连说带笑走过来，放下水桶，把扁担靠在一棵树上，自己也靠在一个树上，闭上眼睛，紧闭着嘴巴在那里歇息。想必是太累了，或者看见这么多三四十岁的人有些心情波动。

我上前问话："大娘，上边那户是你们家吧？"

"是。"

"你在哪挑的水呀？"

"下边，挺远哪。"

"这两桶水多沉啊？"

"七十多斤吧！"

我上前用一只手拎一只水桶，感觉只剩下的大半桶水真沉。

这时我惊叹，大娘从下边往她家挑这么重的水，得多大的力气啊。接着我又问："你老多大岁数了？"老大娘稍停顿一会说"七"，然后伸出食指、中指、无名指组成个"三"字。

啊？七十多岁老人挑这么重水呀，我有些心疼老大娘。眼前的老大娘头发几乎全成白色，额头上几缕头发因出汗贴在脑门和脸颊旁。她对我的询问回答得没有气力，也没有怨气。

"看你家有井啊？"

"井水不够吃，我们四口呢，老头七十多了，狗呀鸡呀都得用。"

老大娘说得挺慢，挺轻松，特别是说到小狗公鸡时，语调高了，布满皱纹的脸上显得很苍老。她眼睛半眯着看我，眼神有些迷离，也有些渴望。

我们越过大娘的两只水桶，走着她挑水走过的一段路。路弯曲，几处缓坡，可想而知她为了七十多岁的老头和小黄狗、大公鸡是多么艰难地把七十多斤的水挑到家。

看着大娘挑水向家的方向步履蹒跚地行走，我的心情沉重，甚至比那两桶水还沉重。

这一路我反复回忆门前的老大爷，挑水的老大娘，仗势吠吠的小黄狗以及高傲地向行人炫耀挑战的大公鸡。那是个人为制造、畜禽配合又未知的四口之家。

我计划着，这回改变以往徒步不走回头路的规矩，而是要返回此路线，主要是要详尽了解一下那个四口之家。

快到中午 12 点时，我们返回曾经无数次走过但没有留意的老大爷四口之家。到这里后，大家在沟下树林里摆开阵势开始野餐。我按着上午 10 点多钟小黄狗大公鸡行走的路线一步一步"爬"到老大爷家门前。

准备进院时，迎来的是小黄狗的叫声不断，引得老大爷从里屋走出来，看见是我，犹豫了一会儿，忙打招呼："来，屋里坐。"

我指指那条小黄狗，老大爷明白了，忙喝了 声，小黄狗退到一边，我趁机走进屋。

穿过外屋地，向右拐走进里屋。我向炕上一瞥，老大娘躺在炕头，我猛然想到，一定是上午挑水累的，连我这生人进屋她都没什么反应。

只见那只大公鸡在屋子紧里边一个方桌下站立着，歪着个脑袋瞪着鸡眼看着我。我低头回避鸡的眼神，腿下有什么东西绊着，原来小黄狗一直绕在两腿之间。

大爷让我坐在方桌旁，这时大公鸡溜达出来抬头挺胸高傲地走出里屋，看来根本没把我这个客人当回事。

我把带来的一个大猪蹄和几个鸡翅再加半瓶白酒放在炕上："来吃点，我的心意。"

老大爷说："多少年不喝酒了。"我左右看看，屋子摆设简单但很干净，在农村算是不富裕户。我叹口气说："我们就任吃任喝的，哪知道你们这么困难啊。"

"我们不困难。"说完老大爷迷糊上眼睛，沉思好半天，"政府给的救济钱不少，公社让搬到镇里边去，我们不去。"说完，看看躺在炕头的老大娘。

我感觉老大爷有什么事情不愿意说，老大娘在炕上一直沉默着，听老大爷说公社让搬家的事，她噌地坐起来："不搬，不搬，我在这等儿子回来呢。"说完嗓子眼儿哽咽一下，哭丧着音调，"我儿子回来该找不着家了。"说完放开嗓子哭起来。

我被眼前这一幕惊住了，原本没有准备，一下出了这情况。老大爷低着头，顺着鼻尖泪水一滴一滴的。我想这两位老人心里有着多少伤心的事啊。我一时不知怎样才能收这个场，让他俩平静下来。

"大爷，大娘，我们这些人是户外运动的，也是社会公益团队的，专门帮助有困难的人。"

大娘一听，慢慢蹭着下了炕，边穿鞋边说："好，好，帮我把儿子找回来。"说完踩着脚下的鞋拖拖拉拉地走出里屋。

老大爷慢慢走到炕沿，抬屁股坐上去："咳，我看你们是有善心的人。我儿子离家快二十年了。我们结婚晚，我三十多才有儿子。儿子十七岁那年说学习跟不上，考不了大学，就跟几个外地木匠外出做工，这一去二十来年没有音信。我们找了快半拉中国也没找到。报案了，最后法院判是失踪人员。孩子他妈天天扶着门框往小道上看，就盼着儿子突然回来。"

这时，老大娘回到里屋，听老头说儿子的事，扯着嗓子说："我儿子一定能回来，他还有爸爸妈妈，都老了，他得回来养老啊。"说完又大声哭起来，那声音好凄惨，好伤感。在沟里野餐的伙伴们有几个凑到门前，想看看这平静的小屋怎么传出这么悲伤的哭声。

老大爷拉一下我的手，让我坐下开始说他心痛的事。儿子平时贪玩，学习不好。那年他妈有病孩子没上学伺候了一段时间，结果课程跟不上了。刚入高中他总说没法学了，偷偷跟外地做木匠活的人在一起混。有一天，儿子跟他们走了，只留个纸条说是外出挣钱回来给爸妈养老。谁承想这一去没回来，现在生死不知。

听着老大爷抽泣地诉说，我的心在一个劲儿地颤抖，原来两位老人天天承受着这么大的悲痛啊！

我马上转个话题："生活没问题吧？""政府给救济，乡里给盖了房，老太婆死活不搬，她说要在这等着儿子回来。快二十年了，我们守着这个院子和这几间房子过，等着儿子。"

我突然想起小黄狗和大公鸡为啥要排进家里的四口，我悄声地问一句。老大爷长长地叹一口气："我们儿子属鸡的，在家愿意养小狗，所以，他妈就养鸡养狗，说是看见它们就是看见了儿子。这狗和鸡都换好几茬了，儿子也没回来。"老大爷说到这时又抽泣起来。

我眼窝也发热，眼泪滚动着。两位七十多岁的老人，只为一份盼儿归的执着与坚守，太感人。这时，在沟里聚餐的伙伴们纷纷进屋里，听着他们的故事，感受着人间真情。有几个女同志也跟着感伤落泪。

见此情景，我左右看一遍，说："大爷大娘，今天我们都来了，看这些都是你们的儿女，我们都愿意当你们的儿女。"

大爷一听忙双手作揖："好啊好啊。"我寻找老大娘没在屋里，走出里屋看见老大娘正倚在大门隔着树丛向远方看着。她心里有儿子的身影，就坚信儿子一定能回到自己身边。大家走出屋子，围在大娘身边好久，直陪伴着大娘的眼睛看得累累的。

我建议，一是跟两位老人照个相，把屋子院子连同小黄狗大公鸡都照进来。二是每周到这里搞一次聚会，献爱心，交朋友，帮助老人走出心理阴影。

　　大爷，大娘，这里今后就是我们的家，你们就是我们的亲人。

　　这时，小黄狗汪汪地叫起来，而且越叫声音越大。它似乎也懂了我们的心情，高兴地表示欢迎。而那只大公鸡不知什么时候悄悄地溜走了，也许到沟下大家野餐的地方捡点吃的，也许藏在角落里偷偷哭泣，也许完成了接替前任公鸡的任务而远走他乡，也许去追随老大爷的儿子去挣没有结局的养老钱了。大公鸡真的走了。

　　下午的阳光从西边射进农家小院，在没有遮拦的院内，一群城里的户外人围着两位农村老人不愿分开。从此，这里已不再是四口之家，而是一个不固定人数的大家庭，温暖的众口之家。

寻找古村落

这几年户外徒步，走遍了县城周边山山水水，连几个乡村屯的路也走得熟悉。

今年春天，无意听到在城郊小村一个屯子的房屋、小院连水井都有上百年的历史，所以称这是县城唯一保存尚好的古村落。

听到这样的信息，我们几个喜欢户外运动的人合计找时间去寻找这个古村落。

第一次我们十多人一同前往，顺着大概的方位先后走了三条沟。打听沟口的百姓，都说得模棱两可。在他们眼里，这里的村屯都一样，没有确定哪里最古老，最典型，所以表述不清。

三个多小时我们走了十多公里路也没有找到准确的目标，因已 12 点多便无功而返。

又过了七八天，我们重新组织八人再次前往那个方向探寻古村落。这一次我们一条沟一条沟地纵深前行，边打听边辨认。见到的那些具有古老特征的建筑，觉得哪里都像，又感觉无法入心、认可。

我们徘徊在树林、河套、乱石岗之间，白白耗费了三个多时辰，直到有一女生喊肚子饿了，大家才意识到已过午饭时刻，每个人都感到肚子里咕咕作响，才决定回转，把遗憾再留下，等待下次弥补。

不是一而再，而是再而三，我们几人乘车又一次去寻找古村落。正逢雨季，几道沟路泥泞，河道里冲得乱石遍地，只好停车步行。几个穿皮鞋、高跟鞋的人走起来分外费劲，仅走了一小半路程就因穿着不当而放弃继续前行，赌气返回发誓再不去受罪。

面对这种情况我有些泄气。有人说不值得，那么个小村落何必几次大动干戈劳心费神呢。再说，就是真正找到了，那里对我们来说也是未知的、可能并不神秘的地方。

过了一些日子，寻找古村落的心思再次萌动。我找几个人商量，说这次一定要找得细，找到底，看看这古村落的出现为啥这般难。几个人认为再去寻找没必要，不赞同，只有一位算是执着的人和我一样，总觉不甘心，一定要探寻究竟。

一天下午，五点下班后我找朋友开车和那位同我一样执着的人踏上了寻找古村落的乡道。

我们汲取前几次的教训，一步到位，到最可能是古村落的那个沟口把车停下。伴着夜色降临，我们踏着半湿半干的河道，一直向沟里走去。

来到几户人家，打听这里的事情，听着贴边，就追问沟里还有没有人家，那农户手指山沟里说："紧往里走拐个水沟上山坡还有好几户。"这么一听，我们很兴奋，觉得那沟的深处农户家可能就是我们寻找一个多月的古村落。

刚修整的碎石板小路坑坑洼洼并不好走。不过这比一个月前好多了，毕竟能通一般车辆，这是今年入秋村上给农户拉运庄稼新修的路。因为碎石铺垫，走起来脚下有点滑动。来到上坡处，见一户农家敞着大门，我们来到门口，里面的小狗狂叫不停。屋内出来一位老大爷，我们说明来意，那大爷笑了。"这些日子，我们这里来了不少人，听说要搞开发，搞什么特色旅游呢。"

我们高兴了，传说中的古村落今天终于在眼前成了现实。

我们要沿着沟再向前走，那老大爷说沟里面还有七八户，挺远的。

这一次虽有收获，但没能深入最里面，说明还没到达全部意义上的古村落。夜幕降临，快七点多钟了，我们着急返回，因为天黑人车行走都不方便。

我们来到小酒馆已经晚上八点多钟。朋友兴奋地请客，我们端起一盅小烧酒，互贺几次工夫没白费，总算有了结果，又为下次全部队伍进入古村落进行了策划。

这次选择星期日，组织九人队伍徒步十多公里径直走进古村落。

时隔七天，这里有了很大变化。

秋意正浓，大田的玉米都被掰下堆置田间。农作物已收割完毕，只有路旁的枣树黄叶增多，枣蔫逐渐形成。还有半山坡多种颜色的树木，把这个小山沟装点得比春夏美丽多了。因为雨季的滋润，沟内的小河水也哗哗流淌着，越过河里大小卵石，形成许多弯弯的溪流。稍宽又较深的河里，偶见有小鱼悠游自在。不时听见远处鹅鸭的呱呱叫声。

小山沟里共有二十多户人家，散落在有十来里长的弯曲沟壑里。一条小河，上游就是从山崖缝里不停地渗出的泉水，漫不经心地流下来。沟两侧长满了灌木杂草，也有为数不多的梨树、山楂、苹果树，以枣树最多。还有野山楂，叫山里红的野果，几棵大树红红的果实挂满枝头，十分诱人。

那里的房屋都是用青石板垒砌而成，可能近些年用水泥灰修补刷色和翻建，看起来并不破旧，但院落里小棚小屋，连猪圈鸡窝都是石板垒成，很整齐。院墙、菜园小墙、过路隔断一概石板堆砌，高低错落，形状不一。虽然看上去有些凌乱，但组成画面，有特色，有美感。

最早的房子和住户都在百年以上，人是换了好几辈。房子都翻修翻建过，居民是只减没增。原来有四五十户，逐渐地搬出山沟，现在剩下二十多户都是老"坐地炮"，大多是老年人，孩子们在城里都有房子，逢年过节、周末回来看看，再就是秋忙回来帮几天。儿女们接老年人进城，待几天受不了就跑回来，他们说不仅是故土难离，而是习惯了山里的空气，吃的喝的健康放心。

走进一户农家，慈眉善目的老大爷站在院子里，向我们讲着过去的事情，当我们详细问及村落很多稀奇的故事时，他却转身离开，走进屋里。

我们愣住了，不知哪句话让他反感而不愿理睬我们了。

不一会儿，老大爷手端一小簸箕枣和梨从屋里出来："来，尝尝，自家产的，是你们说的纯天然，纯绿色。"

这时，我们才缓过神儿来，迎上前接过来，连连点头称谢。

山沟里农家淳朴、热情，表达方式简单，让我们感动也不自在。住在这里的人很和气，大多都能攀上点亲戚，来往也多些。

这时，老大娘从屋里出来招呼我们进屋，我们笑呵呵地打着不进屋的手势。

我跟大娘说："刚才来时在路上看见一条蛇，有一米来长。"大娘马上接过话茬："我们这儿蛇多，有粗的也有很长的，柴禾垛里最多。我们从不招惹它们，也没有人被蛇咬过，蛇和我们也是和平相处啊。"

听了大娘的话,我们笑了。敢情这大娘也是天天看电视新闻,说话挺时髦的。

我们进里屋想看看他们的生活状况。屋子里干净整洁,家用电器也不少。外屋没有印象中黑乎乎的棚顶,烧柴灶坑和大锅就是个摆设。平台上摆着电磁炉、电饭锅、煤气灶,像个小食堂,看出来平日里的饭菜烹制已接近城里的电器化。

老两口的穿着脱离了大红大绿的颜色。老大爷蓝裤子,白格上衣,高腰黑布鞋,干净利落。大娘米色底子衬衣上红花绿叶,看上去挺洋气和秀气。这些衣物一定是儿女们精心选择、细心挑选给老人的。大院里的菜园,各类小菜虽已入秋,生长依然茂盛。

一间小棚里拴着两头驴,正低头在槽子里啃着刚收下来不太成熟的苞米棒子,这算是为它们改善生活了。

我拿出手机,屋里、院内,人、驴、菜园、墙、树凡是能进入相册的都刷刷地拍照。

临近中午,我们想在山沟里找一户农家交点钱吃一次正宗的农家饭菜,但老大爷话头话尾流露出,现在各家都忙秋收,没工夫答对客人。他笑呵呵地说:"等农闲时来待几天,玩几天,住几天没关系的。"

谢过农家,走出院落,走出山沟,来到通往县城的大路上。

一行人回味着此次古村落之旅,有意义,有价值。大家讨论着古村落如何开发,首先整治环境和水源,治理沟两侧乱倒的垃圾。在沟旁栽植果树,供游客自由采摘。简单铺设上坡的小路。这样逐渐形成乡村特色游的景区。或许发展旅游经济就是这个乡、这个村、这个山沟百姓人家的福音。

脱贫致富,小康生活从古村落起步出发。

小区，沧桑

十年前，我搬进这个当时在城区内标准不低的住宅小区。

记得那时陪有关官员来小区检查工作，那位管事的人问这个小区物业管理怎么样，我信口回答："小区每栋十个单元五栋楼有五六百户不是有钱的就是有权的，物业管理一不缺钱，二是住户素质高绝对服从管理。"说完自觉有些唐突。

小区按开发商售楼规则，房款和其他杂费一同收缴。物业费不高不低标准一次性收缴三年。

前些年小区的物业是当时城里最好最有实力的物业公司，管理人员有七人，按照物业服务内容尽心尽力地为业主服务。

按现阶段物业管理的新功能要求，主要是环境卫生、绿化管理、商业网点、公共秩序、消防安全、车辆管理和楼道、道路修缮，装修安全及日常设备维修等。可以说事多、量大、紧急。面对这些任务，这个小区物业公司干得不错。

住户最直接感受到的是环境卫生搞得好。楼梯栏杆擦得干净，单元里楼梯间的小广告很少。小区内有三道门晚十点时关闭，正门有保安把守，见人开门，为此行业主管部门还组织十几位开发商来小区学习参观物业管理。

小区物业管理是个新生事物，在县城，诸多住宅小区不知道物业管理到什么水平才是最佳，只是表面看环境卫生好了，几个物业人员天天忙碌的身影，住户就知足了。

有一住户家阳台一块玻璃破碎，男主人找物业办要求更换，物业女管厉声训道："你四十好几，玻璃坏了自己不会换吗？"对方回答："有物业呢。"女管理听后狠狠地说了一句："原来住平房玻璃坏了咋办了？""自己换。""那就自己回家换去吧。"

路过此处听到两人对话，我的心好一阵子不是滋味。人哪，就是不知足。住平房时自己劈柴做煤坯取暖，住楼房集中供热还不满意，挑温度，挑时限，挑水质，忘了平房时的艰难。当然物业还管不到供暖，最多是有了情况帮助找供热单位。

那几年小区保安很辛苦也负责。有几次半夜回家时遇见保安手持高倍手电按楼按单元检查，发现单元门没关随于关上。对停在楼边车辆也是检查是否关闭车窗。叫嚣的商贩很快被赶走，花坛树木经常浇水、修剪。整个小区到处张扬着和谐、温馨、安静的气氛。

小区的住户们对选择这里居住感到幸运和幸福，对物业的工作人员也很亲近。有的家有什么好吃的端到物业办公室，夏日物业办公桌上的西瓜、雪糕不断有人供给。物业和业主们相处如同家人。

三年前入秋的一个周日，住户发现在物业办黑板上贴着一张白纸黑字的公告，人们傻眼了。

"因目前小区物业费收入状况和小区内住户需维修维护项目增多，物业公司已无力承担，故本公司从本月30日止放弃物业管理。望周知。"

"弃管"在别的小区听说过还对人家咒骂不已，没想到今天也会发生在这个一向口碑不错上下认可的"模范小区"。

小区的人们好像遭受了一场火灾水灾一样惶恐不安，特别是有钱人家、家有老人、经常不在家的住户都感到很不适应，不能再从容地生活在小区里。

几位老大爷来到仅有一人、一张桌子，地面上杂乱摆放纸捆纸箱的物业办公室，恳请能继续做好物业管理。可唯一的女同志却连声称自己无能为力，暂时看门，处理物业公司开办六年来遗留下的乱事。

时间很快到了月末。物业公司已被一个碱蒸馒头店铺占据。那天忽刮大风，整个小区楼头、楼角、花池游荡着废纸和破塑料袋。一家太阳能跑水，从楼边哗哗地流淌，形成蛇形一样的小河，过路的人抻着裤腿蹑脚小心地走进自家楼口。

晚上灰暗的灯下几个醉醺醺的年轻人晃晃荡荡地在楼头徘徊着，按往日这类情况早有保安催促回家。可是眼下无人搭理，任其大喊大叫，折腾半夜。

不过一月，小区内的宠物狗多起来，早上遛狗的人越来越多，狗屎遍地，有不小心者会脚踩而去。

小商小贩随意进出小区，吆喝东西的吵闹声成了扰人噪音。

小区内几位刚退出工作岗位的老干部看不下眼，主动组织起来做些力所能及的活计。智能搞一点环境卫生，但垃圾清运、三个门的开关，保安职责的履行都不能到位。最终他们给各个单元贴了小通知，征求大家意见，每户年缴费200元（按正常标准每年约500元）雇人负责卫生清扫。

小区内此时的和谐氛围已渐弱，人们不太期望再有物业功能的什么组织活动。很多人在观望，最后变成失望。小区开始有人家把房子卖掉一走了之。没去想哪里居住都免不了遭到物业的弃管。

　　小区，沧桑。

　　小区人，也沧桑了。

院墙

　　我和齐小宁两家相隔不几天，先后搬进了县机关专建的红砖平房。虽然房子是一大一小两间，居住面积在当地是比较高的。房子大间叫里屋做卧室，小间叫"外地"是厨房，也是出入的门。

　　小宁家厨房在东面，我家厨房在西侧，这样两个厨房之间仅有一道二四的砖墙，顺着向南在屋外延伸二十多米自然地形成了两个小院。

　　各家搬来东西不多，大屋小屋摆上几件老式家具和锅灶，院子里空荡荡的。两家把一些砖头瓦块和杂物摆成弯曲的一道矮小的隔断作为墙，也就有了各家的院子。

　　这道院墙连小猫小狗都挡不住，连喘气、空气也相通，但它毕竟把两家划分成了两个院子。

　　那年，我和小宁都刚满四岁。

　　三年后，前栋平房院内盖小房，剩下一些碎石破砖慷慨地支援了我们，两家把小矮墙垒砌一尺多高，总算有了一道有实际意义的院墙。

那时候，我们七八岁了，按说可以上小学读书，但学校来招生考试我俩都没有一次数数过百，结果被挡在院子里继续玩耍。那时我俩算是挺淘气的，又没有太多玩的地方，只是在那道墙上随意跳来跳去，甚至把它当成大大的、不能动弹的玩具尽情地戏耍，很开心、得意。

我和小宁十来岁走进小学后，老师教的规矩多了，那道院墙便把我俩约束在两侧只能相互张望再也不去越雷池半步。

后来在一个秋季，我俩跟大人们到附近山上砍柴捡树枝割枣枝，除了回家当柴禾，有一部分用在了院墙上。把树枝弄整齐架起绑好，成就了一道一米多高的篱笆墙。树枝做的院墙有一些密度，两家小院内的秘密也各自珍藏起来。

等我们长到十五六岁时，前后几栋平房都在院内盖起与院门相连的小房。当时是按子女长大需分居设计的，孩子们被撵进了院内小房，那里也成了娱乐场所，大屋是父母的地盘，被小房占据了一大半地盘的小院才是全家人自由活动的空间。

也就在这时，那道割据两家的墙开始混得正统了，一米八高红砖到顶，洋灰墙头帽。按当时两家人的身高相互都看不到，这时的墙才成为名副其实的院墙。这道墙使我和小宁见面的机会少了很多。

五年前，我们住的平房被房地产开发商相中，便在原址拆建盖起六层住宅楼，我们回迁户与新住户共同生活在新住宅小区，开始过着没有院墙的日子。虽然没有了院墙，但比院墙更"高级"的是不知多少道墙把各家各户隔离开来。

那时我早已和小宁成家，住进别墅小区，这里新楼房留给了老人们居住。原本是搬到一起的，可他们说老地方住习惯了，有点故土难离。

每一次回家探望老人，他们都要抱怨。原来住平房时经常串门、唠嗑，谁家大事小情都上前帮帮，可现在房子住得好了，楼上楼下的人家别说走动，连认识说话都做不到。让楼房的墙给堵得严严实实，一个个大方盒子似的，比起当年透风漏气的院墙差远了。

　　我们回家时，老人们也常忆起四十多年前我家和小宁家的老院墙，见到快五十岁的小宁还会说她小时候跳墙卡屁股直哭的事。

　　这几年，我们给已长大的儿子讲过去的平房、院墙和我们小时候的故事，孩子说有些记忆，但记忆归记忆，最喜欢的还是现在的高楼和舒适的住宅。

　　在孩子们看来，虽然住楼房人与人相互间来往少了，但现代化通信手段能穿透层层围墙联系东西南北，交往四面八方。我们和我们的老人们都没有办法阻止后辈们无限遐想了。

　　院墙最早的定义，是院落区域划分的墙。墙由下肩、上身、砖檐、墙帽组成。过去，院墙讲究墙头帽，墙帽形式决定墙的大小好差。现代的墙则是千奇百怪，除了是一种隔断，主要还展示一种美丽和富贵。

　　为什么要弄道墙？它最原始的作用是划分地盘，就是用木棍划道印也可指地归己。随意摆布一溜石头，不管方圆，乃成地盘。到后来用树枝、铁丝直到高打的土墙、石头墙。墙的存在，是人们越来越不信任呢，还是各自要隐藏什么秘密呢？每家每户想法做法都不一样。

　　前十多年，各地的政府大院、人民公园的院墙、铁栅栏被拆除，将院内的所有都通透给公众，百姓很欢迎。但具体到各家各户却是很难做到通透于众的，各家有自己的生活空间，随意性很强，必须有所介意，适当的遮掩很正常。

院墙的存在即是历史又是现实，它会随着社会发展与进步而变异或消亡，但还需要一个很长的过程。或许院墙会被渐渐遗忘，但是在老人们脑海里和作家文字中我们还会经常发现它的闪光记忆。

丈母娘说，感谢政府

工村四十多年的老房子终于动迁了。

这些年当地政府连续几年棚户区改造是分片动迁安置。丈母娘家住的工村房从去年开始动迁，让居民们抓阄分现房和期房。当时是小舅子代年龄七十五岁的岳母抓的，无奈手气不佳抓到了期房，就是说住新房还要等待一年。儿女们安慰老人说期房的条件更好。

今年刚入冬，政府开始对去年的期房户进行安置。从市里开会宣传到签协议选房有十来天时间。

这一回儿女们坐在一起商量，全力以赴为老人选房。先扒房子由棚改办开验收单，要求房顶全部拆除，檩木落地，门窗拆除，院大门拆掉，附属物拆除完，这样获得拆除合格验收单。

然后签协议书，发放选楼顺序号，确定选房时间，查验各种手续，结算拆迁补偿和补齐房价款后，到选定楼房领取钥匙。就这一套程序，家中七八人分头去做。拆房的、排号签协议的、排队领取选楼顺序号的、办各种手续的、到银行结算的，分工明确，责任到人。虽然程序挺麻烦，但自己选房还是越快越好，那样就能选到可心如意的住处，全家人、车齐上阵，一上午就顺利通过了每一道关口。

已过中午，丈母娘听到楼房已选定，高兴得掉泪了，非要去看看儿女们为自己挑选的新房。

新区楼房靠近街路，二楼两室一厅70平米，丈母娘喜欢的二楼、南北间首选满意。卫生间和厨房间也宽敞，卫生间的太阳能、坐便器、洗手盆、隔断门都已安好，地面铺了瓷砖，门窗口用木料包好。这样节省了自己的砸墙、改电、地热、地板、木工环节。丈母娘说，政府想得真周到。特别是本年度11、12月的供热费政府已交完，住户只需交下年1—3月的。这待遇过去单位分房子也没有过。

丈母娘看着看着又流泪了。我们几个儿女商量再简单地收拾一下厨房，新添置一套家具，特别要买一张新床，宽大点的，配个高级床头柜，让老人家好好享受享受。丈母娘没反对，在她心里也许这样的生活盼望好久了，恨不得马上就搬进来。

走出楼房丈母娘不住地回头看，看着自己的房子生怕一下跑了似的。她站在楼旁看，这里地势好，位置不错。自己年纪大了，喜欢靠道边低楼层今天真就到了手了。她在楼旁来回走着，看着，不住地点头，儿女们看得出老人真是高兴得不得了。

丈母娘是五十多年前从农村来到的煤矿，后来与当时在井下采煤的岳父结婚。五十多年来住就是矿上分的工村矮小狭窄的小房，还是对面屋，面积20多平米。后来孩子多了长大了，又在院内盖间小平房。住了10多年后井口又分给一户2层火炕楼，楼上楼下面积50多平，这时家中已有6口人，还是拥挤着，满足不了全家成员的居住和亲戚来串门的留宿。

那时的矿区工村，没有像样的路，特别是冬季时冰路难行，再加上家家户户堆放的取暖煤，路就更窄了。居委会老大妈说服大家，闪开道路，住户们不满，因为取暖的煤真的无处安放，自家小院内都为孩子们盖上了结婚的小房。

好多人家，一个院内住着三家，按矿工自己说是"下蛋户"。有出息的孩子们走出小院，走出了工村，到别的地方买房，有的把老人们接出来，但大多数还是栖身于工村老房子。

居民们在电视上看到有些矿区进行棚户区改造后，欣喜万分，盼着当地政府早早挂上号。

前几年政府派人逐户调查摸底，查验房照、地照、测量面积，这样大家才感到政府要动真格的了。

那段时间里，邻里见面谈的最多的是啥时动迁搬进新楼啊。甚至见到路上来了几位着装像干部模样的人就以为政府来动迁的忙上前打听。一次遇见来拍摄老矿区专题片的车队立刻围了好几层问这问那的。

丈母娘她们几位老矿工家属经常聚一起把搬进新楼的布置、怎样吃饭睡觉都讨论来谈论去。她们还到别的工村新建楼房看了好几次。

期盼住上楼房，是矿山人几辈子的梦。有无数老矿工没能摆脱做煤坯取暖享受单位分的窄小老房子就离世了，而把老房子留给儿女们，子女们再等待。

中秋已过，眼看冬季新房还没信儿，丈母娘着急了，她和几个矿工家属去政府问，对答复结果很高兴。在这个秋冬时节，工村住户们最大的话题就是动迁分房。

今天，丈母娘在新房那里遇到了工村不少邻里老户，每人都满脸笑意。尽管这一上午排队、摸号、选楼、结算挺忙乎，但对最终结果很满意。

看完新房丈母娘才想起午饭的事，她要请儿女们撮一顿。到饭店已经下午2点了。虽然是小吃部，一家人都开心高兴。

丈母娘眼眶里一直含着泪，她不住地说，感谢政府，感谢政府。

丈母娘眼里的泪水含有什么，心里还有什么，我们做儿女的都知道，就是刚刚过完三周年仅8天的岳父没有等到今天……

姐妹就是姐妹

　　大刘、小武和老姜三姐妹几乎是前后脚来到县教育局下属的教师培训中心参加工作的。这个中心看着不起眼，但能为广大教师晋级、升迁、交际带来很大的机会和好处。所以全县的教育工作者都向往这个学校，也尽可能地接触和恭维这里的老师们。

　　除了她们三个是师专毕业走正式程序分配来的，其他大多都是从各学校陆续调入的，还有不少是通过种种关系托人弄钱地走进有点权又实惠的培训中心工作的。

　　刚到中心时，姐仨没认为这里有多么好，只是感觉在这里挺受尊重，也时常得到点小礼物。时间长了，姐妹们也有了点骄气和傲气。好在她们在女老师队伍中不算漂亮，也就太骄傲不起来。

　　老姜在姐妹里排行老二，姐们习惯叫她姜老二，嫌麻烦干脆叫她老姜。老姜三辈子都在很远的山区生活，直到她考上师范大专班毕业，才脱离家乡来到县城走进教育系统。她的标志性形象就是红脸蛋，是天生的还是考大学前在乡下晒的就不知道了。

　　大刘长得矮小，脑袋和身体不大成比例，就是聪明伶俐，老师们说大刘的脑袋没白长。由于长相的确有些困难，直到三十多岁也没成家。大刘的闺房也就成了小武老姜常来的地方。同事们发现她们姐妹三人常混在一起形影不离，叫她们三人帮。

单位几个男性老师说她们是三个女人一台戏，说打就唠亲密关系长不了。大刘首先站出来反对，就要破这个咒，把姐妹们的友情进行到底。小武说我这么随和，不会做出对不起姐妹的事。老姜不轻易表态，她说，好不好那得往远看，事上见。在大刘的带领下，姐妹三人越处越投缘。

单位组织郊游自助餐，姐仨提前商量好，带的吃的喝的不重样，摆在那里令同事们羡慕。带队的领导也凑过来品尝着她们精致的野餐食品，也品尝了姐仨团结互助的风采。

有一次，单位组织体检，也巧她们三人的检查结果几乎一样，都有妇科小病需要慢慢治疗，最后连医生开的药都是一样的。有男士开玩笑说，你们是同病相怜，同命相怜。

老姜的老爹患病卧床，大刘张罗着和小武随老姜一起去百里开外的山区看望，带了不少好吃的，又留下一些钱，安慰老人好好养病。最后令老姜措手不及的是大刘和小武一下跪在地上拜老姜老爹为干爹。老人乐了，非要坐起来，姐三个一起上前扶着他坐了一会。那时，一直处于老人患病沉痛之中的农家小院有了笑声。

单位领导对大刘和小武看望老人的举动给予了表扬，他说就要提倡这种孝道，培养教师职业道德就得先从孝道开始。但他不知道拜老人为干爹的事情。

打那以后，姐仨感情愈加深厚。她们在一个教研室里成为模范组合，工作上互帮互助，在培训中心经常受到表扬和奖励。

中心评先选优，给她们教研室一个名额，大刘和小武一商量就给老姜了。她工作认真，家庭负担重还能克服困难完成本职工作，这样，老姜成了培训中心先进工作者，奖状一张，奖金500元。老姜说请姐妹们吃饭，大刘和小武说还是捎家去给老爹治病。就这样姐仨没有消费那笔奖金，大家还感觉干了正事，开心。

新的一年又要结束了，时隔一年培训中心又要评先进，姐仨的教研室有一个名额。这回大刘和小武简单一碰头保老姜连续当先进，这次先进发的是证书，没有现金，给了一个电饭锅。老姜想钱可以吃了，这锅怎么变得实用啊。

大刘说还是送老爹那吧，让山区也过过现代化生活。老姜说，家那里经常停电，电饭锅就是块废铁。干脆留下哪天咱们一起开伙。姐妹们想来想去把锅留下也好，以后说不上就用上了。

春节刚过，市教育局制定了关于对优秀教师进行奖励的规定，其中有一条是"连续两年被单位评为先进工作者的教师可以晋升上一个级次的专业技术职称"。按这个规定，老姜就可以不受年限限制提前晋级到副高级，工资每月涨五六百元。这下老姜算是天掉馅饼，成超人了。

大刘和小武想，这两年把荣誉让给了老姜，还真成全了她，晋了职称涨了工资太神气了。老姜这几天因为忙着办理各种手续，姐几个语言交流机会少了些。

单位的有些同事也感觉老姜命了太好了，不声不响就成了黑马脱颖而出。大刘小武看着人家办理晋级手续忙忙乎乎的，也有些眼热。

老姜怕姐妹因自己的晋级而伤了和气，最近几天她还真感觉大刘和小武和自己有点疏远了。由于忙着填报材料，又到县里审核材料，和姐妹的交流断了几天。老姜想，姐妹们一定会理解自己的，等办完手续请她俩好好撮一顿。

没等报完材料请姐妹们吃饭，老姜就接到老家来信儿说老爹病危，便着急忙慌地赶回家。她家当地风俗，老人去世后要在院子里设灵堂供孙儿嫡女和乡里乡亲们祭奠。第三天出殡是四个人抬着棺材步行到墓地，比划着下葬，再取出来装在县殡仪馆专用车上运到县城郊区的殡仪馆火化后把骨灰拿回来装进小棺材埋葬。

悲痛、忙碌三天时间，老姜手机早就没电了，也没来得及充电，三天时间大刘和小武联系不上她，也不知道老爹病情，直到第五天老姜上班才告诉大刘和小武。

这下可把她俩气坏了，一顿数落和训斥，好姐妹一场，做干姑娘一回，你太不拿我们当一回事了。小武蔫巴巴地说："你高级职称了，就不爱理我们了。"大刘说："是啊，我们帮你你才有今天的，真要忘本啊。"

不管老姜怎样解释，大刘和小武的心里还是不舒服，本来那几天职称的事整得心里就不好受，现在又加上她家事没通知，都是她把姐妹的心搞乱了，感情也要搞没了。好长一段时间，大刘小武有意躲着老姜，老姜忙乎着老爹的头期、三期、五期祭日，也没怎么在乎大刘小武的举动。在她心里，姐妹就是姐妹到啥时都差不了。

半年过去了，姐妹们来往少了，但在外人看来她们还是无坚不摧的"三人帮"。可这时又一个文件来到校园。

为鼓励广大教师热爱教育事业，稳定高级教师队伍，培养中青年高级知识分子，打造教育战线精英团队，对 35 岁以下并连续两年获先进工作者的教师奖励一级工资。

这下在学校可是震动不小。一级工资，那可是真金白银，一个月好几百块啊。好事当然又落在老姜头上，老姜自然喜出望外，大刘和小武则开始心痛了，这一步一步的，把老姜弄得太幸运了。大刘对小武说："当初哪知道有这么多好事啊，知道咱姐仨也轮轮，都沾点好处。现在可好，就她一个人好了。"

小武想了一会儿，对大刘说："要是轮谁都不够条件了。当初应该给你先进，你是老大，就考虑老姜在农村困难，先进给她了能得点奖钱，现在说啥也晚了。"

大刘说："不晚，到教育局反映反映，也许能考虑特殊情况放宽，咱们也有机会晋级奖工资呢。"小武胆怯地问："好吗？"大刘说："没事，咱也不去告状，就是反映情况。"

下午快下班了，大刘和小武来到了教育局人事科，见到一位岁数不小的女科长，说："单位姜老师这几年得的先进都是我们几个谦让的，现在她得那么多好处，有点不公平。"女科长说："我们是尊重也相信基层党组织，按照程序上报审核公示批准。至于你们说是谦让，那是你们之间的感情和友情互助，我们还是看最后结果，抛开感情因素，实事求是地选好。至于待遇，那是硬性规定。"

没得到什么答复，大刘本来要带小武去找局长，反过来一想，估计局长也是这一套话，而且比科长说得还好。回来路上，大刘对小武说："今天的事坚决不能让老姜知道，她知道了，姐妹就彻底拜拜了。"

老姜领到奖励工资第一个月请姐妹们在海鲜馆吃了一顿。老姜说了不少客气话，喝了不少白酒，那种淳朴乡妹子的风采只有在酒后才能表现出来。圈脖子搂腰，甜姐闺蜜地把大刘和小武弄得心慌慌的，无地自容。面对朴实厚道还带有些单纯的老姜，她们心里有了丝丝愧疚感。

今后的日子姐妹三个照样来往很多，在一起谈笑风生。在大刘和小武心里总有个结，这个结还是在老姜不知情中她俩给结上的。她们想让时间来慢慢淡化吧。

年末总评有了新模式，就是同级职称的人员在一起评先选优。这回，大刘和小武就是想帮助老姜也不好使了。老姜争气，这次在全中心评优第一名。

培训中心主任说，市局有文件，明年初按"德才兼备、好中选优、优中选精"的原则，准备提拔一名获评优第一的女主任。大家不用问都知道一定是老姜了，她年轻，高职，评优第一。虽然很多人心里嘀咕，但还是认同了老姜。

春节假日后上班，老姜被市教育局批准任命为培训中心副主任。因为那位分管教学的副主任还有半年退休，所以老姜临时分管后勤工作，暂时脱离了教学。大家对老姜都叫姜主任，大众对各级领导层的副职习惯称呼不带"副"字，而大刘和小武就叫她"姜副主任"。老姜有些意识到了，姐妹们面上对自己嘻嘻哈哈的，背地里有上百个不服。

大刘和小武商量，得跟老姜说道说道，约了两次她都有事坐不下来。她俩说干脆给领导们写一封信，说说咱单位情况，这评先选优选出的不是最好的，结果提前晋级、奖励工资、提拔重用，好处却得到了，总感觉不公平，不准确。因为是匿名信上级找不到投诉人没法答复，只留给教育局人事科一封公开信，便于解释有关问题。

姐妹们渐渐分出了等级，老姜总想接触一下大刘和小武，但是她俩总躲着，也是告状后心里不踏实，有鬼作怪。老姜不知道两姐妹的作为，只当是对自己眼热、羡慕，顶多是嫉妒，肯定没有恨。

老姜的试用期是半年，她的热情、敬业、实干得到了中心领导班子和广大教师的认可。老姜农村出生长大走出一百多公里在市师专学习，没怎么改变乡下女孩的风格，着装朴素，举止言谈给人一种真诚、可信、本分的印象。

入冬后，单位的取暖设备总出毛病，不是跑水就是断气，老姜天天忙乎着，当然也引起一些老师的不满。大刘在老师堆里埋怨中心管事的领导工作不力，一个弱女人担得动这么大担子吗。小武在一旁说，好几年不感冒了，这一断气，感冒两次了。

一个周六，中心轮到大刘和小武值班。两人在值班室看电视，下军旗，哼哼小调，显得十分快乐清闲。快中午了，两人商量用上次老姜得奖的电饭锅做豆角饭，两人到单位边上的粮店、蔬果店买好东西，第一次启用电饭锅。说明书找不到了两人就琢磨着用。好不容易通上电，不少东西一股脑放进锅里。两人在外屋看一个电视连续剧，进入剧情里面，跟着哭哭咧咧的。

忽然闻着里屋有烧焦的味道，大刘进屋一看，不好，电线着火了。小武吓得没进屋救火而是跑到外面哭了。大刘喊她来救火，她走到门口又退了回去。大刘一时也慌了，端洗脸盆一点水泼了过去，没泼到地方。眼看外屋棚顶的电线也在冒烟带着火苗，大刘也跑了出来，跺着脚没办法，看着两间值班室慢慢吞没在火海中。

小武多少缓过来神了，忙掏出手机拨打火警119，不到十分钟，消防队来了，扑灭火后开始调查起火原因，初步断定电饭锅线路错乱又没及时切断电源造成火灾。损失大约在10万元以上。

这下，大刘小武彻底懵了。往日那趾高气扬的劲头被一场火烧尽了。两人蹲在地上哭着，等待着领导们来处理善后。

冬日里，小北风无情地刮着，把保养得细皮嫩肉的脸吹得好疼。小武一直捂着脸，露出两只沮丧无助的眼睛。大刘一只手捂着嘴，手被冻得通红，眼里一股一股地流着泪水，路过脸颊变凉变硬，慢慢流到冻得发紫的手上。

中心领导班子研究决定：对工作中玩忽职守造成单位重大损失的刘老师、武老师辞退，并由二人赔偿经济损失每人一万元。班子研究时，老姜一直沉默，她太不愿意听到最后的处理结果了。大家开始表决，突然老姜说话了："这次大刘和小武值班是给我替班，要说追究责任应该是我的责任，她俩只是替班，应该处分但不能辞退。"

中心主任一听，愣了："姜主任，真是这样吗？"

老姜没有迟疑地回答："是。"

"那，那你，追究责任你就要免职，罚款。她俩可以给降级处分。"

"就处分我吧。她俩级别本来不高。"

"好，既然你是主要责任人，那今天班子研究，向教育局提出对你免职，回到教学岗位的申请。她们两个每人罚款2000元，取消当年奖金和评比资格2年。"

老姜眼含热泪，对全体班子和列席人员鞠躬表示感谢。大家看老姜哭了，为她伤感的是今天离副主任半年试用期转正还有7天。

大刘和小武陪着老姜来到老姜老爹墓前。老姜什么也没说，只是跪在那里哭，声音凄凄惨惨，大刘和小武也跪在老姜身边哭个不停。坟头上几棵干枯的荒草随风摆着，凛冽的北风刮起一阵阵黄土在不高的空中盘旋着。

忽然，大刘大声地喊道："老爹，我们亲姐仨来给你磕头了……"

戏说菜园

　　搬进新住宅时，一楼楼头有一堆建筑垃圾，我雇车清除后拉几车黄土经一番整理，变成一个小菜园。

　　此后三年精心莳弄，小菜园已倍受小区内大人小孩喜欢。各类小菜尽其所需，自采自食。春、夏、秋季节它也是小区内最大面积的绿色点缀，成为一道独特的风景。

　　小菜园有时挺热闹。当我静坐菜园边欣赏日益生长的秧苗时，时见小鸟飞落于此，在红砖铺设的甬道上跳跃。我不知它们来做什么，也许在寻找可口的食物，或许是帮我捕捉害虫，每一次我都不惊动它们。还见过一只个头不大的老鼠，贼眉鼠眼地窜进来。起初吓了我一跳，忙大喝一声。那鼠竟然半站起来四处张望，然后一溜烟地跑了。我想它根本没看见我，不过我那一声吼，虽然有些嘶哑，也足以喝退百千鼠兵吧！老鼠跑了，我自笑，光天化日之下能发现老鼠是不是我的奇遇呢。

　　菜园靠墙根种了几棵葫芦秧，看它们渐渐长高，我找了几根竹竿架起与窗护栏相连。那七棵葫芦秧像长了眼睛径直向护栏方向攀爬，仅靠几根竹竿引领，葫芦秧苗就有了灵气，眼睛有了方向。

接着我又在要吐豌的苦瓜秧旁立几根竹竿，很快苦瓜秧也伸出细丝豌缠往竹竿拼命爬。爬得有规矩，边盘边向上，速度很快，有时显得张牙舞爪的，默默无闻的竹竿这时也有了活力。

三年侍弄菜园，不仅时蔬有些收获，还静心养气锻炼身体，又悟出一些小菜园的独家理论。

绑与架功能。给秧苗绑枝搭架，既是给作物固定位置，防止倒伏又避免枝条乱串，同时也给它们找到了依靠。

盼与怕纠结。春天种植后盼着出苗、出全苗。出苗后又盼快长大，长大了盼快结果，更盼多收获。那时早晚守在周围，小苗的一点点进步都会令我欣喜。怕，怕种子在地里被鼠禽类偷盗，怕小苗出土娇嫩经不起风雨，怕大风作怪枝倒花落，怕突遭大雨冰雹之灾，怕不成熟果实被强采，怕熟果不翼而飞。

投入产出比。从清理垃圾运新土，购置肥料和各类种子、竹架、水管、锹镐锄、辅助工具等投入不少。园内小菜在市场价廉或堆或捆兜售，与小菜园投资比不合算。但安全放心度远远优于市场，所以不计多少投入，只求用之放心。

阴阳辩证法。阳光明媚的日子益于植物快速生长，可谓"万物生长靠太阳"。但炙热或热得持久，会使植物脱水干枯。如黄瓜属水生，一旦缺水或花落或瓜蔫或瓜歪斜不定。反之天阴数日菜类爱招螟虫，那虫繁殖极快，为成长绿色蔬菜又不可打药。我想，天气热三天，阴雨两天，再热三天晒地，这样循环是天气的周黄金组合。可天到底还是不听人的。

肥与水关系。第一年小菜园生土又没有增加肥料，只灌以水膘，无论果还是菜都长得不大。第二年春天拉半车羊粪、半车鸡粪发酵捣碎搅拌地里，大多数植物在粪的培育下苗壮成长。

钟情于青菜。自己种的纯绿色青菜不仅自己喜欢吃，家里请客次数也多了。一是请大家品尝劳动果实，二是炫耀自己的杰作。豆角、黄瓜、柿子、辣椒是自产自销，很惬意。大家在快乐品尝中夸赞多了，自己也会沾沾自喜。吃自己种的各种小菜，感觉很特别，很舒服。

比较与竞争。看到别处菜园，自己心里是羡慕又嫉妒。不断地改造自己小菜园，除让秧苗翠绿果实累累外，连菜园内外卫生都搞得整洁如舍。

三年时间，在小菜园经管中，自己还臆造出一些菜园与社会生活相关的东西，自觉有意思，故罗列戏说。

喷水是除尘去污的过程。

每日清晨一把喷壶面对娇小秧苗细水洒落，彰显主人呵护之心，像对待孩子一样细心和耐心，既不能贻误生长又不可拔苗助长。及时清除周边尘污，提供宽敞、轻松、清洁的环境保证其健康成长。

打杈是清除杂念的过程。

按秧苗生长规律，及时为其掐尖打杈以保主枝要干独立生长，防止节外生枝。培育一个有用的秧苗，需要有横心、狠心，舍得打掉看似强枝但影响主干的分杈才能保证一枝独秀。培养人才亦需要同样心态，肃清周边的小人，才能令君子伸腰展翅自由飞翔，成就人生大业。

绑架是定位扶正的过程。

为秧苗支架并定期绑捆就是规矩扶正，约束它直挺立正。在支架和捆绑帮助下，自能抵抗风吹雨打不会倒伏，不会越出确定方位，立足本位。现实中对需要帮助的人要及时给予约束，规范其行为，从而助其逐渐步入正道。

除草是清理左右的过程。

很多时候秧苗和杂草同步生长，杂草会偷去秧苗应有的养分、水分，分享主人为秧苗准备的大餐。及时地清除杂草才能保证秧苗吃饱喝足、苗壮成长。为打造一个人物，捧红一个艺人，他们周围不能有影响其发展的人。喝退左右已不应留在身边的人，这是从古到今规矩的延续。

间苗是清除异己的过程。

播种时为保证出苗率，以三倍以上种子植入土中。出苗后，一团一簇地生长，都显得强壮。定苗只选定一株强壮又可心的，其余快速拔掉，不能手软怜惜。在社会交往中，时间长了有些人会出现各种情况，影响整个集体。这时需要下决心消化不利因素，以保证队伍纯洁健康发展。

引导是教育规矩的过程。

对长蔓枝植物及时用竹竿、细绳引导选定的方位，否则它们会漫无目标而迷失。引导是主人意愿，秧苗只有服服帖帖地跟着走。现实社会里，年轻人不论跟了师傅还是领导都要有一个明确目标和方向。像练书法、学武术，先确定自己的门派才能得以发展，如遇好人引领，一生会大有作为的，因为引领者也要为自己负责。

补苗是安插私密的过程。

秧苗有些出了意外，它的位置要及时补充。或同类或异类来占据已成型的方阵，如派私密监督。每个人一生机会不多，不要让自己成空缺由别人填补，所以要完好地生活。一旦失去位置，是很无奈、很不幸的。

守望是监督管护的过程。

守望从种子下地到果实累累的春夏秋三个季节，也是对草木一生的观赏、管护。有喷水、打杈、绑架、除草、补苗等工序，所以守望是基础工作。它与现在对人对事的跟踪监督管理是一致的。没有了监管有些人会思想失控，行为失准。小问题要及时矫正，大问题当即惩处。守望是一种责任，一种作为，也是一种奉献。

换苗是彻底改造的过程。

当菜田整体出了问题，要及时清理，重新插播，还一块崭新的菜田。当一个集体出现了影响运转的岗位和人员，应及早撤销岗位清理人员。当某人某事给事业带来损害时，应痛下狠心，换置一新。更新、创新需要一种精神，同样也是一场革命。

插栽是互相竞争的过程。

种植秧苗通常同类同地便于管理和采摘。老百姓习惯套种，使各类植物各得其所，共同生长。它们之间也在竞争，不管身价如何、高低胖瘦，同处一块地，同在阳光下，同样得主人恩惠，那么就同呼吸而共命运。竞争是力量的比拼，也是智慧的较量。在攀比中求进步，在嫉恨中得发展。对手，也是经风雨抗灾害的盟友。

我感受到了经营菜园是一种情趣，一次享受，一份快乐，一个境界，一场游艺，这就是我家菜园美丽、魅力所在。

最后的赢家

"五子"是我们哥几个对他的昵称。中学二年级，他左手开始戴手套，冬天则把手缩进长袖，没人知道为啥，也不好问，时间久了也习以为常。后来因他把手捂起来，"五子"就成了代号。

毕业三十来年同学们见面机会很少。前几天，外地回来一位老同学，免不了聚一起喝酒叙旧。席间，那同学酒兴大发，非要划几拳，而且是打通桌。

大家知道他这些年在外闯荡，事业有点成就，喝酒划拳也有一套。他连胜六人，轮到"五子"与那同学划。"五子"划到兴奋时换了左手，大喝一声"全来了"。那同学一看自己出五他出四，高兴地说，我赢了。不料"五子"一下子急了："我是'全来了'，我赢了。"那同学当然不让："你出的是四，我是五，我才赢了呢。"

"五子"突然端起一杯酒泼向那同学，那同学也端起一杯泼过去。大家一下弄愣了，劝阻两人住手，指责"五子"太粗鲁。

"五子"紧闭着嘴，鼻孔喘着粗气嘟囔："我是赢家。"那同学仍在反驳："我是九，我赢。"这时，"五子"伸出左手："你看，我说'全来了'，是十。"

大家目光一下集中到"五子"左手上，他的无名指少了一大截，伸出巴掌是四，说"全来了"长短是五个手指。原来中学时"五子"戴手套是隐藏左手断指的秘密。

"五子"情绪激动地坐在椅子上："我是'全来了'，我赢了。"

那同学用温和口气说："你赢了。"

大家一起说"五子"是赢家。

酒席继续。

"五子"第一次毫无遮拦地用左手端杯、打手势，在他心里，这只手才是战胜自己的最后赢家。

当螳螂挡道时

中秋刚过已略感寒意。国庆假日，约几位朋友迎着瑟瑟秋风徒步山村，一行人穿树林过小河行走在乡村小路上，赏着秋景，吟着秋歌，难得的畅快秋游。

我因腿痛一直落在队伍后边，便自选近道追赶。突然看见前面四五米处有一个像柳树叶的东西镶嵌在黄土地面上。

我漫不经心地向前走了几步，发现前面的绿色东西是一只螳螂。它横在路上，身姿挺立，两条后腿半跪，前腿弯曲，头向一侧张望。从侧面看凸起的圆鼓鼓眼睛似乎没看见来人，也没听到我故意发出的咳嗽动静，依然静静地待在那里。

我好奇地弯下腰仔细观察，与以前看过的螳螂形状没什么特别。只是它圆柱状的腹部告诉我这时候正是母螳螂甩籽孕育明年生命的季节，今天是来寻找适宜种子生存至明春生命绽放的地方。

螳螂在我面前很淡定。也许在它眼里我很渺小，不值得小心防备，所以它骄傲地伸展身姿让我来欣赏和联想。

我不知道螳螂此时在想什么或做什么，按它的状态是在思考走过小路到树丛中或返回继续温暖身下熟悉的草木。而眼下最主要的是我得从这条小路走过去。

说实在的，面对螳螂我显得有些迷茫，它几分钟静止不动的姿态倒让我有了恻隐之心。不管怎样，我需要做出选择。

如果从它身旁绕过去，很轻松，是最实用最有效的选择。但那分明是开脱和逃避，是自己软弱的表现。这么多年朋友们一直认可的强者此时却为一区区小虫而退缩，会让他们惋惜和瞧不起的。

当然，对螳螂是幸事。它战胜了被挡住的对手，让对方服服帖帖地屈身而去，也证明它对我渺小的判断是准确的。

我犹豫了一会儿，决定从它身上大步迈过去。这样自己可照旧前行，螳螂仍可在那里选择自己的去处，互不相扰。但是螳螂会感觉自己头上一片乌云轰然而过，它不在意头上的跨步大小，但在乎胯下之辱留下的阴影。

我止住了脚步，心想，从它身上迈过去是对螳螂这类美丽、攻击性强的小动物的公然蔑视。也许从那时起，它没有了尊严，会嫉恨于人缺少忍耐和包容。

我再次地犹豫。如果止步不前那就是后退，那么前方的目标还没有到达，还没有享受徒步远游的喜悦。这次徒步游要看湿地入秋的荷花池，属因私游玩。既然带着点想法就要竭力去做，这是我一贯的性格和风格。

我盯着螳螂不知所措。此时的螳螂也许没想那么多，根本不顾及常常遇到人的那些无道无理举动，倒是人总爱自作多情。它类不会计较人的作为，按着各自的生活方式生存，只是不想让他类来干扰罢了。再说，它们的再生能力远远超过人类，根本不在乎一春一秋，也不在意谁去谁来，只是要完成一生的使命，让物种有序地延续。

最后我下决心毅然转身从路旁一尺多高的草丛中走过。人的路因螳螂挡住又不甘心让开，战胜不了螳螂那只好从螳螂爬行的草路上顺利地通过了。

我有些激动，佩服自己的举动很聪明，既能继续前行又没让螳螂脆弱的身体和心理受到丝毫伤害。

在小路上向前走几步后，我回头看一眼依然伫立在路上的螳螂，心中忽然感到有些不安。

螳螂在那里怎么不赶紧离开，倘若后边再来人没注意不小心触碰着它带孕的身躯，那它一生的追求会丧尽，哺育下一代的责任无法完成。就是说，这一条小路会给螳螂带来大灾难。

想到这儿，我几步来到螳螂面前，看它那个样子显得很无助。它是身上的负担太重走不动了，或快临产急需一个安全又放心的地方？

我弯下腰伸手轻轻地抓住螳螂细长带棱角的脖颈挺起身走到路旁小心翼翼地放在小榆树杈上，看着它慢慢地向草丛深处爬去，我紧闭着嘴巴轻轻点点头，长舒了一口气。

我边走边想着刚才几分钟里发生的事，反思自己处理这件小事的对与错。

忽然身后急促的摩托车喇叭声吓得我一激灵，我停下脚步向后一看，一位带蓝头盔的男士驾驶一辆大摩托车跟在我身后。我的心一阵哆嗦，幸亏那只螳螂已被我从路上"请"到路旁草丛中，否则这"巨无霸"摩托将对螳螂造成无法弥补的过失伤害。

我向一侧闪开几步，摩托车从身边而过。当我俩目光相对时，那人嘶哑着嗓子不满意地说："你怎么挡道啊！"

我愣了一下。左右看看这条小路并排能走两三辆摩托车，怎么我一个人就挡了道呢。

　　想起刚才遇到螳螂"挡道"时自己的复杂心情，那么面对我的"挡道"摩托车主人会怎么想呢，在他心里或许比喻我是"螳螂挡道"吧。

　　这些天我一直在想，真的有"螳螂挡道"时我们能够包容、谦让、呵护这类小生物，那人与人之间互相"挡道"时能做到吗？

爱跳墙的小男孩

这个夏天，住宅小区 5 号楼 2 单元可热闹了。大热天家家户户敞窗户开门的，各家的声音相互传递着。夜深人静时，越是楼下的各种声音，往高处传得越清楚，最后憋得有大气不敢喘的感觉。

"球蛋"他妈三天两头训儿子一顿，而且时间都在晚上七八点钟以后，所以各家都挺烦的，又没办法，慢慢也习惯了。

妈妈快嘴，不停地训斥，天天都是那一套话，不说完可憋坏了。

早上穿的衣服，没到晚就弄这么脏，你看裤裆更脏。

上个月做的裤子，穿这么几天就磨破了裤裆。

怎说你也不改，跟你姓邱的爹一个色（shai），真是"球蛋"。

现在住楼单元内各住户大多不知姓氏名谁，只是天天上下楼擦肩而过面熟一点。要不是"球蛋"他妈喊出姓邱，大家还以为"球蛋"是孩子外号。这孩子大名叫邱丹，起女孩名是想让他学温顺温柔些。可名字白起了，这孩子就是个淘，干脆叫他"球蛋"。

"球蛋"家本来收拾得挺干净，只要他一回家，就把玩具刀枪、车船，连同小人书全都摆出来，地板、沙发、床就是他的战场。在家里怎样摆摊作闹，妈妈看在眼里，忍在心里。最闹心的是他一出家门回来就脏兮兮的。

小区西侧有一道砖墙，主要是隔离那个挨着大道的楼群，避免他们随便来遛狗、玩耍的。墙两头都有一个大大的垃圾箱，实际上成了两个小区通道的阶梯。

"球蛋"只要出小区就跳那道墙。平时物业的、搞卫生的、保安为防止有人越墙经常往墙头抹油，插碎玻璃，还写上大字"跳墙可耻"，可是这些都难不倒冲锋不止的"球蛋"。

他在地上一窜上了垃圾箱，处理完墙头的障碍再往上盘腿一使劲就骑在了墙头上，接着跳到墙外垃圾池盖上，再平稳着陆，径直顺大路走进自己的小学校园。

跳墙对于"球蛋"来说是行走一部分。如遇雨天雪天，他站在墙下徘徊深思，一般情况还是选择跳墙。

至于衣服脏了、坏了妈妈都愁够呛了，他还崴了三次脚、磕破过膝盖。六七岁时时不常哭哭咧咧的，大一些刚强了，磕着碰着一咬牙就忍过去了。

邱家搬进小区快四年了，"球蛋"从六岁长到十岁多，隔壁邻居因为"球蛋"几乎天天跳墙出入挺烦他的，甚至对他父母也有不好的印象。

妈妈不想让孩子早晨生气不吃饱饭走出家门去学校，所以"训斥"都安排在晚上。这一天"球蛋"的衣服保准弄脏，尤其是裤裆处，还沾过黑油漆清洗都费劲。

"球蛋"九岁时戴上了眼镜，妈妈说天天晚上看书，硬把眼睛弄坏了。现在老师没有家访了，学生家长要主动去找老师请教，替孩子检讨。妈妈在老师那里听到的是"球蛋"聪明好学、尊重老师、团结同学、成绩不错，就是穿衣脏点，以为家中劳动的活多呢。

妈妈听了很惭愧也上火，又不敢说孩子天天跳小区墙去上课，那会遭到严厉批评，起码没遵守公共道德。只好一个劲儿跟老师说好的，满脸发热心里堵，也得等气消消再"训斥"孩子，毕竟宝贝儿子还在生长发育期。

盛夏的一个大雨天，小区院里排水口被一堆塑料袋堵住了，路面水憋得快漫过脚背了。"球蛋"他妈头上戴着白布帽子蹲在排水口，一把一把往外掏塑料袋，好使水顺畅地流过去，小区的水慢慢地排走了。十多分钟"球蛋"他妈身上水洗一样，几个趴窗台看雨的居民起初没看出谁在通排水口，等她站起来往楼口走才看出，竟是天天吵吵嚷嚷的"球蛋"他妈！惊讶和感动之余，大家开始对她有了好的印象。

"球蛋"家对门住着七十多岁的老夫妻，平日邻居没什么接触，出出进进的看老两口虽瘦小天天溜达身体还不错。初秋的一天晚上8点多钟，"球蛋"操场踢球回来在家门口听见邻居老奶奶哭着喊叫老爷爷的名字，吓了一跳，赶紧"砰砰"敲门。

"球蛋"看到老爷爷斜靠着沙发口吐着白沫，听老奶奶说上医院，他赶紧过去背上老爷爷就往外走。刚到门口，"球蛋"他妈听见对门有动静，一开门看"球蛋"正背着老大爷要下楼赶忙上前边扶着边吵嚷着："'球蛋'你这小体格背不下去，这是四楼。等着，我打120叫急救车。"

"球蛋"和老奶奶在楼梯上等了五六分钟时间，救护车到楼下，两位穿白大褂的男大夫上楼查看老大爷眼睛瞳孔，摸摸脉搏，让赶紧抬下楼，车上有急救的东西，然后上医院。

大夫说："救得还算及时，在医院观察治疗，快通知老人子女们到医院，有事得和家属们商量。"

"球蛋"和妈妈同时说："我们是家属。"医生们一较真，"球蛋"赶紧说："妈，我在这守着，你去帮着打电话吧。"这时妈妈发觉儿子"球蛋"懂事了，长大了。

火热的夏日让给了金黄的秋天。小区5号楼2单元也不同以往热闹了。4楼2户的老大爷一直住院，"球蛋"时常去医院给老爷爷送点吃的，医生们夸他是好孙子。

"球蛋"好像在一个夏季长大了，小区那道墙也不见他翻来跃去的身影，妈妈的训斥也听不到了。现在妈妈心疼起儿子了——"球蛋"每天下午放学扔下书包从小区正门出去飞奔到相距三四里地远的医院照顾老爷爷。

沙磊的小村

临近年终的最后一个星期日，几位爱心团队的同志乘坐一辆面包车前往辽西朝阳一个偏僻小村去扶助患白血病的儿童沙磊。

面包车像个摇床慢慢悠悠把我们弄得晕晕乎乎的，一百多公里路走了两个多小时，这一路也兴奋不起来。

车到达村小学。校园整洁，几棵老松树证明着这所学校的存在时间。最耀眼的是操场高杆上迎风飘扬的五星红旗，寒冬里依然那样鲜艳。

见校长忙问沙磊恢复怎样，校长与我们几人寒暄几句，便带我们去小沙磊家。

走进小村，很普通的村落。感觉最突出的家家户户都是红砖房，连院墙都是砖砌的。有些疑惑，印象中农户家盖房搭屋都以当地石头为主，这里却到处是红砖，显得庄严又喜庆。不禁问校长一句，这里是不是有砖厂，回答否。过一会校长说老远是有一个，这时我才忆起，坐车在途中放眼田野沟壑是红土成片，心中还曾暗想这红土烧砖最好，再就是儿时玩的泥模子，就是这样黏黏的红土，好看又结实。

　　路过几家农户，挺奇怪，几乎都有驴拴在大门前，驴儿低头挑选着眼前的草料，全然不顾路人。

　　我发现农户大门没有了上梁，两道墙矗立，中间三四米的空就成了门。校长笑呵呵说："老百姓拉秸秆摞得很高，要有门梁车进不了院子，所以就把门简化了。"我第一次听说关于门没梁的"理论"依据。

　　走进小院，最先听到又看到的是那群大白鹅呱呱地乱叫着。它们伸着长长的脖子瞪眼睛的样子，可爱又可怕，如果不是在栏杆里，听说会用嘴对来人发出攻击。今天听它们不是为欢迎远道而来客人的欢叫，而是因食盒空空饥饿讨要食物的呼叫。

　　院内半敞着的马棚里一匹肚子圆圆的浅紫色马，边吃地上草秸边撅着屁股把粪蛋倾泻在围墙上，一股青草怪味扑鼻而来。

　　我没有急于走进小沙磊的屋内而是走出了小院。放眼望去，眼前的小村很肃静、干净。冬日里树木的干枝静静地冬眠，各户门前的柴禾垛显示他们为过冬准备得很充裕。一条宽有十多米的小道两侧农家院内都很宽敞，墙里的小菜园历经春夏秋绿色的滋养，看上去还有生机。

　　农户小院里没见到人影，离地面一米高有五六层台阶才能走进屋子，屋里的人此时可能正清点着秋的收获，因为今年普遍干旱，多亏一些地膜滴灌才保持了几分收成。

　　屋子里偶尔发出些声音，或许屋内正在玩着扑克什么的游戏，捏鼻子，贴纸条，把大家通过娱乐融洽在一起，或许有人在补觉，趁冬闲几日好好享受一番。

　　忽然我发现不高的墙边靠着一个圆圆的中间带着空眼表面风化有小碎卵石排列的大石头。我反复看着，琢磨着，这是个什么东西。不大像印象中的石碾子。这时过来一位七十多岁的老大爷，穿着挺干净，面部赤红，眼睛不大挺有神。我向他问此石，大爷说："这石碾子在我们村有二百多年了。"我惊讶一会儿随口说："这么说它是你们村最古老的东西了？""可不是吗，就我们农村人不当回事，要是拉到城里，就成了什么文物了吧。"我微笑一下。

它是当地的一段历史物证，这样的物件在北方各村都存在，不过保存下来被人们记忆的不多了。要说它有价值，那也是有价无市，城里人谁会搬一块大石头摆放在窄窄的院子里呢。

告辞了老大爷，我开始往沙磊家走，回头再看小村，开始感觉这个小村的历史厚重，说不定这里真有点考古价值！

忽然听到一阵小羊叫声，我快步朝那个院子奔去。白白的羊羔首先映入眼帘，一只大羊身下两只小羊正吸吮着羊奶，不时还发出"咩咩"的叫声。不知羊的听力如何，我拖拉的脚步声吸引得圈棚里三十多只羊蜂拥而出，可能它们以为喂羊倌来了，仰头一看，不相识的我在面前，又急忙钻回圈里。

这些羊的毛挺白的，我立刻感慨，好久没见到了。因为环境污染，煤矿山的尘埃已经自然地染黑了白羊，不再称蓝天下白白的羊群了。说明这里环境好，没污染，羊儿们才幸福地成长着。一方面让人们欣赏羊的本来面目，一方面准备献身供人们品尝美食。羊的一生不会农活也只能上餐桌了。

我索性掏出手机给小羊照几张相，两只小羊蹦着、跳着很快活。在它们的世界里，来到世上靠羊奶成长很幸福了。今天又给照了相，也许这是它们一生唯一的留影，一年后它们或已化作泥土碾作了尘。

美丽小村的点滴感受使我想了很多。

如果此时是春天，定是草木嫩绿，农田里人影攒动，一派春忙景象。牛马骡驴都会派上用场，展示着人畜和谐。

如果是夏日，葱绿中庄稼拔节声会在夜里奏出节拍鲜明的乐曲。农家丝毫不敢懈怠，天长夜短的夜梦也只能星星点点。

如果是秋月，金黄渐渐走来，丰收的季节，欢声笑语会荡漾在小村上空。

只有冬天悄然而至，小村才慢慢寂静下来。人们休息了，大地也休息了，草木完成了一生或一年的追求藏了起来，等待着春天的重生。

重新走进沙磊家小院，屋里没有声音。几人走出来，用手绢擦着眼睛和鼻子又回到屋内，我没有走进屋就已被感染。十二岁的男孩患再生障碍性贫血，五年花去三十多万，借款二十多万，村里人都帮助过他，社会各界也献过爱心。但生命还能维系多久，只有老天知道和那个病中的孩子知道。

我的心没有了刚才在小村看这瞧那时的兴奋，开始扑腾扑腾跳起来。我不知道自己能不能承受看到经历五年折磨后小沙磊的模样给自己内心的撞击。

沙磊爸爸说："孩子病好，猴年马月吧。"我愣了，原本的猴年马月怎么就成遥遥无期了。我们该做什么呢？净化空气，纯净食品，干净心灵，就是我们的社会责任。

我心在颤抖，小村如此美丽，小沙磊却不能享受美丽而接受悲伤。可怜的小沙磊，你还能支撑多久？如果真有猴年马月你千万要等啊！祝福每一次猴年马月你都能跃上枝头摘得烟霞，和美丽小村共生存。

紫藤花下忆藤萝

美丽的紫藤花下埋藏着我三十多年感情亏欠的梦，我不敢回忆。

那是一九七五年夏，十七岁的我来到京冀地区一个山村，虽然离皇城很近，但这里世代为农的山区人一直没有机会去县城生活。

我住在一户姓沈的老农家，说老农，其实他比我大十七岁，所以我叫他沈大哥。

沈大哥喜爱花草，有一百多平米的院子内除了种些小菜，连小墙墙头上都种着各类花草，蚂蚱菜成盆栽种。最显眼又漂亮的就是已种植十多年的紫藤树。当时我还弄不懂这是什么，沈大哥笑哈哈对我讲这紫藤花长寿、喜庆又深沉，它有情义也有诗意。就是疯长，看了吗，这院子都快成紫藤园了。

我听后，感觉沈大哥挺有文化，竟能说出那么多关于紫藤的知识。

在沈大哥身后一个小姑娘瞪着一对大眼睛盯着我，我开始没太在意，当我看完一串串美丽的紫藤花时，突然感觉这小姑娘比花还美呢。

沈大哥看我对小姑娘挺好奇，就把她从身后拉到前面。告诉我，她叫沈藤萝，我们都叫小藤萝。

我刚要问为什么起了这么个名字，大哥马上解释说，她出生时正好我家栽紫藤第二年开花，我发现这花和姑娘脸面很搭，干脆起个紫藤的小名，叫小藤萝。

说到这，小姑娘有点厌烦了："爸你怎么总说我长得黑呀。"这时我也发现这姑娘面目不是黑，而是紫红色，是天生的还是日光晒的我弄不清楚，但她的确很漂亮，尤其是那双大眼睛。

在沈大哥家，我好像到自己家一样。一个县城初中毕业生只身来到山村，也感觉挺苦闷的。可在这里，我们三口人像一家人。

小姑娘十一岁，整天满口叫我大哥哥，沈大哥不愿意，这不把辈分叫乱了吗。我笑着说，没事的，我喜欢这小妹妹。

一天晚上，沈大哥拌了一盘紫藤花，一盘花生米，烫上一壶烧酒，非要和我喝点，唠唠嗑。这时我才知道了早想问的沈大哥家人的事。

小藤萝三岁那年，沈大哥爱人去县城药店卖紫藤花，回来走山路时掉到土崖下摔伤了，没得到及时治疗去世了，从此沈大哥与小藤萝相依为命。

我的到来对沈大哥来说有了个说话的伴，小藤萝也有了大哥哥为伴。小藤萝跟在我屁股后头大哥哥长大哥哥短地叫着，有时候我都感觉有点绊脚，但看到她那双大眼睛我实在太喜欢了。

在一桌上吃饭，那双大眼睛跟我交流。炕头炕梢睡觉，她也会用下巴垫在爸爸身上看着我，那双大眼睛简直让人无法每夜安然入睡。我看着小藤萝一天天、一月月、一年年长大。当小藤萝快十五岁的时候，她出落成一位小仙女似的农家姑娘，她不再天天缠着我，而是有时找我说点什么，她似乎感觉到自己成大姑娘了，开始矜持稳当了。

忙碌完春节，沈大哥开始忙乎大田备耕、种栽菜园，再就是为紫藤早春定植。紫藤是三月现蕾，四月盛花，它需要修剪、固架。沈大哥说每年春天侍弄紫藤像侍弄孩子一样。

四月的一天，紫藤花开了，虽然不多但很美丽，丝丝香气沁人心脾。紫藤花下，小藤萝坐在我对面，她一本正经地说："大哥哥，你回县城带我走吧。"我听后很吃惊，她怎么有这样的想法呢。

这年我快二十一岁了。过完春节听说我们要集体返城，但没定下来啥时候。没想到小藤萝对我提出这个想法，难道她不愿在农村当一辈子农家女？难道她开始向往县城的"繁华"生活？难道她这个年龄就要把自己嫁给县城？难道是我这四年来把她感染得心高气盛了？难道，好多的难道把我难倒了。

过两天，我就要走了。小藤萝帮我收拾东西，她摘了不少紫藤花，天真地说："这是紫藤的种子，带回县城种上，这样你就不会忘记在紫藤花下的四年，也不会忘记天天叫你大哥哥的小藤萝。"

小藤萝跟沈大哥一起送我到队部，又送过小木桥，直到大马车颠颠逛逛把我从他们的目光中送远。

我一直回味着临行前小藤萝的话："大哥哥，把我带走吧！要不哪天来接我吧！我会一直想你的。"

我眼睛有些湿润。我想，这不是一般的感情，也不是简单的爱的萌动，这是农家女孩渴望一种新的生活，新的人生之路。

回城后，工作，成家，育儿，忙碌，一晃十年过去了。

因为去京城出差，我顺道到沈大哥家看看。当我来到那个已遮住半个院子的紫藤树下时，我看到沈大哥老了，四十七八岁已经有了白胡子。从里屋走出一个抱着小女孩的女人，她竟是小藤萝。当我们目光对视一会儿后，小藤萝猛地放下怀里的小孩向我扑过来，一把抱住了我："大哥哥，大哥哥，你来了，是来接我去县城吗？"

我猝不及防，被抱得发愣，缓一会儿神儿，慢慢掰开她的双手，仔细端详小藤萝的脸，眼睛还是那么有神，很亮，夹着水珠，只是眼角有了三道皱纹。

沈大哥搬过一个小木凳，让我坐在紫藤树下，告诉我小藤萝前几年嫁给了本村的二牛子，是倒插门，小外孙女也三岁了。二牛子年初去外地打工，一年回来一次。我们都成了留守老人，留守妇女，留守儿童了。

我马上意识到沈大哥对社会上的事有了新认知，可怜这小藤萝，这新生代农家女在家吃苦受累。我忽然感觉有些对不住小藤萝了，当年为什么没把她带走，也没来接她进城。现在农家女又生了农家女，难道县城竟是她永远无法追寻的梦。

因为还要赶晚上的火车，我匆匆离开了沈大哥，告别了还在渴望我接她去县城的小藤萝。不到一天的时间，小藤萝把十年的泪都流了出来，她的心里不知还有多少苦水和忘情水深深埋藏着。

一路上我在哭，我心在流血。我总在想自己的愧疚什么时候能平息。她十五岁那年对我说的带她进城，回城送行时说要我接她进城，我都曾答应过，可是我没有做到，直至让小藤萝苦等了十年，等到自己的小孩都三岁了。

回到县城仅有的一处楼房小区，我没有马上上楼。我突发奇想，在自己的小区买套房子，然后把沈大哥、小藤萝和孩子接来，再把紫藤树移植到小区绿化，这样我就能经常看到小藤萝，经常看到紫藤花开，经常闻到紫藤花带来的淳朴暖心的香气了。

可是又二十多年过去了，我还是没有做。算起来小藤萝快有五十岁了，沈大哥也七十多了，他们还愿意离开开满紫藤花的家来到车水马龙，人喘不过气来的县城吗？

最惦念的小藤萝，你还让大哥哥去接你吗？大哥哥也六十来岁了。三十六年前那包紫藤花早已不知去向，但小藤萝我却一直珍藏在心里。

和自己的书一起走上地摊

昨日晚饭后去夜市闲遛。按我多年的习惯，凡路过书社、书屋、书摊都要驻足扫几眼各类书籍，如发现有可心的书随手翻几页，然后问价买下端端正正摆进书橱。有时还真能遇见书店短缺的好书，且价钱也比书店便宜。

走到摆着各类图书的地摊前，我的眼睛像扫描仪一样对书刊横竖扫几遍。突然，发现一个熟悉的书名，我猫腰伸臂提在手里，仔细看，真是自己前几年出版的一本文集。我顿感惊讶，自己的书"终于"走上地摊展现给夜幕下熙熙攘攘的人群。

我把书放回原处，低着头快步离开，心跳一直在加速，加速，有点喘不过气的感觉。

前几年，不少文友都把自己的文章编辑成书，说是"出书热"凑热闹。在他们的鼓动和鼓励下，我把近十年零零散散的小文搜集、整理，最后勉强编辑出了一本40多篇近20万字的文集。没出书时看人家出书眼热，岂不知一旦筹划出书，就开始了艰巨的工程，很辛苦。

当年写文章是靠一股股激情，一次次亢奋，写了一篇又一篇，那时不叫泉涌爆发，而是刹不住车了。当朋友劝说我编辑出书时，我想很简单，把文章划拉到一起组装成书不就行了，可实际一操作，真麻烦透了。

翻找家里、单位书橱和电脑里零散文章一篇一篇"挖"出来，没电子版需重新打字，归拢到一起按内容分类，章节和书名折腾了好几遍，最后是全书校对、修正。那些日子为出书忙得焦头烂额。

有朋友介绍几个出版社按价付印，给成品书然后自销，等等，出版社提供的条件挺简便，但费用稍高难以承受。说心里话，本来想写书出书赚俩钱，这样一来还得搭钱。

最后在出过书受过累的朋友劝说下，自己申请书号，找出版社出书，这样相对能节省点钱和时间。第一次我是花半万钱购书号，又用万元钱换回500本书，这些书根本不上架销售就被文友、朋友、同学、同事抢"购"一空。

自己出书时耗费了那么多心血，最后剩下为一个写书出书赠书人的星星点点称赞。那时心里美不起来，用好多钱换回几句赞美语言不知是不是值得。

后来有文友对我说，现在的状况是写文章的人多，出书的人少。原因很多，除了精力有限，再就是财力有限。谁能挺直腰板出书，那一定是勇敢的人。

我记得，书赠予文友和朋友时，大多数我没签名，因为自己有些顾虑，主要是怕人家笑话，还是低调点好。

可是，今晚我的书赫然摆上地摊是否有招摇过市之嫌呢。是不是持有我文集的人家书籍过多，"淘汰"一批，将我的文集一起交给了市场。或许我的书在他家不受欢迎，趁清理书刊一同兜售。还可能有人弃文从官不再闲来无事读书，所以统统投放书摊。

也许父辈不在世了，子女们对他们很多东西不接纳，特别是满橱的书籍占位太大，所以被"清洗"出门，使它们流浪街头，染尽风尘。如果是这样，书悲，持书人悲，写书人更悲。

大多数的作者，写下了十几万、几十万，甚至上百万的文字，小说、散文、诗歌等体裁的作品经常在各级报刊发表，但热衷于出书的也不很多。现在看不是没兴趣，也不完全在乎费用，是还有出书过程的繁杂、闹心。找出版社，运作书号，商讨价钱，讨论版税，争取样刊，售后分成，满心欢喜的出书最后弄得半喜半忧，觉得是自找苦吃。

我们本地一位很有名气的作家近几年发表了大量作品，谁说让他出书都摇头。他说这样写得轻松，发表欢喜，稿费来了更快乐，这个过程挺惬意，出书反倒挺累，也赚不了几个钱。

我经常去书店，对新书上市也感兴趣，当发现许多作家的上千册书寂寞地待在书架上时，心里酸酸的。购书者寥寥无几，甚至十几天未见售出几本，无奈著作者时常各处搞些签名售书，也没见人们像买彩票那样踊跃。过后都是满脸愁云，唉声叹气，早知这个书市，不如不费那劲出书了。

现在买书的和卖书的都抱怨，书的印刷质量不好，纸张、字迹、装裱和校对都有缺陷，这涉及出版社的责任心和良心。经销者和消费者无所谓，顶多对此类书置之不理，而著作者则是伤不起。熬着心血，写出诸多作品，费尽心思，出了本书，结果却是这样子，是痛心，是后悔，感觉是自己坑了自己。

前些日子，到一文友家，他自报十多年出了四五本文集，印数不算多，但销量有限，除去赠阅的、捐赠的，再就是家里书房四角堆放成捆休眠的。文友自我安慰道："书不怕老，不怕旧，就像文物年头越长越值钱，需要有足够的耐心来等待。"

在夜市书摊，几百册图书，冠以百家姓名头，我的书不是百里挑一，而是百里唯一。不以上架出售为目的出的书，却被有心人标价出售，自己不知道是感谢那位地摊售书者，还是对把热心赠书当作废旧书刊摆摊出售人的气愤。

我心里乱乱的，愤愤地离开地摊走向那炊烟缭绕、品尝欢乐的地方。从灰暗灯光下沉寂的小书摊走到灯光明亮的烧烤大排档，虽然眼前亮了，心里却愈发灰暗。在那里的那些人不缺少书籍这类精神食粮，都沉浸在吃喝玩乐逍遥之中，因为现在需要的是火热与浪漫。

我的心闷闷地想，这个时辰，一定有很多作者在家用文字打发时间，渴了白开水，饿了方便面，心里充满着阳光和希望。可比起夜市的喧嚣，作者们悲惨了许多。这绝不是社会分工，只是每个人的取向不同。总得有人去耕田，还得有人去织布，再就是把中国文字发扬光大的作家们。这么看，作家们应该是伟大的可敬的。

回家的路上带着太多沉重的心情，从寂静走到热闹又回到寂静。这个夜把自己对文字的爱重新检验了一遍。

抛开什么书橱和书摊，说不定哪年哪代，这些书作为历史文物被后人赞美、珍藏、传承。

迷失在村路

听朋友说相距一百多公里的尖子山雪景不错，休息日约几个文友驱车前往。踏上通往乡村的路大家心情很舒畅，约定每人写一篇赞雪散文，所以赏雪之行变成了采风之旅。

兄长亲驾出征，其他三弟车上连说带笑，论古谈今，国际国内、文学艺术、吃穿住行，那是夸夸其谈，竟没人为兄长驾车看路。

这些年，农村公路建设得很快，柏油路面，两侧路树，很气派。放眼望去，连片的雪地被风吹得一堆堆白雪，一片儿片儿黄土，路边沟里的残雪掺着败枝落叶，偶见几株荒草随风摇曳。

一弟说，很长时间没来农村了，真不知乡村公路是何模样。

轿车在兄长谨慎驾驶中以匀速行驶在通往尖子山的大路上。

大约走了一半路程，公路开始有不少交叉和开口。兄长凭二十年驾龄辨识，确认路面宽，路中有黄漆界限的是县级、乡级公路，选这样路行驶没错。

车又行走十多公里，出现两个道口，兄长自语，路宽路树是大路可以继续直行。

车内嬉笑声，惹得兄长驾车速度变慢。一弟催促快开，兄长不悦，敢情你们开心释怀，我这路不熟，又没人指路。

一弟说，人车都交给你了，随你怎么走，我等忍受。

兄长听罢停车，前面又有岔路不知走哪。

嘿，还是你那老理论，宽路有树啊。

是，但你们看看，哪条路都不窄，也有路树，只是路标看不清。

那就下车看看。噢，望北村，是这个方向，是不是这条路不知道。

几弟疑惑，这通往村的路这般宽敞，想必是一个大村，或富村，或名村。

那就按路标走着看看吧！

车沿着双向车道宽的公路向前又走了十多公里。向前方望去，一座穿戴白色衣裳的山影影绰绰地呈现眼前，山尖看似白花花开了刃的尖刀，令人震撼，惊喜，联想。

驾车兄长关心的不是远处的山而是脚下的路。在他记忆中，过去在农村找路很容易，大路是通县城的，有车辙的路是通乡里的，小路是走进小村的。而眼下大路变宽，小路变大路，就是有二十多年驾驶经验的老师傅也发蒙，如按老经验走还真不知会走到哪里。

说话间，车开进了一个村庄。进村的路一卜变成水泥铺制的平整灰白色路面。再看村子里不到二十户人家散落于大树小树之间，粉红色的房子在雪景中很显眼，冻得哆哆嗦嗦的鸭子在路边摇摇摆摆行走，一点没有给车让路的意思，张开的翅膀几乎要与车子并行。

一弟说，这村子不大，路倒挺有档次。

兄长叹气，谁说不是呢。是按大路走的，咋就进村了呢。

一弟说，这么说，咱们一直走的是村路啊。

兄长说，不可能，明明是宽宽的，带路树的，中间还有黄线的。

咳，咱们也许是少见多怪了，现在村村通柏油路真就在这里实现了。是吧，不信也不行了。

兄长驾车的倒行技术看起来比正驶要好，这一个猛劲车倒行一百多米出了村子。

走了一会，车忽然停下。兄长说，还是在这等等，问一下路吧。

看来老司机遇到了新问题。不能怪兄长，是这村路或许太诱惑了，让平日说一不二从不服软的兄长此时也乖乖下车等候过路车或人。

好不容易等来一辆车，兄长站在路中抬起右臂，示意来车停下，那姿势真像老交警，挺美的。

兄长与下车司机交流，结果两人都笑了。对方司机说他也是按柏油大路误入了两个村子，往回走正想打听路呢。两人在那里看路，向远处张望边比划边唠叨，最后达成共识，那就是等，等来当地百姓问个明白再行。

两个年龄相仿，同是迷路人，此刻像是同病相怜的病友，不言不语静等大路方向来车来人。

农用大三轮车速度不慢地行驶过来。看来，这条路三轮司机太熟悉了，驾驶自如，一个猛刹车停在两人身边。

司机笑呵呵说，怎么了，迷路了吧。说完用手指指后面，这条大路是乡道，一路开岔的都是我们村路，和大路档次一样，不少新司机走这条路都会迷糊。

兄长说，你们这村路让我们掉链子了。

哈哈，那我们正好来看看村路，要想富先修路嘛。

兄长马上迎合，对，小康之路啊！

三个司机谈笑一会儿，按指点各自归路。

汽车一路前行，终于奔到尖子山脚下。兄长举起双臂，仰天大笑，庆祝胜利到达。

兄弟几人山上留影，纪念来之不易的村路之旅。大家向山下望去，忽然感觉那条村路金光闪闪，接着人流涌动，车水马龙，如海市蜃楼一般。

假的诱惑

初春，小区里堆积的冬雪不愿意融化。虽然有了春意但进出小区的人都裹得严严实实，依然还没有从冬日里走出来。

过了春节，我送孙女来到我家附近小区新开办的幼儿园。三层小楼内外装饰挺讲究，给人印象有童话情趣。幼儿园活动室宽敞大气，各类书刊、玩具摆放整齐。几位老师很年轻，穿着艳丽再加上长得美貌，幼儿园如神仙瑶池令人迷恋。据说，她们都是正规幼师科班出身。家长们为有这样的老师看护幼儿感到既高兴又放心。

刚来小区时不太在意那些花草树木，过几天来接送孩子，发现小区的枫树叶子红了，几十棵桃树挂上了粉红色绒花。春来小区先知道吗？我感到惊讶，走近细看原来是假的枫叶枝插在几排铁管上亭亭玉立，随风摇摆，色彩迷人。还有手工制作的粉色花朵一个个绑在桃枝上，是以假乱真地报告春天来了。

一天下午来接孙女，时间早了点，我坐在长条椅子上享受着这般春意。这时从甬道那边走过来两个人，个头在一米七以上，都带着长檐帽，最扎眼的两侧耳际长发随风游荡在胸前和后背。我赞叹这两个身材窈窕、穿着时髦、黑发飘逸的女郎，为小区增添美色。可当两人走近我时，才发现是一男一女，像是情侣，因为细看才知一位是唇部有浅浅胡须的男孩。我对男孩子留过长头发一直看着不太顺眼，可能是太传统吧，总感觉小区人的穿戴代表着一种精神风貌或者公民素质，如果有梳妆打扮特殊、过分的人游弋在小区多少有点伤大雅。

那两人神气十足，大摇大摆地走到小区门前，门口的保安很友好地说几句话看着两人走出大门。

好奇心促使我起身走向门口，保安眼盯着我上下打量，带着疑惑地问："你哪的？干啥的？"我听此话很生硬，不舒服，不想回话。可那保安整理一下自己的衣服，昂头挺胸站直，一字一句地说："我是社区警察，小区保安，请你回答我问的话。"我一听愣了，没想到这位看上去五十多岁的门卫这般正统，认真。我想，要说警察它是假的，保安倒是真的。不能和人家的工作职责较劲，只好压下气头回答："我来幼儿园接孙女。"保安端详一下我，没吱声，转身往门卫走。我站在那里很尴尬，想找个台阶让自己放松点，忙赶上几步："保安同志，我问刚才出去那两人是做什么的呀？"保安听我跟他问这个就停下脚步转过身说："他们呀，大学生，搞艺术的。你看这些树呀花呀都是他们几个造的假，不过挺好看的。"

几位小区居住的学工艺美术的大学生利用寒假在家精心制作的作品，让小区提前几个月走进春天，让人们置身于鲜花翠绿之中。

我轻叹了一声，搞艺术的可以把花草树木作假，也可以把自己作假，要不男孩怎么成了女郎呢。

我还在想那保安，他说自己是警察那是一种炫耀，尽管他履行治安保卫但真想当警察还不够条件。我理解，他是随口说说而已。可敬的是几位学艺术的大学生，为小区打造的"春天"给人一种温馨大爱的感觉。虽然男孩子那样的发型装束还令很多人不适应。这需要时间通过你的美好行为来接受你的一切，让大家也明白这个道理，不可单凭相貌装束看人，只要有美丽的心灵就是可爱之人。

　　小区的假树假花其实也挺不多久，等春天真正来到，它们会显得逊色不再吸引公众眼球。但大家却不会忘记，它毕竟给小区带来过春意，让人们在寒冬里感受了春暖花开。

　　那个一直在小区门卫坚守，穿着带肩章臂章胸徽远看似警察的保安我开始看得顺眼了。在小区，在别人居住的小区，从看到的假象中感悟出，不是假的就是坏的丑的脏的，它们在阳光下是能折射出真诚善意美好的，也会让大家从对假的误区中走出来。起码，我这个最讨厌假的人也开始接受了假的诱惑。

胃，哭吧！

当那个最小最小的细胞形成时就有了你的一席之位，随着泡在水里的肉团慢慢地、无忧地生长着。你不需要独自充实自己，而是让那个善于活动的肉体供养你的日常生活，悠闲地度过了近三百个日夜。

当肉体毅然脱离苦水独自来到了充满空气、洒满阳光的大空间，这时就苦了你，你再没有清闲的日子，靠自己充实来抚育这块肉体。

怎么这么慌、这么饿、这么心淤气滞，盼望着快快得到养分。闭着双眼，摇动着一个流出乳白色液体的龙头，用力吸吮，股股清泉流进来，好温暖，舒服。

几次，几日过去，感觉味道不甜、不酸、不苦，渴望日日夜夜不断地供给自己。

忽然几日，水龙头时有时无，尽管鼓腮用尽力气也得不到许多，这时一个软软的、来回转动的龙头钻进嘴里，稍稍一吸，比原来量大的水哗哗地流出来，味道变甜了，变香了。

从这时起，这样的水占据了我享用养分的一半，后来是一大半，渐渐浓度增加，味道愈香，有了米的香气。原来水里掺进了高营养钙、铁、锌等成分的东西，通过胃的中介，渗入到全身各部位。

这时的你，所需丰盛，供给及时，容积也膨胀、饱满起来。这样的生活只过了三百多天，便开始装入咸味的菜类和米面的气味，换了口味，虽一时不适应，慢慢地也学会了一切可以接纳。

主人告知你已三岁，可以自主选择食味，要酸的有梨、橘子、山楂，甜的有奶油面包、糖块、饮料，香的有香肠、油炸薯片。原本容积不大的地方胡乱地掺进这么多东西，经常感觉不舒服，特别是香肠和饮料共同作用下更是难受，它们除了经过小肠大肠走下去，有些还会上行在入口返回，滋味变苦变涩。

有一回，随主人野外会餐，酷热时吞进一支肥大的雪糕，直冰得浑身发抖、抽搐，后来靠一杯热奶才温暖过来，吓得再不想享用。

随着主人身子的增肥，你也长大了，每次能进入几两饭菜，遇上可口还能更多，这期间零食也开始不定时不定量地抛进。

胃，年轻时家境困难吃得差，想吃没有，主副食油水不大，好在大家都这样忍受着，也就无怨言。

工作以后应酬的无奈，酒肉多，用量少，以致浪费在桌上，空闲了胃，倒也没觉得哪里不对。

官场的宴请太多，吃喝正常，胃也正常。油的种类多了，倒造成胃的毛病增多，烧心、反胃、阵痛、怕凉、怕刺激。是这边吃喝，那边吃药折腾，有时进去多少，倒出多少，几天吐酸水，不想再揽东西入胃。说没脸，不儿天又开始了狂饮乱吃，这样反反复复无止无休。

胃，有了毛病也没完全注意，药量多了，酒肉也没少，胃的承受力愈来愈不行了。经常性疼痛，还坏了肠子，把整个系统搞得上下直通，那么长的距离倒存不下多少东西。这时的胃最亏了，它成了一个驿站，还没来得及品出味道，就匆忙滑到漫长的、细细的肠道。

直到胃奋斗了五六十年后，面临着部分割舍。自此，它的残缺把面积浓缩，可容纳食物被固定，且会很长很长时间。

当然不能怨恨那把无情的刀，它残忍地挥向柔软又柔弱的肉体，但这将会给胃一次重生，去污存净，更是为保一个无痛无灾的肉体，把主人今后的日子打发，那将是若干年份。由此说来，胃的取舍是一件幸事和福气。

胃一路走来，由苦到苦，由难到难，直走到如今才算见了青天。从不说亏，不怨苦，只要能继续生存在偌大的腹腔里就已经很知足了，何必计较曾经的苦难，只要能继续保持它存在的价值与意义，因为它有无可替代的功能，本身就是功德无量，就是创造爱的宝地。

胃有过曾经，但还没有哭过，此时为了不知有没有的未来，它选择了哭。

前半生亏待了你，后半辈子还要折腾你，难道你在拥挤的空间里就是要承受这些痛与苦吗？

那段时间，我的胃从基本杂食一下过渡到小白兔式青菜生活，甚至连油星都不沾。虽然这些食物控制了糖的增高，但也搅得胃不消化、不喜欢、不舒服。

不经意间，它终于找到了救星，主人让胃经受了一次细小镜头的巡回窥视，忽然发现一个"天坑"，虽面积不大，但有些深度，且周边星星点点青苔或有变色，顿感觉不宜，忙挖些边土在阳光下透视确定有些异样，嘱咐限期复查。

这样一来，按高人指点胃确需特级养护，以稀饭流食为主，戒咸、辣、酸，特别是酒类刺激与挑战，胃又进行了一次饮食革命。原来应进的东西愈来愈少，现在还要少食多餐，胃的进食量渐渐变小，味道单调，开始左右寻找还不如从前的青菜水果。虽苦了胃，只是没有别的选择，也没办法理会胃的感受，只能服从。

这大半辈子，跟随我的胃就是没亏过酒，也不知什么时候学会了喝酒，可能是在我十八岁下乡当知青时，寂寞无聊的知青没有什么业余生活，除了上工就是靠吃喝打发日子。几个青年到附近小卖部买回瓶酒，夜晚聚在煤油灯下大碗喝酒，以发泄流落山村的消沉与不满。那时的酒就是闷酒，只是喝多不会作，不会哭，只有千般惆怅。胃存入的食物单调，粗粮居多，青菜更多，大葱蘸酱几乎餐餐都有，只有酒才能刺激一下冷漠中的胃。

三年时间，知青们经历了一次次大悲大喜的招工事件，为了吃好喝好也要争取闯出去，可是在那里是论资排辈，新老知青排号，所以满心的欢喜一次次落空，继续吃糠咽菜地过活，胃也只好忍之又忍了。

其实，我这人从小对胃既善待又亏待。不知从啥时开始忌口，是肉类不吃，只喜欢青菜和豆类食品，再就是咸菜、大葱、蒜、大酱都很喜欢，原来不吃辣椒，后来也喜欢起来。走上社会后，公共场合吃喝多了，可口福还是可怜，这不吃那不吃，有时觉得连可口的菜都没有，无奈地咸菜加开水，也有人笑话我，我倒无所谓，只是亏了胃肠。

后来，很多人知道我的食谱，凡饭桌上都特意点些可口的饭菜，这段日子感觉胃肠一定很高兴，自己也舒服，但看别人满桌酒菜狂吃猛造还是感到有些缺憾。

来到乡下，招待的炖鸡、全羊那是最高礼节，但自己不能提出不食用，就简单吃些其他菜，辜负了人家一片心意。之后学会简单喝点清炖鸡汤，也就习惯了。很多人说，羊肉是大补，可我享用不着也补不到。各种动物内脏食品不仅不吃，连看都烦。

前些年自己忽然发现血糖高了，真后悔，别人天天神吃海喝也没弄出高血糖，自己"省吃俭用"反倒高起来，真是不公平，亏大了。胃本来就弄得"清贫"，再对食物摄入继续清理，那胃可享用的东西可真越来越少了。可怜的胃！

这些日子，觉得亏待的胃又被虐待了，一个多月的青菜、粗粮，油水不进，饭菜量也逐渐减少，把胃缩得更小了。虽血糖降了，血压稳了，但胃亏损，正想好好补偿，又被请进医院舍掉许多，这一辈子再也不会把胃填满了。

可怜的胃，哭吧！哭吧！

第三辑 轻听风雨

从灯光灰暗下的书摊走到灯光明亮的烧烤大排档，虽然眼前亮了，心里却愈发灰暗，今夜我把对文字的爱做了重新检验……

开会，是一种待遇

　　也许是年龄大了还是多年开会累的，现在特不愿意开会，一接到开会通知就烦躁，每一次还得硬着头皮坐在会场。

　　最近一位朋友说的一句话，使我开了窍。原来三十多年开会对自己来说就是任务和负担，没想到还有这么深道理。

　　朋友说，开会是一种待遇。

　　是啊，会议的级别、规格、内容、参加人是有规定的，有你参加，是定向安排又带目的的会议。

　　这些年开会的事终于有了头绪，看来会不开不行，不参加是缺憾，因为那是一种待遇。

　　现在大会小会经常开，使有些人患了恐会症，同僚们时常发一顿牢骚，其实没用。

　　这几年控制会议，大会少，小会多；会场少，现场会多；集中会少，分片分级会多。很多会规模、级别、门类得到限制，有成效。

　　设想，如果一个地区、一个单位，一个月或半年不开会将出现什么情况呢？

上级会议、文件怎么迅速传达，落实责任，完成任务，按时汇报并接受验收，评出政绩？

其他单位情况怎样获知？如何协调平衡，拉近同类距离，共同发展？让做得好、经验多、有发展前途的同志讲述辛苦忙累经历，通过会议平台，推销和发展自己。

怎么把领导意见灌输，实现上下贯通协调统领全局？对工作不力负责人以批评、降职、免职做准备。

怎样发现、挖掘人才，为培养、提拔、重用做组织和群众基础准备？使测评、征求意见、述职、座谈等内容得以启动，使拟提拔人称心、满意。

一系列问题在没有会议情况下是无法解决处理的。

说到底，开会多少无所谓，关键有多大意义，有什么价值，有多少效果，使开会者与被开会者都愿意和满意。

我们期待，如果不仅仅是一种待遇而是让开会变成娱乐活动，被开会者来感受快乐，同样是一种境界。

这回算是想开了，开会真好，娱乐也好，是待遇更好。

征集谎言

　　走入社会三四十年，遇到无奈的事情太多，自己学识不高，经验不足，又把好多事弄得尴尬，甚止糟糕。所以我一直在寻找怎么应对、应付的办法，以让自己宽心、安心。

　　有人建议我看看《孙子兵法》，结果淘弄好几天才在新华书店高高的书架上发现了老版的文言文《孙子兵法》书。说实话，之乎者也的看不懂弄不通直迷糊，只得去请教他人。当看到白话文的《孙子兵法》，脑袋里敞亮了很多，这里的题目太大，简直是对整个国家和军队说的，跟我这小老百姓那点心思不对路，要是自己真按那样的说法去做，那可就直接到国家去当大官了。

　　我找到在学校当老师的老同学，说出自己几次笨拙表现很苦恼，求助开导，他竟给我推荐了《脑筋急转弯 1000 题》，我不高兴地说，那是孩子们的读物，自己老大不小了怎么能还看那些。

　　同学说，别小瞧那些急转弯的题，好多题大人都转不过来，但它却成了儿童读物。难怪大人们抱怨说，孩子们学的课本知识面越来越宽，越来越深，一般家长辅导小学五六年级课程也很难，许多家长是先自学后辅导，很辛苦。看来大人们跟不上学习脚步了。

翻开一本本《脑筋急转弯》，总觉得里面的问题很奇怪，把本来很平常、很正常的事，绕来绕去不好好说，把原本简单的事弄得复杂让你变换思维去猜，去想。那么多问题可以把高人蒙倒，也会把愚者弄残。没有相当文化底蕴和高智商的人不会把一本书的题如数给"转"过来，如果有也一定是天才，可进入吉尼斯世界纪录了。

看了几本后我一直发晕，不愿意再去费脑筋转弯了。对自己越来越不自信了。不知道怎么才能使自己变得聪明睿智些，为人处世得体些，特别是在与人交往中的言语交流能搭接、合牙，别让人总说自己格路、差劲。

看来古代书、现实的书自己都无法走进去、读懂它，只有走入社会了。

社会上更为复杂。什么红道、白道、蓝道、黑道都各有其道，想做得到需大半辈子工夫，那么就是学到了，也快要升天入地了。

红道，原本是算卦看宅子的阴阳先生，这里自己无法钻进去成为门徒。

白道，是官气十足，官话连篇，搅进去经常分不清对错真假，不适合自己的性情。

蓝道，过去是巫婆神汉，现在成了赌的代名词。这里一旦涉入会难以自拔，弱小的自我根本无法参与到狡诈里拼杀。

黑道，是靠不正当生活方式生存。大小江湖不是谁都可以容身的。

看来学什么都要付出努力和代价，小小百姓犯不上去学那么多虚无缥缈的东西，寻找一点能让自己勉强维持生存的技能就可。

书读不懂，社会常识又无法进入体验，只好封闭起自己，与世隔绝。那样不会有让自己烦心气恼的事情了。与世无争，与人无争，落个清闲，最后自己在清清静静、清清白白中告别人生，也算是光荣的一生。

自己的禁闭实在难熬，无奈又悄悄地溜进隔壁网吧，心想，在这里消遣一番可能会让自己的心敞亮一些。

网吧老板很不热情地接待着目光呆滞、穿着简朴、语言不顺畅的"客人"。当听了我的简单介绍后，他随口说了句："你要找的东西我告诉你，上网看看，啥都知道了，没有你整不明白的事。"

我茅塞顿开。原来自己寻寻觅觅好几年，折腾够呛要寻找的东西竟在身边，就在眼前。

这一回自己舍得花三千元买了一套组装电脑，请网吧老板亲自教练。不久自己能上网查看消息，再练下去，能查找东西，再就是可以简单地对话了。

终于发现，那些网络里的网名、性别、年龄、职业、住址和相貌、婚否都可能是假的。这就给我提了醒，既然自己没法只身去应对社会，那么就在网络里塑造一个全新的自己来闯社会。那样，对与错、好与坏都无所谓，因为那里并不是真人而是地道的网上虚拟东西。

自己在网上开辟了一个网页叫"征集谎言"，我觉得自己很有创意，就是让虚拟的人出来说谎。不出所料，很快谎言连篇涌进网页，什么方面的都有，社会、生活、爱情、商场、官道等方面的言语或真或假、半真半假充斥着自己的网页，尽管这些东西大都被时间、被实践证明是无效的。

征集谎言的成功，验证着谎言处处都是，在网络表现最集中。

有了那么多谎言做垫底，不管谁，在什么时间，什么场合，你都会找到最恰当的答案，都能用谎言来保护自己。它有时可能是短暂的，或许几分钟，终归也能使自己轻松一下。

笨拙的大脑在谎言中得到解放，神经也在谎言中得以释放。猛然自己想到，要感谢网络、感谢谎言吗？还是让谎言变得更从容、更有魅力、更能深入人心？

这样的谎言征集之路还能走多远？

瓢虫之死

电暖风（又称小太阳）上，落了一只美丽的瓢虫，大概它也在寻找温暖安身之处。

我不经意地接通电源，慢慢地电暖风红热起来，可是瓢虫没有飞走，而是依然享受着迟来的暖意，最后它却静止在那里，马上变成了干干的粉红球。等我发现后将它取下放在手心时，可怜的瓢虫已成为美丽的标本。

有几只漂亮的小虫不知在什么时候于秋季里偷偷地钻进我办公室窗户边栖息。那几只或许本不是一家人的虫儿们这个时候竟紧紧团结在一起，构成一幅美丽的小图。

冬天来临，它们没有想到，精心选择的越冬场所会这样的不经风寒。它们忍受不了了，而慢慢地爬到了放在地上的电暖风上，幻想着这里一定是个暖呼呼的地方，期待着温暖的时刻。此刻，几个伙伴没有一起行动，只派了一只小虫登上那罩在外面的小铁网以身试热。结果这只小虫用一种悲壮告诉了伙伴们，这里虽温暖，但是太危险。

虫儿们的心思既简单又朴实，自知弱小身躯无力争得太大、太多的温暖时刻，而蜗居在小小的角落里，等待一丝光热，能维持自身熬过寒冷的冬天就已完成了一生。可是，就是这么一点点的乞求也不会轻易得到，因为它们太微不足道了。

可怜的、美丽的瓢虫，明年你们再来吧，我会提前给你们制造温暖，让你们开心地度过寒冬，张开翅膀拥抱春天！

窗外

"昨夜我又来到你的窗外，窗帘上的影子多么可爱，悄悄地爱过你这么多年，明天我就要离开……"

《窗外》这首歌学唱了好多年，每一次唱的感受和感觉都不一样。时常想起这首歌，就想起了曾经的窗外……

家，是栖息之所，是一个相对独立的小环境，它挡风避雨，遮阳隔音，保护着人不受外界侵扰。因不可能完全脱离外界环境而独自生活，室内室外就需有一个温度、湿度、空气和光线的合理交流与互换，这样也就有了窗。

窗，是在建筑的墙或屋顶上建造的洞口。"窗"本作"囱"，即在墙上留个洞，框内的是窗棂，可以透光，也可以出烟。《说文》说："在墙曰牖，在屋曰囱。窗，或从穴。"

居住房屋的窗，隔离着家与世界。

人一生不知经历了多少门，堂堂正正记录着自己的足迹，而却没机会也没必要去做窗的经历。

把窗作为渡口好艰难，大船小艇游弋哪个能属于你；

把窗作为屏障好残酷，它隔断了人间的安危冷暖；

把窗作为陷阱好悲哀，如越过雷池将是憾事冤情。

当你由窗内向外看，满眼是蓝天、楼阁、群山、原野。而向下望去，是似蚁的人群，玩具般的车辆和红绿点缀的街景公园。人在此时则显得分外渺小。

窗外的世界，繁华喧闹，窗外孤独的身影也随风在空中摇摇坠坠。春风落花，夏雨浸禾，秋月慰果，冬雪袭人，都因为你出现在窗外打破了所有的一切。

窗，不管大小，都在为房屋通风、透光和守候。其实窗也是门之外的通道，通着由门达不到的目的，达到门不敢做的细微事件。

窗外，简单又复杂的地方，那二、三、四、五、六楼的窗外又怎样去张望呢？

窗外，有多少人长久守候而无果，带着寂寞落荒而逃去寻找那金丝缠裹的门。那种孤独的追求，没有结果的一厢情愿，都会在窗外淡淡而去……

守候窗外，就得先耐住寂寞，要有足够的体魄去鏖战，要有充足的营养保证日夜兼程。

窗外，有一直等待着的人在默默祈祷。谁来敲开这扇窗，把心抛进去，把情飞进去，即使打不开你的安静，也一直守候在窗外，不想搅乱你安宁。

难道窗也能辨别出男女老少善恶美丑吗？把窗内窗外的事情弄得清楚明白好不容易，这窗既不能穿越，又不能跨过，一层玻璃、窗纱就神奇地隔断了人情世故。

窗外的人好辛苦啊！楼高窗深你够不到，而窗内没人你竟不知道。

如果是这样，你就来做窗的忠实崇拜者、追求者、守护者。为了一生的等待，在窗外徘徊惆怅，但更无怨无悔。

窗内的人或人们根本全然不知窗外的喧嚣和某人的情怨，任凭你的呼唤与祈祷，窗内正在欢乐之中根本没人理会，那窗内的快乐远比窗外的虚幻幸福得多。

难道窗里的人心中已另有一番天地，招惹着不能忘怀、决断，拉开那扇窗迎接新人的光临。

也许正与其他"窗外人"网聊正欢，卿卿我我，根本没在意此时的窗外。

也许还沉醉在昨夜风雨的快乐之中，回味着一次又一次激情中的酣畅。

窗外下着雨……

窗外雨潺潺……

那扇窗，经历过风霜雨雪洗礼更加明亮、洁净、坚强。它见证过窗外的风光无限，见证过窗外人的喜怒哀伤，也见证了好多人张望、凝望的眼光从渴望到失望。

窗，为什么把那么多人拒之窗外，只因窗本身并不是正规通道，如果你不去门外呼唤，却偏要寻窗而入，那不成见不得阳光的人了吗？可为什么还有那么多人徘徊在窗外？

假如那扇窗内拉上了厚厚的帘子，窗外人会更惨，连一点阳光、一点希望也不奉献，还会有那么多的窗外之恋吗？

如果再上了钢窗保护，即使你敲开窗，也只能是望窗兴叹。那根根铁杆已把你封杀在千里之外，犹如监舍的栏杆把你拴牢在不自由之中，你要挣脱就得变节、屈服，你能做到吗？

为一种爱而苦苦追求，死死去爱，就是天监地牢的监禁也坚守不变，那是爱神的力量，是英雄所为。如窗内已另有风情，你就真的如同狱中煎熬，你会宁可不去碰撞，也不做风流之鬼。

"多少回我来到你的窗外，也曾想敲敲门叫你出来，假如我永远不再回来，就让月亮守在你窗外。"

为窗作诗者，有之，数目不详；为窗谱歌者，有之，为数不多；为窗吟唱者有之，难得几人；为窗追求者，有之，太多太多。

窗外，惹了这么多烦恼，费尽心思，搭进工夫，还难得结果。但，如果你坚持，做强者、勇者，就能熬到成功！

看来，眼下你只能继续徘徊在窗外……

我的价值观

我的价值观说起来很简单。

从小我就喜欢写写画画，当时想将来能当个能写字画画的文化人，起码帮家里人写个信，写个春联什么的。

到中学后，在小学时的那么多想法有的做到了，有的就是空想了。这样我就专搞文字，写日记，写杂文，没事就划拉几笔。特别是帮同学写检查，写发言稿，写总结等，那时候觉得自己挺有用的，过得也充实。

父亲见我在文字上这么用功也很支持，即使家庭生活困难，笔墨纸张也保证我用，就连投稿的费用也从不吝惜。

我念书到九年毕业下乡当了知青，这时候我开始迷茫了。自己这点文化水平到农村去能干啥用，只知道乡下就是种地。

大队的青年点是公社的果园，满山坡平地连片都是苹果树，树行里种的毛豆和谷子。这些农活跟着老农学，根本用不上什么文化。农家一辈子没文化，照样侍弄果树、种地都是行家，自己有好长一阵子觉得无聊，放弃了文化学习。

直到有一天，公社管知青的领导来青年点说，要从知青中挑几位有文化的到学校代课，可能还给转正。

这回我着急了。那次选的是教数学和体育的，我那点文字水平用不上，自己很失望。不过从那时候起，我又开始抄起书本，天天将所见所闻写上几页，很快自己的文字水平被大家发现，这样一来我成了四十多人青年点的代言人。

青年们给朋友写信，给恋人写情书，大多都让我来代写，再由人家署名寄出去，我能用仅有的文字能力帮助别人，觉得很神气，在青年点我也很吃香。

回城后有了工作，当时大集体工人转国营工，我在二十几个大集体工人中考了第一，唯一的转正名额让我占了。紧接着在干部岗位、以工代干、身份全民工的自然转为正式国家干部，那年自己二十四岁。那时，我又找回在学校、在青年点搞文字的优势和优越感。工作岗位上我结合业务一边工作，一边创作，互相促进，博得了许多部门领导的赏识。我被调到了市委机关，从事更多的公文写作十多年，后又被派到基层担任领导二十多年。那时又觉得人的价值是自己努力，被社会认可，让组织发现、使用。

我感谢自己对人生坐标的最终确定，把文字的提高使用作为一生的努力与追求，因为文字给我带来了许多收获。

我的人生的价值观是不管做什么，都要做好，做到底。

当下有些年轻人学业有成，事业无成，主要是找不到自己的价值究竟在哪里，到底是什么，所以随意挑选职业，越来越跟不上社会发展的脚步，最后的结果是忙累半辈子，没什么成就，开始怨恨自己活着没什么价值了。

价值没什么大道理，只有自己去体会，去创造。

散文伴我三十年

一晃 30 年，我长大了，变老了，感谢有散文一直陪伴着。

1984 年我 25 岁，在基层工作四年后调到市委机关工作。从那时起我感谢文学创作给自己带来的幸运。上中学二年级时，我就是当时地区日报通讯员，毕业下乡到农村开始了枯燥无味的青年点生活，我坚持写日记，记录着广阔天地里自己的小心思和大理想。

回城参加工作后将三年知青经历写出来，当时没多少人在意，因为那个年代知青太多了。到机关后回首往事，才感到这段经历很重要，它不仅磨炼了自己的意志，也成就了自己的事业。

在组织部工作期间，我首先参与党员教育专题片的拍摄工作，两年时间撰写了 8 篇电视专题片解说词。

有追忆当年亿元乡奋斗史的《在希望的田野上》，描写优秀计生干部平凡生活的《淡淡的幽兰》，赞美村党支部带领农民脱贫致富的《春风又绿青草沟》，描写省城大学生扎根农村 30 年为百姓送医送药事迹的《沃土中的生命之根》，歌颂供电人为山村播送光明功绩的《万家灯火人长久》等，这些专题片得到了省市党委的肯定和表彰。我暗喜这点文学功底终于有了展示的机会。

1994年我被派到基层工作后很忙累，但辛苦不能在场合上讲，不能让人认为我有畏难情绪，那就在一篇篇散文中叙述出来，一次次地给自己放松心情。

来到城市管理区后，繁忙工作之余我都要动动笔，从1997年到2009年12年间，创作了一批散文作品。

描写人生文化知识铺垫的《求学之路》，记录初闯社会苦辣酸甜的《知青之梦》，回忆成长摇篮的《在组织部的日子里》，抒发四季变换心情的"困春、苦夏、乏秋、暖冬"四部曲；变换角度品味人生的《品茶的感觉》，体会人间百态的《冷屋与冷茶》，描述官德和官心的《官道》，反思人生处世良言的《自我忠告》，为社区干部鼓与呼的长篇叙事散文《风雨社区》，解读百年老矿区的《话说台吉》和回顾棚改新区建设的《记忆双河》，等等。

到了50岁，在散文创作思路上有了较大转变，就是怀念过去，珍爱亲人。我以"情缘天地鉴"为主题创作了《母亲在守望》《我的老父亲》《写给我的伴侣》《家有老妹》《儿子的故事》《伤感的七月十五》和《中秋亲情》等散文，把对亲人的思念与深情通过文字表达出来。

一位同期为官的朋友患重病，我写的一篇散文《祝福友人》报刊准备发表，可是没等见报他已去世。我的散文竟成了祭文，这也是我一生心中的痛。

2009年后在档案局工作是我参加工作以来接触文字最多的时候。在档案馆里看到许多珍贵的历史资料，更激发了文学创作的热情和更高的质量追求。

减少了繁重的工作量和无奈的应酬，闲暇时特别是每晚8点到 11 点半是我的创作时间，两年里写了 60 多篇散文。

在《告别游戏》中再度诠释了"玩物丧志"的内涵，祝福平等和谐的《和谐秋分》，讲明开会意义的《如果不开会》，对高傲没人脉的那类人进行提醒的《什么时候低下你的头》，描写日常点滴小事的《心颤那一刻》《善于感动》《幸运顾客》及《离开岛哥的日子》等散文，每一篇都写出了自己的一番心境。

有一段时间自己患腿疾严重，中西医治疗效果不佳，一度心情沉闷，精神不振，就通过创作一些散文来释放心中积郁。《学会疼人》《日殇》《耳鸣时刻》《看着自己的影子登山》《阳光下的冰雪路》《飘落的树叶》《哭鱼》《寻找宁静》《关怀男人》和《小区前那棵枣树》等都是那时的作品。

如今散文创作已成为我 50 岁以后的必修课。每天都要写上几段，有时构思提纲，腹稿几日，便一气呵成写出上千字散文。

文学好友们经常在一起谈论创作，我说如果有一天因工作忙碌或应酬没写点东西如同犯了错误一样，总觉得愧对文字。

机关工作 30 年是我体验人生、积累知识的 30 年。30 年里我一直没停止过散文的创作，不过每个阶段内容有所不同，但觉得散文里说的东西更深刻、更真实了。

每当看到文学好友们的飞跃进步，自己都会奋起直追。2014年创作的散文从三四千字到八九百字，所述说的事角度有了新变化，展示自己内心更深层的东西多了。

《鸡殇》《征集谎言》《瓢虫之死》《腐败一觉》《活在事里》《因为我是病号》《我妈说的》《我的乡愁》《拼酒》《五元钱，妈妈的心》《我的价值观》《相册里，我看见一双脚》，等等，这些散文从写作到自己阅读每一次心灵都有一些震撼。有些作品是在提醒人们如何面对现实，珍惜生活，既要穿越超前，又要求真务实，走好人生路，创建自己的事业。

从 1984 年机关工作至今 30 年，也是我文学创作一步步走过来的 30 年。现在自己成了年过半百的"小老头"，文学创作也日渐成熟，主要是心智的成熟。

当自己心情哪怕是细微地波动时，总有一篇小文章让自己轻松一阵。有人说我找到了一条退休后的出路，就是写散文颐养天年，我认同。

30 年过去了，自己感悟很多，也收获了很多。喜贺自己伴着散文也是散文伴着自己走过了 30 年。

我的石缘在哪里

　　入冬后的一个休息日，我和几位朋友户外行走，围着环城的山边走边感受小城一年又一的变化。

　　我们来到西南小山，这是一座适于开采的石头山。一侧的采石粉碎场，把半片山一段一段像刀切一样地刮开破碎，那些大块小块石头都走进了城市建设之中。山这一侧是满坡的干枯荆条和野草。

　　我们顺坡往下走，寻找着秋天留下的螳螂籽，听说那东西能治风湿腿痛。绕来绕去也没发现一个，心想可能是秋天螳螂根本没来过这里，或者被先于我们的人给掠走了。

　　突然，我发现一块斜面石头上有一片红印记，凑上前一看，红印镶在石头板面上是一个公鸡形状，再仔细端详竟像一幅红色中国地图。我很兴奋，急忙招呼他们，跑过来一看，大家又惊又喜，这石头太神奇了。大红公鸡恰似中国地图，美丽、壮观，我们用手抚摸着，心里有着一种神圣感。

　　顺着石头上下左右看，这块石头很大，几尺见方，有一部分埋在土坡里不知有多大。就是说，这块石头是不会被轻易地挖出取走的。

我们几人试图把它抠出来，使出洪荒之力那石头也纹丝不动。大家围坐在那里想办法，想走开却依依不舍，不走那里又不是我们行走的终点，挖走又没有工具。我说："石头在这里安全，咱们准备好工具，下周日再来把它挖回去,让奇石展现在世人面前。"

一晃一周过去了，我们四人带着小锹、小镐、钎子、细绳、布袋爬上了日思夜想了七天的小山，直奔那块石头所在的地方。

在山梁上寻找上周走时留下做标记的几块小石头，不见了！大家对那个方位还是有记忆的。几个人开始顺着山坡往下找，没发现，横向找也没有，几个人拉网式来回找，还是没发现那块有红色印记的石头。

我们坐在山坡的石头上，垂头丧气。真是怪了，这块地方不大，上下找了几遍怎么就找不到了呢?

我还是不甘心，凭着最初记忆又去寻找，没有一丝结果，我懊丧极了，难道一周时间这里发生了什么变故?

山那边采石轰轰作响不会伤及这里，来这里勘探采石不大可能，因为那边储藏的开采量二百年也不会完，不会到这边来搅动。

几个人开始了遐想。

这块石头会不会像老百姓说的，如果发现人参不及时采挖，即使你留下记号人参也会藏匿起来的。

石头会想，被挖出来损坏或倒卖出去，毁了一世清净，只得隐身。

这块石头本来不相信我们几个，当然不会乖乖地被掠走。

我忽然想起石缘，很认真地说："听说石头是有缘的，每个人跟石头有眼缘才可以看到，但不一定拥有。有慧眼识珠的，也有过目即忘的，更有视而不见的。凡石头都有灵性，是你的它自然会跟随你，没有缘分你是不会得到的，而这缘分是天注定的。"

听我这么一说，大家泄气了，咱们跟石头都没缘分呀。更伤感的是我，虽然我发现了它，因我有了非分之想，那么它就远离我而去。

我与石头的缘分不可强求，一定是自己没有做好。如果自己哪一天做到了，会感动山，感动石头，一定会得到一份神秘的惊喜，会获得陪伴我一生的美丽石头。

我的石缘在哪里呢？我在等待，或许是一生的等待。

花的世界也沧桑

　　近几日连续低温使本来不温暖的办公室更显得冷清了。靠"小太阳"取暖，一上午也只升至十度。这时厚厚的羽绒服维系着岗位上没有空缺，只是花架上、窗台上几盆花真是受了委屈。

　　这几盆花可是老资格了。四年前，花主人购得数盆鲜花，称要打造室内花世界，从此悉心料理。但这些花不是烂根就是落叶，一直折腾着怀着无限希望的花主人。

　　有人说，花是有灵性的，你对它好它自然就速长鲜艳给你芳香，可主人倾心竭力地伺候，日夜呵护，依然得不到什么回报。

　　有关养花的书刊、电脑上资料查找的不少，那些理论上的套话像甜言蜜语，一时忽悠得花主人心花怒放，真正去应用那些常识，却没有太多能对号入座的。

　　年复一年的努力，花主人熬着心血，费着精神，寻找一条打开心灵的路，让自己的花心开放收获理想之果。一年四季的轮回，哪一次也没如愿如意。

　　花主人开始反思，究竟问题出在哪里。对于花，主人凡有语言文字教导的方面都忠心表达过，但每每的失落让花主人不愿再去理会那几盆看似道貌岸然却不善意报答的娇花俏叶。

无奈的花主人一度冷落了越来越张扬的花，花竟然也挺拔屹立，也能按时抽芽吐叶开花落果。看来花主人多年的精心培育铺成的厚重基底，即使暂时没有花主人的辛勤和努力，花依然会生长如故。

觉得好奇怪，是花的坚强还是花主人的脆弱，到后来是旁观者赏花夸花却冷落了花主人。

四年前春花盛开之时，花主人悄然离去。不是到别的花室，而是回家饲养起宠物小狗，新的狗主人说还是狗忠诚。

从种植花卉到养殖动物，花主人思想彻底颠覆了。当对花实在无奈与无助时只好选择放弃和远离，从此不再染指于花。

花的新主人对花的期望不大也不多，放任其自由生长。在新主人眼里，它们就是普普通通的花，投入太多的心思也是浪费心情和感情。相信一点就是"不可强求，顺其自然"。

花儿们的想法是只要有水喝，有肥用，有健壮保障，不管主人是谁，是男是女，是老是少，也顾不得主人的思想、理想与幻想。

花主人几天没认真理会围在身边的花，没料到几日工夫两盆长茎花枝竟张牙舞爪、互相侵犯、钩心斗角，肆意地生长起来。个性的展现破坏了室内花世界的整体美，有的花还任凭折花人的剪接移用。

花世界说，花的自由自在就是花的幸福快乐理想。

顽强生长在不温暖环境里的花的心情开始随主人的心思波动变化着。花主人筹划着开春对这些曾经伤透前花主人心的花彻底铲除，腾出位置，培植新芽，以使下一个花主人、再下一个花主人能有无限的幻想！

我妈说的

老伴快六十岁了。结婚三十多年来她除了做好单位本职工作外，就是操劳家务，相夫教子。

老伴的老妈、我的丈母娘八十多岁，年轻时因家境困难没念过书，现在仅自己名字能写出来。尽管没啥文化，但老一辈子传统东西知道的真不少。

三十多年来，到丈母娘家或在我家或在其他场合，只要丈母娘在场，老伴都会把一些老一套的东西反复说给我们。

对那些似清非清、似懂非懂的说道我大多是左耳听右耳出，不过丈母娘为我们的认真听讲而欣喜。

这样我也慢慢习惯了老人家的一遍遍教导，但对丈母娘教导给我老伴的一些观念有时难以接受。

"我妈说的"，这是老伴经常挂嘴边一句话，那些她认为的"道理"有时我反驳几句或反问几句，老伴就会不满意地说我不懂事。

在老伴的眼里、脑里、心里都贯穿着老妈半生的"理论"灌输。

我试想着，丈母娘的女儿在小学、中学、高中都学会了哪些生活常识？走向社会，参加工作，组建家庭，生儿育女，却一直对三十多年前的"家庭观念""妈妈语录"记忆深刻，并且在实践中发扬光大。

每日早起的家务、吃饭她做得很认真，而且都是在"我妈说的"理论指导下完成的。

晚上夫妻空间，时而传来"我妈说的"声音。床、被褥、枕头、夜灯、闹表都被冠以"我妈说的"而逐步实施。现在孩子大了，我也老了，也不去分辨对与错了。老伴为我不折不扣执行她传达的"我妈说的"而高兴，不时地感谢我。

我有时迷茫，有时也庆幸。有丈母娘深厚的、传统的"理论"培养的一个好闺女飘至我身边，我这个学历史号称唯物主义者的人逐渐改变从"怀疑一切"到"相信一切"了。

有一天，我带着无比崇敬的心情和表情问老伴："你妈的理论水平真高，好多事连我这大学生也不知道啊。"

老伴不在乎我的话是褒是贬。她曾经的一句话我挺感动和感慨的，就是"我妈说的，对自己老爷们好是天经地义，老爷们好了家里家外都会好"。

我不想知道这话是不是老伴自己编的，起码在老伴心里有着"对男人好带来的好"潜意识。

我几次静下心来研究"我妈说的"这句话，细斟细品它形成的历史原因和现实意义以及不平凡过程。

老伴从小在妈妈的呵护中长大，在妈妈的言传身教下成人。妈妈的思想、行为至长大后的叮咛与嘱咐最后到成家时的"私房密语"，来自妈妈的教诲始终贯穿其中，影响着女儿的一生。妈妈一套最原始的东西在老伴的生活中总是挥之不去，因为那是孩童时最能融入记忆的"东西"。

老伴和多数老年人一样认为最传统、最自然的是最真实、最可靠、最有效的，老一套的"东西"面对的、应对的人和事是最能契合，最有对接点的。

"我妈说的"，看似一句家庭主妇的日常用语，其实涵盖很多哲理。是要告诉你，无论在家为女或成家为媳或人老成婆，最传统的、最朴素的东西不能忘，不能丢。

对于老伴的习惯用语，我已经渐渐接受而且不断地解析它。我曾多次设想，老伴这句"我妈说的"，就是要让家庭和谐、安稳、幸福，那样就会证明"我妈说的"这句话的重大意义。

萝卜为啥长在背上

　　去年，在小菜园种了一小池子萝卜。怎么种呢？想起了那句"萝卜长在背上"的说法，就把萝卜籽种在了垄背上。岂不知，萝卜在背上生长需要培土，垄背越培越高，垄沟也再没有可用之土，结果萝卜似在"空中楼阁"，一半裸露在外。几次雨水冲刷，萝卜秧不少倒伏或断或亡，弄得一片狼藉。

　　那时我想，萝卜长在背上好辛苦，那么弱不禁风。联想起人小若处在大辈上也会很辛苦的。民俗说归说，用萝卜来比喻还是有些牵强。

　　今年入伏前几日，我又开始种萝卜。这一回想起去年种萝卜的"惨景"，决意摒弃那"长在背上"之说，挖一条比较深的垄沟把萝卜籽撒进去，盖上一层薄土弄实，这样长出的萝卜苗身在垄沟。随着纤细嫩黄的小苗拼力上长超过了垄沟，我抓紧培土，垄背上的土一次次填回沟里围着萝卜苗的娇嫩根茎。萝卜苗在渐渐培起的垄背上洋洋得意地生长。我感觉自己很聪明，没有像去年那样愚笨地种植，把萝卜地弄得乱七八糟。

如果要让萝卜好好地长在背上，原来种子要埋在垄沟里，长在背上是靠人来实现的。但人的辈分关系是由血缘或长辈们复杂的关系计算而成立的，或者说是在骨子里、娘胎里形成的。"萝卜小长在背（辈）上之说"虽是比喻，却无法较真。

　　现在的辈分论起来有许多复杂因素。亲戚关系看走动得远近，看利用价值，有些时候宁可屈身降辈也值得。还有没亲戚关系因某些需要来降辈相称、相处的。再有没亲戚关系年龄又相差不多，但爷、妈也叫得亲切，这时的辈分成了纯粹的依附、依赖关系。

　　年纪长的把相差两辈的称小妹、小弟，听起来觉得别扭，人家自称这样会让自己心理和身体年轻许多，也为了适应方方面面的需求。反过来，年轻人称年龄比爹妈还大的称大姐、大哥，那可能是异常尊崇。像当下时兴的对长得丑的人称美女、帅哥一样，虽然知道那是违心的、虚伪的吹捧，但相互得到了一些宽慰、快感。

　　你有财、势、权当然很容易当上长辈、长兄，人们会感到很正常，也能认可、认账。那形形色色的称呼常挂在嘴边，很甜、很爽也很酸。

　　以我种萝卜的实践看，想当长在背上的萝卜得先下垄沟，然后人为地陪（培）你走上垄背，你的辈分如同萝卜，人捧出来同样很光荣、很实在，也很满足。

　　先天和后造有着根本区别。先天的是辈分的规矩，后天的是需要的产物。如果男女老少都需要时，说不定就没了辈分之理。只要大家都满意、满足，没有什么约束，那辈分如何就无所谓了，也没有啥奇怪或称"大逆不道"。因为由人构成的社会有良心支撑，有道德左右，有舆论监督，什么人间奇事都能变得顺理成章。

　　秋天的菜园小获丰收，大红萝卜很喜人，很诱人。不管它前世如何，也不管它在沟里背上经过多少风雨，当红红的果实展现在人们面前时，什么过程都不重要了。因为应该的就让它应该，不应该也可以应该，一切从需要出发。

　　不管怎么争论，萝卜们依然自由自在地迎接阳光雨露，茁壮成长！

抚育孙子辈的责任

孙女三岁，开春送幼儿园去了，爷爷奶奶姥爷姥姥感觉辛苦三年也终于可以轻松一下了。

听很多老人们说，当下儿女们结婚靠老人操办，这是第一责任，等儿女们有了孩子抚育责任当然归儿女们。但眼下，儿女们的孩子是给爷爷奶奶姥爷姥姥们生的，因为出生后的一切都交给了老人们，老人们也会心甘情愿接受抚育孙子辈的任务。

近日在刊物上看过一篇小文受到启示，文中说要和儿女们确定一下抚育孙子辈的责任。我寻思很久，怎么也理不清头绪。

从感情和心情上说，老人看护孙子辈是愿意和高兴的，尽管累些，甚至腰酸腿痛，起早贪黑，从没怠慢、亏待过孙子辈，也从不表功求谢。

筹划孙女去幼儿园有一年时间了。已经三岁了的孙女很乖，很可爱，她爱说爱笑，能背儿歌，唱小曲，还能跳上几段笨拙的舞蹈惹得三代人一起开心欢笑，孙女在夸奖中得到了快乐和满足。

小小画板上，爷爷姥爷帮她绘出了形状各异的图案，孙女会蹦跳拍手笑，几副拼图板组合成孙女喜爱的动物图形，她会端着向屋内所有人炫耀。童趣电子鼓是孙女宣泄自己心情的工具，右手握小话筒，小脚踩着鼓点，左手拿小锤敲打小鼓，虽然声调不和谐，但童音显露童心，非常招人喜爱。

此刻，爷爷姥姥在身边一个劲儿鼓掌夸奖，孙女就越来爱展示自己。

孙女爸妈早出晚归，时常有各种应酬，主要是爷爷奶奶姥爷姥姥在陪孙女。因此和孙女外孙女培养了特殊的、亲密的感情，孩子对祖辈的那种依赖超过了孩子爸妈。

孙女一天天长大，养护的责任一天天加重。除了吃饭睡觉时间，玩具、图书、游戏一直陪伴孙女。"为什么？""这是啥？""在哪里？"爷爷奶奶得现学现教，回答不清楚不行，说不明白不行，很多时候像在考试。老少三辈人在一起其乐融融，受累也高兴。

周日，全家老少七口人难得休闲聚在一起，孙女特别高兴。全家人都陪着玩，她会让一人抱一会儿，在她心中眼前的这些人是自己最亲的人，要比去幼儿园随心、放松。爷爷奶奶姥爷姥姥白天的惦记，早晚的忙碌，孙女还体会不到。爷爷辈抚育孙子辈是当下最时尚的责任。

不用和孩子们理论，争辩，都说隔辈人亲，那是内心真情流露，根本不用刻意去安排。

儿子大了，孙女大了，我们老了，这是一种传承。一代一代地接替，谁也不用夸言，炫耀。老人们一旦面对孙子辈的时候都会勇往直前。孙子辈的亲昵呼唤，让你百分之百地担起抚育孙子辈的责任。

这责任根本不需确定，也无法确定。

随礼去

一年内涌出时髦的话不少，进入七八月份又更新一句话"随礼去"。最近一朋友很忙，他说几乎天天有酒喝，细打听才知道是升学宴随礼。他经常缺席朋友圈活动，以至于他的逃避朋友酒会也被以为他在升学宴随礼。

听很多人抱怨，也不知什么时候时兴了升学宴。原来的婚宴、生日宴、当兵宴、乔迁宴等，已把工薪阶层弄得疲惫不堪。反而以前的调资宴、升迁宴、调转宴、奖金宴等渐渐淡出人们的视线。

某朋友的表弟在一医院工作，这是当地最大的医院。去年七八月份共收到41份升学宴邀请。他和这些家长大部分在平日里有来往，小部分同单位认识却没交往，但只要邀请了你，你就得认真诚心地对待。可是按一般交情一般礼金二百元，那么一个月需掏空两个月工资，这还得说不吃不喝不买，过真空生活60天。

很多情况是碍于面子不得不硬着头皮东借西挪地在礼单上写上自己的名字。

听朋友说，他的小学同学人缘好，有人情，很讲究。在单位和买断工龄打工后从不漏掉朋友、同学、同事间的各类活动和随礼。终于有一天他无力承担日益增多的随礼，越来越高的礼金，毅然开始不再讲究，把家里电话、手机全部通讯联络断掉，走出家门到最偏僻的山区帮工，一年与所有过去甜哥蜜姐的人们隔绝。春节前三天他趁着黑夜回到阔别一年的家，可是老婆抱怨，他不在家人家找上门来替你随了不少礼。这朋友仰天长叹，这随礼也是防不胜防啊！

现在的宴会邀请人心机很重，比日常工作还细心认真，打手机不通或不接，办公电话无人接听，住宅电话停机，便让他人千方百计转告，总之是不找到你决不罢休，以致有的人一年换了三次手机号，这种无可奈何的逃避不是不讲人情，而是实在无力支付那支付不起的礼金。

那日外地来一朋友，下午5点下班途中要找几个人聚会，偶遇又一好友，按理打招呼同往亦可，可是一句习惯用语"随礼去"，随即两位好朋友隔绝在一句习惯又是假话两边，回想起来心里很不是滋味。

有一位从小就在一起玩耍的好朋友，15年前下岗到处打工，身体多病。突然好长时间不见，九月中旬回来后问他这些日子在哪里。朋友说，在农村表亲家，躲债。说完又唉声叹气："咳，没钱，随不了礼，跟老婆要钱还挨了打。人情没了，脸面也没了，今后没法在街面上混，真没脸见人了。"

这朋友说得挺伤心，挺可怜，也挺实在。有好几个礼没去随，今后见面都不好意思。工资不高，也没其他收入，经常随大礼，日子过得艰难，难怪媳妇不愿意。

现在社会上各种"礼目"繁多，"礼教"盛行，这个风不知道要刮到什么时候。

我家有了虫蛾

搬进新楼快三年了。装修时动静挺大，使用了不少现代装饰材料。朋友一再劝说装修材料环保没过关，尽量少用，用了也多开门开窗放放味，入住起码得半年。

我因急用，不到四个月就匆忙搬进 110 平米新房。说心里话，住进新房总放心不下，生怕那些不合格、没达标的装饰材料、油漆、刮白等气味对身体有伤害。

天天开着前后窗户通风；听说洋葱吸味最管事又买了几个洋葱；从朋友家硬搬来一大盆吊兰；买了几棵虎皮兰。这些都是在网上得知能消除新房异味，保证健康的。

一个月过去，我感到嗓子隐隐作痛，看过医生说是慢性咽炎。两个月过去了，我小腿有一小片红疙瘩，大夫说是风热湿疹。三个月时老伴脾气有些怪异，检查是更年期症状。这么看这些毛病与房屋装修没什么联系。

几次场合中，大家议论净是些装修的事。什么装修工和装饰市场挂钩啊，材料以次充好啊，建材市场价格垄断啊，这些我都不特别关心。我注意大家谈论的装修后室内是否有有害气体。听说有人家的几个苹果芯里变霉烂掉，疑是装修污染所致。还有人家新买的几条金鱼慢慢都死掉。听着这些心里害怕，如果真的是装修污染造成，那么对人身体必定有害。

针对如上的两个事例，我查书刊、电脑里有关这方面的知识，哪怕是议论出的个人观点都反复查证，要找出避免或解决的办法。最后心里多少坦然。一是苹果芯烂属于果类自身一种病，并非外部污染所致。二是新买金鱼死掉，也许此类鱼苗从外地引进，适合当地水，一旦买回自家，遇生水极不适应，渐渐支撑不住死亡。这样用小科学常识解决了自己心头大问题，至此便放松居住起来。

当媒体相继报道少年儿童患白血病者逐年增多的消息时，又激起我心的异常跳动。

不是专家、医生们评论，而是家长、同事们议论不休，认为白血病与装修材料豪华又没及时除味有关。人们感到了可怕和恐惧。

眼下在百姓间这种议论无法确定科学根据。患白血病的原因有环境污染，也有饮食不安全、生活无规律、身体锻炼缺乏、自身免疫力低下诸多因素，单单归结于房屋装修不全面，不客观，属于自己吓唬自己。但是装修材料环保问题应当引起有关部门的重视了。

很多人还是想开了，生老病死是自然规律，人的生命是有定数的，命里注定一生长短好坏，所以听天由命，顺其自然最好。

每一天迎着太阳工作、学习、生活、锻炼、休息，伴着月光入睡思念远方。这样心静、心净，心境自然、坦然，活得才有滋有味。

快乐的一天、一月、一年快乐地过去，换来又快乐的一年、一月、一天相随。人在没有杂念、怪念、邪念之中是最轻松、最快乐、最幸福、最健康的。

　　前几天老伴说家里楼下厨房、库房咋这么多扑蛾，我赶紧下楼观看一会，大笑。老伴不解，质问我。我坐在椅子上，帮她数着飞着的，落在桌上、箱上，贴在墙上的最少有二十多只。我告诉她，这是米虫，粮食里有小虫等时机成熟就变成飞蛾，这些小虫自由自在地飞翔，说明这里空气质量适合它生存，就是说咱家的室内没有什么装修后的污染。

　　虫蛾飞舞。弱小的生命尚能在不大的空间里生活得快乐、幸福，我们具有庞大身躯和强大生命力的人怎么不能端正心态，快乐生活，享受幸福呢!

梧桐的一夜

深秋。

昨夜，冷风把县城大小街巷弄得脏乱，马路牙上下，乱糟糟洒满了梧桐叶片。

这几年，旧县城改造，拓宽路面，路两旁栽植数百棵梧桐树。大爷大妈们不认得什么树，猜测着。园林工护树到身边，告知叫梧桐树。老人们乐了，打小听说梧桐梧桐，原来在身边。那，梧桐能引来凤凰吗？园林工一笑，等。

梧桐年年变化很大，枝繁叶茂，县城主次干道已成道道风景。

景观，有了。老人们期盼，凤凰一直没到。一年长者调侃，移植来县城的梧桐树是娇妻奶娘，远来和尚不念经。

年年秋深，梧桐树被风儿摇曳，落叶多多，连果实也飘落下来，仍不见凤凰，只等待下一年来临。

冬，如期而至。梧桐树黄叶变多，枝条脆弱，天天落地，夜夜增多。这天一自称探路凤凰飞来，说，不是不来，是不敢来，不能来。

楼房太多，高耸，遮掩住梧桐美丽笑容。

雾气太重，常在，看不到梧桐风仪靓影。

味道太浓，刺鼻，无法与梧桐亲切会面。

声音太怪，嘈杂，听不到梧桐亲切呼唤。

还有，几株梧桐被剥皮、折枝、灌药，难以忍受而逝。

梧桐年年长大，变老，历经岁月沧桑。哪管周边利剑，依然挺立坚强；哪怕环境不佳，照旧迎春开放。人们不见凤凰踪迹，于心不甘。年复一年梧桐等待人也等待，等待凤凰降临亲近。

今早，梧桐树叶被环卫工一次次扫走，树叶走到离树木很远的地方，无缘再等待。树，寻找落叶，实为寻找盼望已久的金凤凰。

梧桐一夜就是梧桐一页，曾经美丽就是曾经魅力。等待凤凰，心没变，直到梧桐和人都不在那一夜。

老婆最高兴的事

让男人们来讨论老婆什么事最高兴，可能会罗列好多，依我看，老婆最高兴的事就两个字：情，钱。

情，是天长地久的事，钱，则是不经常发生的事。

老婆高兴的事，也是随着生活的变化而变化着。

最近县里在办理机关事业人员调整工资的手续，涨工资补发工资受益人当然高兴了，而我感受到这次涨工资发钱是老婆最高兴的事。

说要涨工资有好长时间了，大家都在谈论，在等待，更多的是在盘算涨工资又补发的钱的支出计划。

老婆也和大家一样，打听着、等盼着、算计着补发工资后流向。

老婆说，工作这么多年，五十多岁了工资终于突破四千元了。

说真的，我们这里现行的工资标准太低，有不少在外地的同学朋友一说起我这类小官的工资都不信，以为我在保密或说谎，当最后确信了就这工资在当地还算比较高的时候很惊讶。我则表示：知足常乐。

这一次调整补发工资，是当届政府英明之举，让改革发展成果不仅常年惠及百姓，而且机关事业人员要感受到经济发展了，财税增收了，工资政策可以兑现了。

在之前的大会小会不同场合管事的人多次承诺涨、补工资。大家虽说心里有点底，但等真金白银捧在手里后才算心落了地。

这天，老婆下班回家高兴地告诉我，我涨了多少补了多少。我不大理会什么涨、补啊的，相信大家有就落不下我。可老婆仍是笑意满脸，她高兴地哼哼出几句跑调的歌曲，又忙忙乎乎弄几个小菜要与我小酌几杯。平日里忙碌的小家这天也有了温馨和快乐的场景。

夜里睡觉前，老婆还不断地盘算着，补发工资后开销好多，不管你听不听，她一个劲儿地告诉你。这钱先还 xx 借款，还部分买楼的贷款，还那笔开销透支的钱，等等。钱还没到手，已经远远超支了。尽管这样，老婆还是很高兴。

我在想，只要老婆高兴，那就随她吧。既感谢政府又期盼政府多做这样的好事，那会使多少人家温馨，多少老婆高兴啊！

老婆这么一折腾，我倒想法多了起来。老婆高兴的事，也是随着结婚后家庭生活的变化而变化的。

结婚初期，老婆高兴的事是：老公到点回家，两人愿意吃啥做啥。即使你不去帮她洗盘子刷碗，只要你在家陪在身边，她就高兴，会让你时刻感到新婚的甜蜜和幸福。

孩子出生后，不管生男生女，老婆都高兴。怀揣十月结晶，平安降生自己的骨肉，完成了女人一生的梦想和贡献。

这时老婆的感情和高兴的事发生了变化。精心哺育着孩子，总觉身心疲惫，那时盼老公正点回家，帮助照看孩子，做点可口饭菜，夜里多起来料理孩子的"业余生活"。每天上班前多嘱咐几句关心的话，老婆会很高兴地等待你下班回家的温馨时刻。

孩子上学了，老婆最操心，每天做三顿可口饭菜，经常接送孩子。这时候，老婆高兴的是老公能帮一把手，来减轻些劳累和负担。

当你周末或休假在家，老婆最高兴了。那会有好多时间陪她，干好多家务活，还会陪伴孩子学习、游戏、外出玩耍。这些都给家庭带来快乐，老婆会很高兴的。

孩子上了大学，老婆最高兴了。终于熬出了头，艰辛过了二十来年的照料，可以轻松下来。那时候老婆只想定期给孩子汇钱，寒暑假孩子回来聚几日，热闹几天。除上班外，业余时间有点业余爱好，特别是把健身娱乐作为抚育孩子二十来年的自我补偿。那种心态非常乐观、轻松。

二十年一个感情轮回，孩子不在身边，老婆又开始黏着老公能多在家陪伴。二十年里老婆把感情全部投入给孩子，老公就是应手工具。二十年后，孩子不在家，老婆又开始依赖老公，这时老公就成了依靠。

孩子毕业了，有了可心的工作，老婆高兴了。经常在娘家人面前夸奖显摆孩子，也是一种自我解脱和释放。当前就业形势严峻，能有一个稳定工作，已经是幸事，老婆怎能不高兴呢！

孩子结婚成家，老婆又高兴了。精心、操心、累心地筹办婚事，新房、家具、生活用品都给孩子安排好，使孩子有了自己的家，老婆放松了许多。

老婆在平日里生活勤俭，不舍得太高消费。现在一切都满意了，消费上也放开了一点，觉得已没有太大的投入支出了，该享受享受了。

有了孙子，老婆更是高兴得不得了。辈分长了不说，终于可以使孩子们也体会到人生、家庭、生活的苦辣酸甜，开始阶段性地品味什么是最高兴的事了。

要说高兴的事很多，老公老婆要把一生的劳作和辛苦都当成高兴的事去做。孝敬老人，呵护家人，勤奋工作，辛苦赚钱，结交朋友，健身运动，事业进步，等等，这些都会让你学会怎样以一个乐观向上的心去面对，去努力，去做得更好。

现在梳理出老婆最高兴的事，还是"钱"。是啊，老婆到了这个年龄，为了这个家庭，为了相夫教子的责任，"钱"对于她来说是最重要的，所以，有了"幸福"的钱，当然是最高兴的事了。

男同胞们，都来讨论一下老婆最高兴的事还有什么？

孩子们的空间

徒步行走到银河小区临近石头山的地方，我突然心颤，不是突患疾病，而是看到了一群孩子，勾起了我童年的记忆，想法也多了起来。

有四十多年了，没有去想，也没见到过，城市里的孩子们还在还原着我六七十年代的童年游戏。

在那一片楼群旁，与山之间保留着原来生产队时代的一块耕地，也是难得在城郊留给城市建设的一点记忆。

不知春天那一大块地种的什么？秋天收获了什么？冬季里，这里成了一片静（净）土。

看得出春天里耕耘者的精心，条条地垄整齐，像是用尺丈量过的规整。其实，不一定收获多少价值，不变的是延续和继承着千百年来传统的耕种方式，变换的是那些身着漂亮服装、穿着牛皮鞋、戴着电子表、叼着高级香烟、哼着流行歌曲的中年人在用电动耕锄劳作。

正当中午，阳光下的孩子们显得更加阳光，这些可能因棚户区改造从城中旧平房里搬来的城里娃，看见黄土地显得格外亲切。

孩子们在大地上折腾着。最原始的骑老驴、撞拐、骑马杀仗，在七八个十多岁的孩子们中玩得异常投入、认真。驻足看一会儿，虽然觉得动作有些异样变形，还是勾起了我当年玩耍游戏的兴致，好生亲切，甚至要奔上去参与那种不分胜负、没有名次、不发奖品的竞争。

我的童年里，根本没见过什么体育器材，在大孩子那里却学会了许多孩童游戏。打片机 piaji（纸折叠成）、片瓦（铁饼或平瓦片）、chua 杏核、chua 嘎拉哈、老虎吃绵羊（在地上画出方格）、比模子（用红泥饼印出图案用火烧成圆的）。在竞技方面，摔跤、滑冰车、推轱辘圈（铁丝围成圈），冬季里还有抽冰尜(bingga)。

这些游艺活动我们玩得是很认真的，一招一式，一点一滴，一胜一败都会争执不休，或有成就感，或有胜利感，或有失望感，或打闹起来。

我们这一代人的童年就是伴着这些开发不了多少智力的游艺活动成长起来的，但也从小培养了一种参与意识和竞争意识。

现在孩子们的童年都是在现代的、高科技的、新潮的游艺中慢慢长大。而且这些一直伴着幼儿、小学、甚至中学时光。

众多的室内游戏、户外运动充实着童年的业余生活。游戏机、电脑、变形金刚、魔方和好多大人们不认识又说不上名的游戏。体育器材就更多了，除了小区、健身房、健身园的体育器材外，家中的、学校的体育设施数不胜数。

好幸运好幸福的孩子们！

老人们也开始分享孩子们喜爱的娱乐，把这些力所能及的活动作为生活补充，放松着心情，陶冶着情操，增强着体质，过着幸福的晚年。

看看眼前的孩子们在无忧无虑地玩耍，我也在担心，孩子们不管不顾地玩得身上脏兮兮的，回到家里会不会受到父母的责备？说真的，当年那样的环境里，我们身上玩脏了也是会受到严厉训斥的，当时还委屈地哭个不停。

现在的孩子们，心野了，也开始厌烦城市的喧嚣，开始随父辈们走到农村、山野去尽情挥洒童年的梦，努力忘却着学校课堂的紧张和无奈。这时孩子们已经感觉到：这才是自己的世界！

孩子们的心在飞！

可不久他们又要回到真正属于自己的生活空间。

童年的记忆是美好的，但也有许多伤感。那是一会的沉闷，一会的烦恼，叹息着自己生不逢时，经受了那么多的苦日子，度过了淡淡的、枯黄的童年。现在看来，那个童年反而培育了我们，造就了我们，所以要感谢那个时代，感谢那个值得追忆的童年。

唉，大地玩耍的孩子们一股烟地跑了，跑进了那个梦里不曾有过的楼群……

杜鹃花的明天

　　杜鹃花，中国的名花。江西、安徽、贵州等地为省花，别名叫映山红、山石榴、靠山红、金达莱等。药名叫满山红。杜鹃花语是"永远属于你"。

　　记得当年为举办杜鹃花节，市里竭尽全力操办，动员多少县市区同行前来欢庆。节日里，满山的杜鹃花绽放，把沉重的黑山装点得分外妖娆。节日里的大黑山喜迎着八方宾客，也感动着很多大公司、大企业解囊相助，捐款献物，下决心打造新型杜鹃花节，建设新款大黑山。

　　时过境迁，那些花儿何在？那花香飘往何处？只有那企业捐助的场面尚存，那些倾囊修建的大小山路还是那样雄伟壮观，陪衬着久远的黑山不被人遗忘。

　　通过好多知情者方知，可怜的杜鹃花真的在宠爱和珍爱中一步一步失去了在山上的美丽和价值。

　　如今再看杜鹃花，怎么还有映山、满山之红呢？

　　令人心痛的缘故，才使得杜鹃花在大黑山即将渐渐消失。当年展现在节日里并为之荣耀的满坡成片杜鹃花在凋零中哭泣着。

一是官家和单位为欣赏移植到官邸私宅和庭院；二是游人喜爱而折枝损坏；三是根雕者取之根部雕成工艺品。

杜鹃花是木本植物，生长速度很慢，多年的生长使根部非常发达，也奇特，这样也成了根雕爱好者的首选材料之一。

当杜鹃花根部被挖走当作雕刻材料时，山上的花儿们则恋恋不舍地哭泣，多年的老朋友这样被糟蹋了。当它们的根部又被玩弄在那些雕刻人手中时，它一定也刺痛着整个自然植物界的神经，会有多少花枝也在担惊受怕。

现在的大黑山，杜鹃花开得极为有限，那些孤零无助的单枝嫩叶支撑着不断凋零的花季，游人们对眼前仅存的簇簇花枝也满足了，全然不顾杜鹃花什么过去的美丽，过去的风采。

人与花都悲哀。

活在『事』里

人活在世，其实就是活在"事"里。细细品来，回首走过的路程，每时每刻都在"事"里奔波，领悟着急难险重，饱尝着苦辣酸甜。

说事，多之又多，但事有好坏轻重缓急。

所有的努力都往"事"里去干，不管是公事、私事，事事如此。

所有的说法都"往事上说"，不管大事小事，都要把事一次次整明白。

当今社会，人和人在一起就是说事办事，什么样的聚会也是事中有事。酒席间说事，很多事不算数，旁人会盯着不忘的，连休闲中的健身活动相遇也是在说事中。

现在好多人经常抱怨"事"怎么这么多，一旦让其清闲起来，又感觉了无事可干的无聊和寂寞。

事一多，觉得忙乎不开，事一少，又觉得没尽其全能。当没有担其大任时又开始怨天怨地，认为生不逢时，怀才不遇。稍压一点事，又牢骚不断，认为又是身体折磨、精神压力。

外出就是办事。没时间参加大小聚会，也因为有事了。起早贪黑地忙碌，还是有事。背地里做事，肯定是不光彩的事。

私下杂事，背地里说事，叽叽喳喳不停，有说不完的话，其实根本没什么正经事。不过是千年谷子万年糠，把简单的事说得复杂起来，把不是"事"的事，整得乱七八糟或满城风雨。

"往事上说"，已成为一种要求。你办事，你汇报，说的事就要说到位，让对方听明白。需要简单明了，抓住主要问题说清楚。而且还要讲究语言的运用，学会用技巧性的语言才能把事说到位。

到现在也弄不明白，女人有了生理问题竟叫"来事了"。看来这个对女人来讲真是个"事"，提醒自己要注意，要精心，要自我保护。同时也是一种警示，希望得到男士们呵护和爱惜，也警告着男女双方注意，不能因小事失大事。

有这样个事。酒席中，同是一杯酒，喝得慢剩得多没人理会，而当三下五除二地一两口喝下去，就会被大加赞赏，认为他真有力度、风度。其实，当大家都喝时，他在磨、蹭，此时猛劲喝下的是自己剩的多的酒，并没比别人多喝却被夸奖，而按要求一直认真喝的反倒被动不堪。

许多事情往往就是这样子。

有些人，有事没事就是一个劲地喝，后来有人严厉训斥，"正经场合，正经事时你不喝，五谷拉骚的酒你天天喝！"很多喝酒场合就差"事"，所以没什么意思。

要说"事"，每个人都有说不完的事。烦事、恼事、乱七八糟的"事"，事事缠身，分心劳神，还会搅得你日夜不得安宁。

当下，办正经事的忙点累点还可以理解，因为值得。可天天没正经事也忙忙乎乎的，还有疯疯癫癫的，那就是瞎忙乎，没意义，只能是自己折腾自己。

现在说的"事"，千奇百怪。大事小事、好事坏事、没事整事、烦事恼事、烂事闲事，时时事事，是是非非。活在越来越复杂的社会生活中，有很多时候"事"是整不明白的，有些"事"是不需整明白的，有些"事"是整明白也没有用的，所以就有了"难得糊涂"之真理。

有多少假话可以重来

很多的场合在无声无响的人群中突然有人一声叫嚣便是打破了沉默。其实每个人心里都盘算着、编织着，只是不轻易开口参与不知深浅的问与答。

那突然爆发之人也是憋了好久，但可以肯定地说那时的假话一定很多。

因为给了那么长的思考时间，有那么多可以思考的问题，有那么多快嘴快舌而倒霉倒台的先例，有那么多不可预知的事情发生，所以让憋足气又忍不住的人优先发表言论，伴之形体表现才会出色精彩。

一个预通知一小时的座谈会，邀请了二十多号有"思想"的人物来谈一件事情，主题鲜明，立意清晰，桌牌摆放正规，服务人员沏茶倒水，新闻媒体齐全。可算是高层次、高规格会议。

讨论的话题，每人不是准备好发言稿就是随机发言，听起来，那是大道理小观点层层迭出。出谋策划，点点指教，事事点拨，把好多事情说得透彻，理论清晰，直累得记录人手忙脚乱。

短暂的一小时一晃而过，人们都从云山雾罩中清醒过来，左邻右舍相互凝视，不解其中之意。刚才那么多人，包括自己都说了什么，大家懂得了什么，还要做什么。疲倦了自己的身体，也疲倦了会场和所有的人。

说话本来是人的本能，当什么官，就是小到班组长都得靠说来鼓动、发动、组织人员按自己的说法做事，可是当这些小官吏们都不认真说话了，还有什么人会好好说话呢。

其实，说话不难，就是说之无忌，言之无罪，按谱去唱，按调定音，按理去做，就不会让人乱了套路，让事情偏移方向。

话说得清楚明白就没什么人去计较，因为是正常的耳熟之音。当刺耳的话堆砌出来，使得耳膜气得鼓动连着腮帮和牙齿，所以才有了咬牙切齿之怒。

那么多话与其说是废话，不如说是假话。废话只费耳朵，心里不干净，而假话费的是脑袋，心里不平静。

人，如果没有什么真话不如闭嘴不语，更不需要把废话变成假话的物理作用和变得更假的化学反应。

绕来绕去，都想知道什么，还想说什么，可能就只有这句话能敲醒大家，有多少假话可以重来？！

随笔（一）

　　春节假期，除了应酬亲朋好友聚会叙旧祝福，其余时间我是在用心读书。这次选择的一本书是珍藏在书橱里的《梁实秋散文集》。

　　选择这本书是给自己继续充电加油，这么多年自己读书都是有选择、有针对性的，可以说每一次都收获不小。

　　前年我负责编写一部关于川州历史的书，我开始在书橱里查找有关历史方面的书。因自己藏书量不大，才钻进市图书馆查阅了大量的史料，记下上万字的笔记。这样的读书不仅自己受益，连合作的同事也感受到读书带来的愉悦和文字水平的提高。

　　此次细读《梁实秋散文集》，不仅帮助我完成了几篇散文创作，还在对待亲人、怀念故人、生活态度上给了我很多启迪和感悟。

　　正如散文集序言中写道：有一种神秘力量从远去的年代，从月光的洁净静中过来，与大师的心灵对话。循着他的心迹，看他从"兼济天下"转至"独善其身"，倾心于审美地享受人生，以苦写乐再写智。作为学生虽不能与大师对话，但字里行间都在融化我的心灵，给我力量，让我成熟。

梁先生在《想我的母亲》中写道："母亲缝缝连连的时候，我总是一声不响地偎在她的身旁，赶我走也不走，有时候竟睡着了。母亲说我乖，也说我孤僻。如今想想，一个人能有多少时间可以偎在母亲身旁？"看到这里我心情沉重起来，想起了自己的母亲。

二十多年前，母亲患重病住院，我和哥哥轮流伺候。过春节母亲要回家，是我们抬着回家的。大年初一，母亲穿上新衣服在外边走几圈，意思让左邻右舍看见自己还健在，可初二早上突然犯病，我背了母亲五里多地送到医院，当年 6 月母亲去世了。我哭得很厉害，邻居大婶劝我："你妈病时，你做到了，也就没什么遗憾了。"

梁先生的字里行间充满着对母亲的思念，尤其是这句"一个人能有多少时间可以偎在母亲身旁"读起来就心痛。我的母亲去世时年仅 58 岁，我记不得偎在她身旁有多长时间，总觉得不多。

在我的记忆里母亲一直在操劳。我们当时吃的穿的住的都属城里困难户水平，不到 30 平米的房子住一家五口。可母亲去世第二年，平房动迁安置了 70 平米的楼房，住进新楼想起没享过福的母亲更是心痛不已。

有时候母亲唠叨我们嫌磨叽，有时吃饭不可口，穿得不新鲜，还会怨母亲不该不对，可当母亲去世后，才觉得没妈的孩子真就没有了家，没了温暖，没了依靠。

二十多年，虽然每年四个节日我和哥哥都去母亲坟上祭扫，但每次都内疚。现在医学发达、营养保健好，活到七八十岁很正常。

特别是每次路过市医院，二十年里翻建、扩建了住院部、门诊大楼，而母亲就是在这里告别人间走进天堂的。看见医院，心里又是一阵痛，以至不愿再抬眼。

梁先生的散文，又给了我一次心灵的震撼。我一直在想，除了要发奋学习充实自己，还要寻找"偎在母亲身旁的时间"来安慰自己。因为自己也慢慢变老了。

随笔（二）

梁先生的散文内容涉及面很广，可以说是博大精深，能看出来他对生活的态度。原本不知道他对为官和官场的情愫，看了他一篇《影响我的几本书》，则点画出梁先生对官的期望和对不良官员的嫉恨与鞭挞。他在这篇文中写道："官，本来是可敬的，奉公守法公忠体国的官史不绝书，可是一朝权在手便把令来行的贪污枉法的官却不在少数。人踏上仕途，很容易被污染，会变成另外一种人，他说话腔调会变，他脸上的筋肉会变，他走路姿势会变，他的心的颜色有时候也会变。"

梁先生淋漓尽致地描写了有些人当官前和为官后的变化，而且有些人是很大的变化。

老百姓常说，官升脾气涨。的确，工作环境也需要他涨涨脾气，端端架子，拿出派头。如果官员还不如一般老百姓，他不可为官，怎么能为百姓做事服务。

其实你当了官周围也一定会有许多人来献媚捧脚，恭维着你的一切。你自然有了架子，说话带了官腔，走路迈着官步，宴席上坐正位，受满桌人敬美言与美酒，那时候谁都会飘飘然。久而久之，就会养成一种习惯。

官之道也很简单，有些时候是自己把自己太当一回事，太重视自己了，把官位当成招牌，一旦稍有不敬或不随心就会发怒，耍脾气。而这些都是最表面现象。

官久了，会躲不开糖衣炮弹的袭击，各种官的腐导致官的败。案例很多，教训深刻，不必细说。

梁先生在此书中还说了一句话，很精彩，很到位。

"一个人的道德价值，不在于做了多少事，而是在于有多少事他没做。"这可能也是为官的准则之一。

有道德规范，人，还是可以做个好官，清官。

随笔（三）

读梁先生怀念妻子的文章心情沉重，感觉心里一阵阵的痛。

梁先生的妻子程季淑 1901 年 2 月 17 日出生，1974 年 4 月 30 日去世。可怜她的离去是一场意外，在市场门前被倒下来的梯子砸中抢救无效而逝，死后葬于美国西雅图槐园。

梁先生在槐园悼念故妻程季淑女士的《槐园梦忆》中写道："我默默地立在她的墓旁，我的心灵不受时空的限制，飞跃出去和她的心灵密切吻合在一起。如果可能，我愿每日在这墓园盘桓，回忆既往，没有一个地方比槐园更使我时时刻刻地怀念。"

程季淑 1921 年 6 月毕业于国立北京女高师的师范本科，就任女子职业学校教师时与梁先生相识。梁先生描述当时的程季淑真切又亲切，程季淑双眼皮大眼睛，身材不高，腰身很细，一头乌发，挽成一个髻堆在脑后，一个大蓬覆着前额。

两个人相识后结为伴侣，经历过抗日和解放战争的腥风血雨，辗转于北京、上海、重庆、香港、台湾等地，两个人紧紧相依互相呵护。程季淑勤俭持家，不管走到哪里临时的家都打理得有条不紊。突然的变故使梁先生如雷冲顶措手不及，作为老知识分子他亲自料理妻子的后事，很得体，受到同僚们的敬佩和尊重。

梁先生写道，"有人说，时间冲淡哀思，几个月过去，我不再泪天泪地地哭，但是哀思却更深了一层。在回忆中好像我把如梦如痴的过去的生活又重新体验一次，季淑没有死，她仍然活在我的心中。"

"人世间时常没有公道，没有报应，只是命运，盲目的命运。我像一棵树，突然一声霹雳，电火烧毁了半劈的树干，还剩下半株，有枝有叶，还活着，但是生意尽矣。"

看得出，梁先生在妻子意外去世后，很长时间是在悲痛之中。他把自己比作被雷劈后的半株树，尽管有枝有叶地活着，但生命的意义已经不再存在。如果有了新的生活，也许才能唤醒即将逝去的生命之树。

梁先生最后写道："两个人手拉手地走下山，一个人突然倒下去，另一个只好跟跟跄跄地独自继续他的旅程。"

人生相伴，既是缘分也是天意，活着要倍加珍惜，相扶相助，幸福地走下去，这样即使有一天谁先离开，心理或许有些安慰。年轻时靠爱去维持夫妻的情感，老的时候就要靠情感来爱护夫妻关系。让爱相伴终了。在这一点，梁先生的许多文章都给我以启迪。

学会疼人

按北方的方言土语，把一个人对另一个人的细心关爱、温情呵护叫"疼人"。

那些年，也许年纪稍轻，或工作繁忙，或应酬过多，对疼人的概念还是近似模糊的。就是说，只知道关心亲人、家人，但做不到细心和经常的疼爱。

随着年龄增长，人到了中年，家庭的责任感越来越强烈，对亲人的情感也愈来愈浓了。上有父辈，膝下有儿女，同辈兄弟姐妹都已在心中增添着越来越多、越重的砝码。

当有人问及会不会疼人，自己经常哑然。不是不去疼爱人，而是不会做得好，所以才下决心开始学疼人。

慢慢地醒悟，疼人要从点滴做起，从细微之处做起。那种关怀根本不用表白，不用声张，是默默地完成。

最初的感觉，如因公外出就 24 小时开机或等待消息，或发送信息，把牵挂一直缠绕在心，这样会感到一丝的满足。

设想着如爱人脖子痛，去给捏捏；背痛去捶捶；脚酸痛，弄好热水泡一泡；需要补充营养就天天做豆浆，等等，这些关爱行为一定成为疼人的标准吧！

当你被爱人感动了，你就更会好好疼他（她）。起早贪黑地操劳家务，精心照顾着双方老人，真的好忙碌啊，这时你要多多给他（她）照顾、体谅，要主动承担些家务，减轻其负担和压力。

不管男人和女人都喜欢在公共场合靓丽露面，所以脚上的鞋就要经常擦得油亮。

至于夜里经常地盖被角，精心地呵护，那是私密也不好去具体要求，但还是必须要做的。

日常生活中多关心和提醒，"太阳能加水呢""锁门别忘带钥匙""电褥子断电"，等等，点点滴滴都在传递着关心和暖意。

吃饭时端上一碗热汤或热水嘱咐先暖暖胃，头疼脑热时经管着服药，最好将开水倒腾凉了帮着把药服下。

春夏秋冬的季节变换衣服、鞋帽更要多多操心。

只身在外时，要多发些问候的信息。如突遇雨天发现爱人没带伞应及时送去。

平日里和风细雨，尽量克制和原谅因更年期可能带来的一些言行过火、过激，要主动示好，降低脾气点。

我们都希望和相信，这些细心的关照，精心的呵护，真心的疼爱，就能创造快乐，享受幸福。

假如，倘若，万一各种情况的发生使你们不能相守一生，也会因为以前的已经做到，你会无愧无悔，不留遗憾。但谁也不想发生这样的情况，也不想靠这时才检验，来证明曾经的伟大疼爱。

"疼人"，如果发挥在心爱的他人身上同样能展现出自己的人格魅力，那就是"绅士"。

在朋友圈、同学圈、同事圈的公共场合，一声问候，一句善言，一个举动，都会给人留下难忘的记忆。那个时候，你的疼爱是纯洁的、神圣的、无代价。倘若你那时有了一阵、一段的痴情，也说明你的善良和纯真，只不过要小心而已。为了学会"疼人"这门科技含量很高的学问，好多人都力所能及、以身示范，可谓身经百战，但也有屡战屡败者，当然多有胜者。

真心奉告男女朋友们，多学点疼人的技术和技巧，你将在感情上有所升华，家庭中充满欢乐，社会上同路人会愈来愈多。

如果，有那么一次你和他人邂逅，突然产生怜悯之心，做出了格外的举动，那就是一种情感的实现。如再细心一些，就是感情在支配，透出了疼爱的痕迹。要再精心一点，那可能就会爱花四溅，一片阳光。把这些真心的疼爱转化成伟大的实践，我们需要学习的东西太多太多了。

年轻夫妇从结婚之日起就要学会疼爱对方，才能在日后的生活中熟练此功，到了中年则运用在日常生活中，而到了老年你才可以在渴望疼爱的生活中度过。

对每一个有疼爱之心的人敬一句良言：莫等年老再会爱，要让疼爱在双方心田中。

告诉男人"女人跟着你，是要你疼的……"，告诉女人"其实男人更需要疼爱……"

让疼爱永远相拥相伴你的一生……

关怀男人

男人，上田下力，生而为男，天生就应有男人的责任。

男人和女人的天生差别，就是男人比女人更具有攻击性，女人则更有同情心。男人是三分英俊，七分气质。可令女人沉醉、征服女人的不是男人的强悍，而是气质。男人生来少不得的是刚毅、强悍、勇猛、大度、体贴。

总之男人的性格是勇敢坚强，积极乐观，富有正义感，敢于承担责任。男人蕴藏着有情有义，有胆有识，有海纳百川、包容一切的凛然气度，有凡事一肩挑、一脚踢、冒险和探索的精神。

现代青春女孩欣赏男人的魅力主要是刚健、进取、正义、信誉、睿智、修养、优雅、幽默、洒脱、礼貌和机敏。他们要求男人一旦说了就要千金一诺、言行一致、心口合一。

男人的经典语录：（1）你行，我也行，我行，你未必行。（2）沉默的男人能给女人以安全感。（3）特殊专长的男人可以得到女人的特殊爱慕、疼爱。（4）积善的美德增加男人的魅力。

很多时候，男人会像小孩一样撒娇。男人在外面受尽风霜，拼命赚钱,让人冷眼相对,恶言相击,可他心里依然像火那样热情,像阳光那样温暖,像湖水那样清澈。在这嘈杂的社会里,已经习惯了在别人面前冷漠、淡定和不屑一顾。

男人也易受伤,但他会寻找自己的避风港,所以他只是一个会赖在自己的女人身边却迟迟不肯离去的小孩,一个会耍赖会撒娇的小孩。

男人,承担着社会、家庭、亲人、朋友的不可推卸又难以解脱的责任。

男人承担家业的重任。

男人是一家之主,掌事之人,大事小事都得张罗、操心,统领家和家族。当家庭出现变故的时候,还要真正做到父业子承,而且一直延续下去。

男人承担事业的责任。

过去称呼男人"上班的",在那个时期主要靠男人出去闯荡挣钱,养家糊口。现在的男人干事业、创业则为了更好地建设家庭,耀祖荫孙,所以男人此时就是家族的门面和希望。

男人承担敬老的责任。

男人不论成家与否,都要孝敬长辈。长辈们需要关怀照顾,一旦生病男人都要挺身而出,而且还要不攀比,不等靠,尽显孝心和做晚辈的义务。

男人承担社会的责任。

现代男人不论在岗位上还是自主经营,都在承担着社会关注和压力,都要付出和回报。这就要负责任,敢于担当,急难险重要冲在前,特别是从事艰苦危险行业的男人,更有难以推卸的责任。在抗洪抢险、抗震救灾、抢险救人、捐助、献身这些都是男人的社会责任,绝不会让世人嘲笑。

男人朋友多而杂。

为了生活和生存，为了生计和生意，男人会广交朋友，只身活跃在朋友圈里。不论当时身体如何，有叫必到，应付各种场合。为朋友做事也是尽心尽力，相互捧场。这样经常性的夜晚聚会后回家晚，身心疲惫。那可真是走朋友路，让家人担心、惊心、惦念。

男人事情多而乱。

走向成年，步入社会，男人面临的事情多，压力大。成家前后需要买房子、购车。后来孩子上学，又成家。家中的生意，自己的事业，双方父母，亲属的事，各方朋友的事，临时要办的其他事情，意外情况，等等，这些无形的、有形的事情，全都压在男人的身上。

男人残病多。

男人好多都患上了心脏病、胃病、肝病、肾病、腰腿疼、糖尿病、高血脂，这都是男人过度劳累和身体透支、生活没规律造成的。

男人早逝多。

近年来，很多四十到五十的男人，正值事业兴旺，身体却垮掉了。我们的城市这几年好多年富力强的男人突发心梗、脑中风而去世，令人痛心。留下的财产变成了遗产，事业未成身先死，给家庭、家族带来了巨大灾难。或者说毁了一个家和家族。在社会工作中许多意外伤害和灾害大多发生在男人之中。

男人遗憾多。

作为男人一生理想、幻想很多，但拼搏失败。有的在失败困惑、徘徊中选择了不归路。在男人看来一生没大成就，就是遗憾一生。虽家人不埋怨，但作为男人没能让家人感到自己是个好男人、有能力的男人感觉不光彩，心情抑郁，抬不起头来，好多造成积郁成疾，丧失了再打拼的气力和能力。

男人们呼唤社会的关心。

现在全社会都在关心老人、妇女、儿童等弱势群体，但男人承担的社会责任和对社会的付出，社会也应对男人付出责任。

男友俱乐部曾提出，是不是还要搞一个什么运动，呼吁救救男人，关怀男人吧！

男人当自强。

我朋友曾说过一句很经典的话：女人跟着你，是用你来疼的……

我也说过一句台词：其实，男人更需要关怀。

让全社会知道，关怀，是一种尊重，是一种理解，是一种疼爱，也是男人的祝福。

男人还要懂得，当你疼爱女人的时候，也会得到女人的关怀。

学会闭目养神

最近听我的朋友说他睡眠一直不好。我细打问，他说就是感觉烦心事太多，日思夜想的。我听后，责怪他是自寻烦恼。

朋友不服气，便将烦心事一件一件说于我听，哪知这些事真不是他应该入心烦心的，他可真是庸人自扰了。

天下事不知不恼，操心反而徒劳。非洲那边闹饥荒、闹艾滋病、闹内乱，你操心又帮不上什么，只能让你更加知道了这个世界的不公平、不太平。

还有海底探宝、寻找宫殿那是一项比当年建殿还难的大工程，这些事你也只能作为科普受益者来翘首以盼，等它们真能重见天日时，恐怕你早已作古归天了。

关于为什么要做梦，从古至今解释很多。现代科学要彻底颠覆古人之说，那也得让千千万万的人来信服。要知道人们的传统观念并非一朝一夕就能改变得了的。

最令他一直弄不明白的，鸟为什么能飞那么高，寻食生存，而同样长了美丽翅膀的鸡却赖在窝里只顾生育繁衍而不展翅飞翔。这些生物的进化速度不一样，想飞的飞天，而依赖土地的当然就守土安享了。

朋友与我谈论的这些，我也曾为之多思多虑，过去也曾弄得神经衰弱，这下却找到一个瞎操心的同仁，自己稍有宽慰。

为其释解了这些烦心事，朋友说睡了几天好觉。过后见我又说现在琐事在身，日夜不得消停，恨自己可能得了相思病。

校园大学生恋情的后来就是没有结果，奉劝学子们慎行，但如今涛声依旧，无法清静，这也许就是现代婚恋观的飞跃进步吧！

那么多的大龄剩女，三十多岁不谈婚论嫁，急得父母苦苦相求，眼见人家同龄人膝下儿孙满堂，自己盼孙心切而到处呼吁。儿女们在寻找自身价值，不立业不成家的同时，也要多理解父辈们的感受，尽早把代沟缩窄、变浅，沟通无限。

这些事，也不是我朋友作为一个大男人所牵挂、闹心的，只能说他是多想闲事，无聊罢了。这一回，在我的反复斥责下，他终于安静地睡得香甜。

昨日这朋友又倾诉了烦心事，是单位同志们的事，为争一个小小荣誉，斗得上下楼不得安宁，叫门卫保安幸灾乐祸。看来坐机关的素质还不如当保安的，直接贬低了混进机关的这些文化人。这时，朋友愤然离岗，请假养病，逃出争斗。

这次我为朋友与世无争、与人无争的心态而赞许。我又给他出个方子，睡前小酌一杯，微醉而入睡。手机关闭让其恢复到最原始状态来，清除所有烦恼，学会忘却，忘却也是一种精神。等次日清晨打开手机一切都重新开始，你的心情会格外轻松愉快。

人把心态摆正，把荣誉看淡，这人一定能心静而昼夜安宁。

劝过朋友，自己这几天也难以入睡了。为什么一个平常再平常的朋友竟有这么多的忧事、烦事，就像现在搞政治的热衷文学，搞文学的特别关注政治，这种逆转或许是件好事，说明人们不仅完成着自己的事业，也要为所热衷、所关注的事业献上一点聪明才智。

对于我来说，并不是想对许多事来解脱而逍遥，因为内心还始终坚守着一份沉甸甸的责任，但在平常我是能做到人最低的本能，也是最后的底线，那就是闭目养神。

白色的诱惑

生活在百年老矿区煤城,家家户户离不开生活必不可少的煤,黑的颜色一直陪伴我走出童年。

从我记事起,就开始以煤为伴。托煤坯,刨冻煤块,捡煤核,倒煤灰,每一次脸上的五官黑眼仁属正常,鼻孔、耳廓、嘴角都会被染黑。对这模样伙伴们同样面目谁也不笑话谁。

每年快春节时,随伙伴们一起去东山角灰窑在一大堆灰块里挑选烧得透行色白的石灰过秤交钱然后装口袋背回家放进大锅里浸泡再放水弄成白灰浆。用各家互相串换使的长杆刷把里外屋粉刷一遍,屋子一年一次就白净了。

屋棚顶每年用大白纸糊一层,虽然面积不大但屋的墙壁棚顶都白花花的,感觉很清新舒适。

不到半年,屋子就被锅灶、炉子煤烟熏得变黄,后来变灰。但是需挺到腊月才能再次刷白,这样年复一年。糊棚顶的白纸虽然便宜,可容易变色,后来多花钱改用了花的、格的有色纸,这样能坚持两三年。

那年代这里的人都不怎么穿白色衣服，一是容易脏，二是不好洗。要除去衣服上黑里带油的成分除非靠增白皂的功力，这都是煤做的祟。

平房的燃煤日子，我过了近三十年。这期间，我在机关工作尽量保持衣着整洁，偶尔穿过白背心、白老头衫，大多的衣服是灰、黑、蓝、黄为主色调，大家都习惯了这样的装束，也是没有选择的选择。

后来有些单位发福利和纪念品才有了白颜色衬衣，我穿着很注意，尽可能不弄脏了，感觉自己的形象由白色装点精神了很多。

后来，我走进了一个矿山居民区担任负责人。那时想以崭新面貌面对三万多矿区人民，而恰恰是白色又使我纠结起来。

白衬衫、西服或夹克衫即庄重又休闲，干净、利落。但是工作在这个地方衣领衣袖基本两天就会现出黑印，好在家中有几件白衬衣能够每天替换，所以白色衣服并不怎么发愁。

可脚下的袜子却历经了沧桑。天天走在布满煤尘的街路上，一上午几个来回袜子就变成了黑色。无奈多买些白袜天天更换，后来索性一次性买了二十多双，也经不住天天被污染。而且白袜洗过两次已经没有了原本的颜色，按当地百姓说这里的煤含煤油，衣服沾上要洗掉洗净是很不容易的。

五年以后，矿区几个井口停产，余下的井口承包给了个人。从那时起矿区煤尘少了，街面干净了许多。接着井口全部关闭大片平房扒掉盖楼房，百年老矿区人民开始享受起蓝天白云下空气清新的日子。

从那时起我又开始穿上白衬衣，白袜配黑皮鞋，这在当时矿区是很时髦的。原来矿区人栖居在煤尘中不关注白色，我的穿用，首先带动起机关三四十人接受了白色的诱惑。上下整个管理队伍也逐步清一色的白衬衣，在矿区无论会场还是日常工作时这样的穿着都很庄重，很气派，也有亲和力和影响力。

转眼几年，我又来到棚改新区，担负责任更大了。新入住的上万户居民一时不理解动迁政策，群访频繁，管理团队需要做大量的群众工作和基础性工作。

那段时间我经常在单位处理事情，四五天不能回家，随身的白衬衣衣领衣袖也慢慢变脏，自己也挺害羞的，但一时忙得没办法回家换洗，自己坚持"带病上岗"。

熬过了四五个春秋，一切都发生了变化。新区风景树成林，花坛连成花园，文体活动增多了，百姓开始安居乐业，安稳地生活在阳光下，尽情享用新区的清爽空气。

这时候白色又诱惑着我，在夏季竟敢穿白衬衣配白色裤子，这一身白色装束又一次影响和带动了管理团队和广大居民的白色服装潮。

女娲，你累得让人心疼

近两年，听朋友们介绍过几次，喀左开发建设的龙凤山风景区不错，总想找时间去领略一下那里的美丽与传奇。

初春时节，柳枝发绿，野草吐青，春光乍泄，刚熬过冬日的我们已感受到温暖了。驱车来到龙凤山风景区，这里没有郁郁葱葱的山景，没有鲜花盛开的山坡，也没有人来车往的场景，但矗立在正门广场从夏商周到明清时期的龙图腾文化雕塑群让我们震撼，仿佛来到了龙的世界，龙的家园，龙的怀抱之中。

向左侧看，山腰的悬崖上红色庙宇被遮掩在古柏之中，上面有秀美的山峰和神秘的洞穴。向右面看，山坡好多茅草房隐约地散落于山峰之下，山峰顶端就是女娲补天的巨大雕塑。

这里古迹很多，有五千多年历史的朝阳洞、双狮洞、崖建筑、关东古柏、观音台、双乳峰，都怀着春之梦和美丽的传说，特别是屹立在七八百米高峰之上的女娲补天雕像更是引人向往。拜过金光闪闪的观世音塑像，我们开始奔向有女娲雕塑的山峰。

首先来到的山坡，这里遍布着原始村落遗址，这些茅草房处处记载着远古历史的文明，简易的草房小门洞开，展示了每个草房之间的呼应联络与互动。

镶嵌在两棵树之间的草房是当年最雄伟的建筑，七八阶的木梯用藤条捆绑，踏上去钻入草房内可瞭望四周。它的功能一是做观察哨，二是召集附近草房的人们，三是防止野兽来袭。

我们尽情地在草房里体验着远古人类平淡又惊险的生活，环视四周大小草房分布相互照应，虽然衰草已陈旧，但风格仍具有独特之美。

登上宽敞的木制广场，这里一定是聚议共同狩猎与耕种大事的场所，半坡上排列的木墩是众人依次而坐聆听广场上训令的地方。

我们快乐地穿梭于草屋间拍照留念，接着沿石阶一步一步从半山腰向矗立着女娲雕塑的山顶攀登。

第一个到山顶的人站在女娲塑像旁的呼喊声像冲锋的号角激励着我们一个个冲了上去。

站在女娲脚下，仰视双手托起长条石块的银白色女娲塑像，心潮涌动，原来是她一直呵护着山下草房里的远古人类。或许对女娲的感谢已经有千万年之久，也没听到一次女娲的回应，只是那双托起巨石的双臂一直在劳累之中。

女娲，你托起的一块石，把天补得圆满；你托起的一片云，把众生护在身下；你托起的一层天，把普天之下生灵纳入你博大的胸怀。这力量的托举，是为拯救众生补天造福，这种力量足可以震撼浩渺的宇宙，繁星众多也比不上这块石头的分量。

初到龙凤山，大家在这里感受到了人间仙境带来的心灵慰藉，又置身于观音菩萨的保佑和女娲的呵护之中，还有那龙的精神令人充满激情。感谢天神地母的恩赐，让我们享受了上万年古老文明的洗礼。

    我们在这里祈福，对女娲说，感谢你。你双臂托着巨石，太累了，累得让我们心疼。

老病心治

　　人生无常，转眼就是暮年。虽不愿回首往事，但现在都活到了这个份上真的要来追问自己，检讨自己，怨恨自己。

　　不想把自己得病的事弄得沸沸扬扬，让一些人嚼舌头，更主要是不想让年近90岁的老爸和不满4岁的孙女知道而为我着急。因病而生的点滴感悟也不愿敞露于众，最终还是被自己撬开嘴巴吐露出来。

　　前几天，孙女说，爷爷小时候挺乖的，突然就生病了。远在外地的外甥说，老舅是得了一个很重但能治好的病。的确，找真的病了。

　　病痛中，回想这三四十年，自己对自己的身体太不关心、不重视了。不管是公场私场都是以酒当先，酒，每天每日地缠绕于身，鸡鸭鱼肉熏得胃肠发痒、发热、发颤，看似五脏六腑都在受益，却都在被麻醉之中。

　　近两年常觉得全身上下内外都在酸痛变换之中，没有好的地方，饮食不周，睡眠不安。身边人幸灾乐祸地说是更年期作祟，我不承认，那是女人的事，尚不知大男人也会患此妖症。

平时不太理会我在外一日几顿饭局、无休止地酒肉穿肠的媳妇现在开始不停地唠叨，甚至训斥。她似乎在告诉我该有人管管了，不然真不可救药了。

前些年，我帮助同事、朋友、同学到医院办理健康检查和疾病诊治，每次的感触就是病人多、费用高，再就是程序复杂。每一次走进医院都感觉是刚走近医院，因为，它太陌生，太让人恐惧了。当自己有了毛病走进医院，开始是头晕、眼花，连心跳都在加剧，说不上自己是晕车还是晕医，反正第一感觉就是不舒服。

到医院，见到那么多医疗器械，那么多穿白大褂的医生护士，面对一份份检查报告，自己傻了眼，也慌了神。虽嘴硬又不得不相信，还认为自己棒棒的身体怎么也不能弄得这样糟糕吧！还不时地埋怨检查仪器的不准确性和医生诊断的不确定性。

尽管有这么多想法，也感觉到了自己生命之旅开始走上了从中期到末日的路程，再不能不引起自己的百倍关心了。这是自己的身体，自己的命，更是家人的、家族的。你病了，不仅花费不小的财力，也会牵涉家人们的精力和体力，连整个家族都会缠绕在焦虑忙累之中。

家里亲人除了大量的安慰，也有少许的埋怨。年长十多岁的大哥这些年见面就劝我要注意身体；远方的妹妹电话、信息第一句话也是嘱咐要保证健康。他们逢年过节见面发现我的气色憔悴、疲惫时也严肃地告诉要爱护自己，保重好身体。对这些温暖的关心自己没真正地往心里去，满不在乎地认为身体挺得住，再说自己老大不小的，尚能自己管理好自己。朋友们也奉劝过自己要减少应酬，回避场合，身体最重要。自己总是强挺胸脯，强装笑脸，一副刚强无比的样子，其实每次自己的心里也是虚弱的。

三十年来一直在基层单位当小头头，那期间内外应酬很多，很频繁。自己多次对大家说，凡是对单位有利有益的事要认真细致办，对人热情，周到接待。当然每次自己也是身陷其中，百倍热度地参与陪同，场面热烈，皆大欢喜。而夜里身体才感觉不舒服，依仗自己年轻身子骨结实，睡一大觉就歇过来，次日又精神抖擞地走上继续拼搏的酒场。

　　话说回来，现在身体出了状况，不能全归罪于酒肉吃喝，还有自己所处的生活、工作环境，常是心力交瘁。偌大的摊子虽千般摆布也不一定能顺心如意，哪里出问题都要动脑筋，用心用力去琢磨，去谋划，去处理。不仅是办公时楼上楼下往往返返折磨身体，而憋在屋里苦思冥想消耗的是心血和脑细胞，时常因着急上火引起头疼和心脏区的阵痛。

　　郁闷中问题得到解决后当然又兴奋，难免再喝些"喜酒"，这样如此反复多次多年，累得够呛。

　　那些年，工作业绩不错。在沾沾自喜时，也隐隐觉得身体不适，但荣耀的兴奋抵住了点点的痛，直挺到身心彻底疲惫时才不得已向领导申请调整到一个相对清闲的岗位休养生息。这样从管理百十号人单位来到十几人的岗位，一下清净了。

　　要说那些年是因公奔赴酒场伤及身体，能给自己定为"因公喝酒""因公伤身"，而近几年却是来到私人圈内置身于酒场，依然"带病上岗作业"。

　　过去自己年富力强又有较强责任心，始终以工作为第一，接触的几乎都是官场之人，以致疏远和慢待了许多亲朋好友。大家看到我岗位有了太多的"业余时间"，所以重新向我聚拢，都说要陪我潇洒地玩玩后半生。

　　接下来是老同事和社会朋友们越聚越多，聚会都是私家场合，个人消费，每一次都很纯粹、真实。

算起来，我的小学、中学、大学、党校同学都已年过半百，大家很注重回忆和珍惜同学情谊，聚到一起没有什么高低贵贱之分，都是那句老话"谁不知道谁呀"。

这时的快乐方式多了。不只是从前的酒桌、歌厅、烧烤，而是深入到乡村，来到农户家，入住山庄，户外野餐。食品也以土特产为主，什么溜达鸡鸭、本地猪、小山羊、山野菜、杀猪菜，等等，口味很重，吃着很香。每一次也都是开怀畅饮，不醉不休。在一起玩得陶醉，认为这才是活着的滋味，才是本色人生。讥讽我以往的官场应酬很多是违心和假意，是摆出的阔气和装出的殷勤。

想当年自己风风火火地拼搏一线时，就有人说我们这号人是在玩弄人心，戏弄当下，是在豪赌自己的青春和健康，不少人把自己的命搭了进去。这年头就是不缺人，你真残了，没了，你的未竟事业很快就有人赴岗完成。

都说物质决定精神，吃好喝好，满足了身体所需，精神状态才会感觉好，但一次次埋下了糟蹋身体的祸根、病根。

一次单位组织献血，填表时关于心脏一项提醒了我，这才去医院做了心脏检查。在类似跑步机的检测仪上光着膀子胸前贴上好多导线在渐快渐高的传递带上跑了 15 分钟就大汗淋漓不得不终止。诊断为心肌缺血，主动脉传导阻滞，供血不足，这时才知道自己心脏出了毛病。除了遵医嘱治疗，还动用了偏方，把鹿心烘干弄成面按量服用，一个月自己吞掉了两个鹿心，虽制作过程复杂，但吃后感觉不错。

虽然自己从多方面开始健康行动，身体与身心在逐渐调整，但二三十年潜伏下来的杂病是难以短时间根除的。如果用同等时间来兑换已糟蹋了身体的时光，还需二三十年，那样就得到七八十岁，自己已没信心生存到那个遥远的年代。

眼下关键的是如何调整自己心态，遇事不动怒，不生真气。虽然身体在各种良性因素中调整恢复，但忧心依旧，抑郁常在。身边的不少朋友因病奔赴天堂，每每都刺激又震撼着渐渐衰竭的心。不过还是能够想开一些，多生存一月就赢了一个月，多活一年就赚了一年，不能过于幻想多灾多难的人转身变成神仙。

一次次从各地大小医院走进去又走出来，心灵一次次被净化，也越来越对国人的健康而担忧。

在医院看到的景象是人山人海，似大型商场，似名胜古迹，到处都是匆匆忙忙、来来往往的人。进门、上电梯、走楼梯都人人排队，熙熙攘攘像到这里抢购不要钱一样。

到商场是选定花钱的方向与用途，到景区是花钱向往快乐和幸福，而在医院却是争先恐后或托人求助地把钱交上去，再接受痛苦的折腾。那就像到庙上香，要虔诚而没有怨言。由此联想节假日到旅游景点，只见人头动不见脚下路，想单独来张景拍，会有很多人给当背景，就是能证明自己曾经来过，凑过热闹，不管记忆清不清。

花钱的滋味不一样，商场花钱能换回商品，而医院换回的是一张张忧和愁的报告。大夫们说，除非身体检查是走马观花，要不然干啥千里迢迢到大医院求得最后的生死定论。

即使不愿意进医院，也不敢和医生护士说再见，但不管是谁到了不得已时，都会像林冲被逼上梁山一样，乖乖地屈身前往。

来医院的中青年人不少，而在心脏彩超、胃肠窥镜、血液化验的人中胃肠病患者最多。因为胃肠是酒的消耗场所，所以它就更容易受害，也就有了这么多的患者。

在候诊区冰凉的椅子上焦急盼望候诊的那些平日斯文男士、花枝招展的女士都失去了往日的风光，素颜简装地成为要经受医护人员折腾的患者。每个人在这里徘徊着，随时等待着像法官的医生判决这些门里门外的人何去何从，一切也都由此发生和改变。

　　一位七十多岁的大爷与一位大娘在低声交谈，老头一个劲儿说别紧张，别着急，别害怕。旁边一位六十来岁的男士则训着一个年轻人。

　　身边的大娘和孩子都静静地闭眼休息，回味着或反感着那一阵阵的唠叨。六十来岁男士说："现在年轻人天天吃烧烤、油炸食物，喝水就是饮料，儿子三十来岁胃肠就糟蹋坏了。"

　　大爷说："本来日子过得挺好的，剩饭剩菜老伴舍不得扔，结果吃了总胃疼，上次看是溃疡，这回来复查。"

　　是啊，老的舍不得剩饭剩菜，年轻的不管不顾地造，身体弄坏了自己遭罪，家人跟着着急。大爷说："上年纪的人要保重身体，要有毛病先走了，老伴咋办啊！"说完转过身拍拍大娘满是白发的头。

　　那日，坐等在检查室门前长条椅上，忽然广播里呼唤自己的名字，很陌生，很刺耳。多少年来，因为自己一直有些官衔，没怎么听过直呼其名，或者没人敢这样直白地呼叫大名。按照指示进去后任凭几个三四十岁的医生摆布。到那里、在那时要记住，你是医护眼中的一个病人，还要感谢，是他们把你身体的犄角旮旯查得那样仔细、透彻。穿白大褂的医生把小探照灯似的长管一寸寸滑进食管、胃腔，被麻醉不知感觉的胃经受照射、传影、采集，在平日里盛满鱼肉酒菜的胃空间像寻宝石一样找出了几处危险地段，抓出几片不良皮层。十几分钟后，随着软软细细的探管慢慢升起，口腔食管胃一下又轻松起来。

隔了几天，又去等待体检。这个项目很复杂要求也严格，从头天晚 8 点就不让进食进水，只得忍耐。突然，在墙上电子屏上看到了自己的名字，看着很亲切，很真切，心里却不是滋味。自己的名字明晃晃地展示在医院的墙上，意味着什么呢？

这些年，自己靠文字的力量走上官场。在工作中审批文件，为入伍、入党、评先选优签字已成习惯。后来把文字做细出版过几本书，文学作品在各种刊物、网络上发表并获过不少奖。自己从对文字的热爱与追求一步一步走进了政府大院，走上了组织部机关，走进了对文字的应用与发展年代。

那些年，在《朝阳日报》几乎天天有自己写的新闻稿件、杂谈。撰写的"请示析""我对'等'字用法的疑义"都刊登在《新华社内刊》中。在辽宁日报发表的《为投机倒把者正名》报道被《人民日报》转载。《朝阳日报》多次头版头条发表文章。那年是 1983 年左右。

对自己名字的经常出现觉得很光荣，很耀眼，可以说在文学、新闻报道圈里圈外还是颇有名气的。而自己的名字忽然贴的地方变了，内容变了，怎么也没想到看惯了五十多年的名字能赫然出现在医院的屏幕上。

回到病房，穿上了白底蓝格的病号服，感觉自己完全换了模样。之前在走廊看别人穿那么不顺眼，好像自己进入了一个神秘的地方，觉得这里的人都神秘兮兮、怪怪的。眼下自己这样装束在他人眼里一定也很心烦眼烦吧。当年在机关经常穿制服，神气、庄重，即便节假日休息换上便装，也多为休闲套装、运动套装，总是感觉与众不同。这次的"入乡随俗"很陌生、很惧怕，认为健康人不会这样打扮自己。

自己还是心虚地安慰着自己，人，到什么时候都要面对，现实改变不了，心态是可以改变的。

在医院期间，认识了几个同病相怜的人，也就是"病友"。听大夫和护士们说，这里的六七十名胃肠病患者都是五六十岁，都有过胡吃海喝的经历。听起来，那几人的状况比我严重多了。

同病房一位来自冀辽交界小村到省城打工的四十多岁男人，天天晚上喝酒解乏消愁，结果造成胃穿孔了，真是越没钱越摊事。

这位农民工病友天天唉声叹气，护理的另一农民工滔滔不绝地说他。家中老爹有病，孩子小，为了挣钱养家才跑四五百公里远来打工。在家时他舍不得花钱喝酒，出来了天天惦记老爹，想孩子，一愁就喝酒，第二天还得上班，整天迷迷糊糊的。农民工在医院患者中是最难最苦的，身边没那么多家人，也没什么营养品，顿顿廉价盒饭，护理的打地铺昼夜看守。

过几天病房来了一位六十多岁的男人。这人身板硬朗，胃切除了三分之二第四天下地随便溜达，等到第六天像说书一样絮叨不停，天天搅动着寂静病房里那些已没有灵性的阵阵暗笑和叹气声。

他是 1972 年下乡，回城后分到民政系统，管事的见他身强力壮又没啥门路就直接安排去殡仪馆做了火化工。虽然活不好听，但待遇好，工资高，收入一人顶几个小工人。物质上得到了一定的满足，精神上也就放松了。按他话说，什么人到我这就是一堆灰，自己苦点累点总比那些躺在炉里的人幸福多了。生死有命，富贵在天，啥也不能强求。自己一年一年就像小孩玩游戏一样，闯关过来的。拼命干，拼命喝，拼命玩。啥时兴玩啥，吃喝嫖赌都不在话下，这一生值了。后来按行业规定55岁被劝离了岗位。退休后，吃、喝、玩更狠了，直到胃大面积溃疡做了手术，自己成了废人。

我好奇地问："在岗30多年共接待了多少人啊？"他不假

思索地说："经手处理 8600 多人。""啊？"同屋的病人和看护被惊吓了，怪不得他看透了人生。

病房里两个截然不同人生经历、人生态度、人生价值的人刺激了我，我突然茫然了，世道原本是公平的，是自己把自己弄得不公平了，即使骨子里有那点做人的尊严又会怎样呢？幸福和痛苦是不会轻易改变的。

掩面沉思，自己不抽烟、不打麻将，如果此次大夫让戒酒，那自己真成了废男人。原来总说，大半辈子过来了，会的不戒了，不会的不学了，现在要逆转，这也是命中注定。

在医院的日夜真是难熬，我开始张罗回家。当时来好像是被老婆绑架来这里历练的，我说去省城花钱多离家远，老婆总说，你在哪，家就在哪。钱是人挣的，有人就有钱，安心治病吧。我开始在新"家"，把好多钱、把身子交给了医院，交给了医生，交给了医德。这回她也忙乎着要带我回家，怎么说，还是家里没有恐惧，没有忧伤，心里的阳光也比这里温暖多了。

离开病房，走出医院，恍惚重返了人间。城市的楼房、街巷，广袤的田野，茂密的树林，一切一切都重现眼前，相隔不到俩月却似三秋之别，外面的世界新鲜、精彩、诱惑。看来，人，生的渴望是强烈的，不过有时嘴硬，装出刚强，所以人的虚伪是无时不在的。

在外潇洒了一大圈儿，自己又回到了原始状态。似乎忘却了那个痛苦时光，忘却了一次次的豪言壮语，幻觉恢复漠不关心、放松自己的不良心态，人啊，什么时候才能大彻大悟？只想知道，这时、这样的感悟是不是肤浅、扭曲的？

用文字拨动心弦

彭曙辉

　　一千多天，除去编写了一个长篇、5 个短篇、2 个中篇小说，不知不觉写了 150 多篇散文，自己感到挺满足，也觉得挺累的。平日里，除去工作、吃饭、睡觉，还有多少剩余时间呢？自己就是见缝插针般地充分利用了，才攒成了一本散文集，正合自己"创作年要丰收"的年内心愿。

　　虽说是自己正式出版的《杂家窝铺》系列文集的第三部，但这些年总出版字数已超过 100 多万字了。总有人说我把一本文集做那么大干啥，这一百万字完全可以变成 10 本书，那样你的出版物就多了，对外宣传也好听，评奖或申请高一层协会都有用处，可我的想法不是这些，我的写作纯粹是爱好，玩个心情。

　　我的性格凡事追求圆满，做什么讲究大气，所以我出的书都是厚厚的、大大的，让别人拿着沉甸甸，有厚重感。怪不得有人说，看你的书，拿着沉重，捧着难受，看着费劲。

　　很多苦苦游荡在文字海洋里的人都历经辛苦与艰苦，所以也非常珍惜自己或好或差或不好不差的作品，都说每一篇作品是作

者的一个孩子，那么我可真幸福和幸运了，1000 天造就出 150
个孩子，平均每年出生 40 多，可谓高产、高效妈妈了。只可惜，
他们太安静了，没有呼叫我，打扰我，惹恼我。

这些从 2014 年至 2016 年撰写的散文，分情感、叙事和哲
理三部分，分别以"醉听春雨""静听心雨""轻听风雨"诉说
了自己内心的百味人生。其实这些散文没法细化，也分不清楚，
每篇都包含这三方面内容。又都说不清楚，什么是情感，什么是
叙事，什么又是哲理，权且为了目录制作才硬性剥离成。

自己感觉有十几篇散文还是比较满意或得意之作，这并不只
是因为它们发表过或获过奖，受到广大读者欢迎，而是作品由心
而生把自己的心思都表达出来，是用心写、用情做、用情染、用
情感浇筑的，才使它们成为文集中零散各处的灿烂小星。

从《枣树蔫》《苦瓜水》《小区门前那棵枣树》《飘落的树叶》
到《爸爸在哪，老家就在哪》《不愿走出那道门》《我与小树的
七年之痒》《和自己的书一起走上地摊》《用治病的钱出本书》《相
思葡萄树下》；从《送别牛牛》《闲来听雨声》《紫藤花下忆藤萝》
到《悠悠大鹿岛》《我是辽宁人》，这些作品自己用点滴文字说
明了一些人们关注的问题。应该是越品越有味道的。

写亲情的有几篇也值得阅存。《我的老父亲》《母亲在守望》
《写给孩子她母亲》《我家大哥》《孙女的眼神》《我的网友是
文友更是朋友》《我身边的朋友怎么了》等几篇，那是带着深情
厚谊成文的。

文集收录了部分反映自己对社会焦点、热点、观点性问题点
滴看法的作品，有的只是点题而没深细加工，有的含蓄衬出端倪，
还有的虽直白说出，但又在后面婉转回头。总之，不是自己思想
不到，挖掘不深，而是身在官场，职在官位，且在位谋官三十多年，

尚不敢越雷池小半步，但心思还是时时刻刻都在叛逆中。像很多退休人那样，身在其中时安分守己，一旦身在其外则胸臆外露，憋闷已久的闲言碎语不计后果地发泄再发泄。

《飘落的树叶》《阳光下的冰雪路》《枣树蔫》《瓢虫之死》《我与小树的七年之痒》《小区门前那棵枣树》等，这些作品都是用比喻或拟人手法透漏自己的心机。《不愿走出那道门》《小区沧桑》《姐妹就是姐妹》《花沧桑》等都是对官场一路走来的心境。应该说留下深深的官印，靠一朝一夕完全褪去还是要费些时间，费尽心机。敞开了心扉会使自己很快豁然开朗，轻松异常。

在官场混实在不容易，从古到今官场都是有规则的，官心、官道都是上行下效，互为遵循，不过是时间与程度表现不一。在文学圈里则是千变万化，也可以说文人相对独立性比较强，像每个人的写作风格没有完全一样的，哪怕是一个老师培养出来的，差别也决定差距，而相互的借鉴、交流、互助的结果也大不相同。

"文人相轻"在当今不是绝对，但也不否认，它是文字本身力的不均衡所决定的。它们的相互作用就是或弱或强，或嫌贫爱富，或欺软怕硬，所以，文字发射出的影响或清晰或模糊。

在文学圈里混，应该说比官场轻松得多，简单的例子就是喝酒。官场的酒大多是应酬和无奈，大多是为公家利益尽官位责任而用酒来磨炼自己，蹂躏自己，或者说是伤害自己。而文友们相聚大多都是温文尔雅，客套在先，尔后是夸夸其谈，最后也许变得狂躁乃至疯狂，文人狂妄、放纵典型性格的展现，很难得的宣泄，那也是一场场一次次高手的灵感创作，或许能成大作名篇。

写散文挺随心随意的，不少作品都是有感而发，顺手拈来。多少次是夜不能寐，伏床草书一通，次日欣喜以"佳作"成文。时常觉得灵感之下的文字如此洒脱，有灵性，有时会不相信那么优美动人的文字是出自自己的手。

　　散文集有的作品在字、句子上没有做到仔细敲打，精益求精。有的标题订立的不够新颖、准确。试过几次，反复斟酌要狠狠地颠覆一下，但一是时间紧凑，再就是身体条件所限，所以还是心有余而力不足，只好委屈了自己和自己的作品，不是"横空出世"，也算"脱壳而出"吧！

　　其实，这部文集出版计划了三年时间，原来在 2014 年就攒成 50 多篇要单本出，因自己不满意不满足，就挪到 2015 年加了50 篇新作，结果到年末还是嫌"瘦小体弱"的篇章太多，心里没底停下了。到 2016 年又编撰出 50 多篇，这回下定决心出版，这才挑挑拣拣地选了 100 篇编辑在一起。

　　感谢文友们对文集出版的关心、关注，自己内心还是忐忑不安的，好在"丑媳妇总要见公婆"，也就闭上双眼随手抛洒于天，任凭风吹雨打，后果如何，下场怎样，都是了却自己一个心愿，或许是一生的心愿。

　　对于这部文集，自己看得很重，因为这些散文作品水平感觉比以前那两本文集的作品有所提高，而且反映自己的官心、官道的内容也开始涉及，有渐渐退出官场的味道。但整体上还是以主旋律、正能量为主，毕竟能大胆地走出来，对混迹官场三十多年的自己来说已是进步，应该欣赏和满意自己能如此放松地解脱自己，走上了自由自在的人生之路。

　　这次抓紧出书还有很重要的一点是 2016 年末自己忽然得了重病，又经受了大手术的历练，所以在身心受损与疲惫中把生活的希望转寄到出本书上来聊补心殇。我所写的"用治病的钱出本书"作品中就有自己丝丝的影子，虽眼下还达不到那样凄惨，但也要有充分的思想准备，正确面对现实，乐观又充实地度过上天赐予自己有限的生命时光。

很荣幸，请到我国著名作家、省作协副主席、我尊敬的高海涛老师为此书写序，聆听高老师的谆谆教导和可亲可敬的心声。感谢朝阳市作协主席邸玉超老师为此书把关定调，感谢市作协副主席李学英老师为此书润色，感谢著名散文家魏泽先老师一直以来的关注和精心指导。感谢活跃在文坛三十多年的铁路系统著名作家魏国松老师为此书撰写了精彩评论，在这里一并表示感谢，并施以崇高敬礼。

感谢帮助我出版文集的魏国松老师亲自为此书字、句、段、标题等方面认真细致校正。

特别感谢为此书给予帮助的几位喜爱文学又志愿为散文集出版奉献的同道知心朋友，特在此书予以记忆，宣传他们对自己事业的追求和奋斗精神及为朋友文学事业进步鼎力相助，诚挚感情永生不忘。

感谢《中国铁路文艺》田永元老师的鼓励、扶持、帮助。感谢中国铁道出版社为我提供展示文学水平的场所。

如果时间可能，身体允许，自己在年内将近几年写的长、中、短篇小说编辑出版，使自己的文学生命画上美丽圆满的句号。

祝贺自己能执着地出版第三本文集，祝福自己身体和文学事业都顺利行进，长长久久。

写几句自己的心里话为后记，言语不周之处敬请各位老师、读者见谅。

用文字寻找心灵的安逸

凡天下的写作者，均是由文字展露胸襟。文字俨然一种语言、一种表情、一种态度。曙辉的文字把持这种趋向，用眼前事、身边事诠释"文由心生"的全部意义。

曙辉的文字都与亲情、友情、爱情相关，甚至包含对物、对大自然、对动植物的情。博爱情怀彰显于看似平淡的情节。一种含而不露的手法，像国画里的白描，勾勒出情感的饱满和丰盈。曙辉文字着眼生活现状，起笔从容，不失真知灼见。身为公仆，笔锋自然会另辟蹊径，描写另眼看到的民间。工作之余，笔耕不辍，写了过百万文字，文集中不乏他对文学的忠诚和执着。读他的散文，能感受到从文字里生发的力量，感受到做人做事的胸怀与气度，用文字寻找心灵的安逸，表达人生的态度，足以让读者从中得到熏陶和教益。

邸玉超

（国家一级作家 朝阳市作协主席）

透析生命的真谛

　　彭曙辉，在官场他是文人。他以文人的情怀，对待工作，对待家人，对待自然。对逝去的母亲，对女儿喜爱的宠物狗，对河里冻死的鱼，垄背上的萝卜，小区前的那棵枣树，装修后米虫变成的飞蛾；还有当地的花果山、大黑山的杜鹃、丹东的大鹿岛……情感细腻、朴实无华、自然流畅、寓意深刻，渗透着作者对生活的热爱。

　　在现场他是作家。一个热爱生命的人眼里到处是风景，走过路过透析生命的真谛，这是一个平凡人的感悟，一个给人启迪的佳作。

李学英

（国家一级作家，朝阳市作协副主席）

杂家窝铺的五味杂陈

彭曙辉自称杂家，其实是他对自己的评价，有点自谦。他的文集不是煎、炒、烹、炸各具风味，而属于"乱炖"的那种。但只要细细品读，久久不能忘怀，常常回味。五味杂陈，犹如一锅翻滚的乱炖，热气腾腾，品一口，很难让人说出其中的滋味。这样的文章才叫好文章：味厚，可口，又无法表达属于哪样的味道。

曙辉力求每一篇有个性的题目，窝铺里有好菜，报个名，就让人想走进去尝尝或者是饕餮一顿，这无疑是作家的睿智与成熟。

他要出版第三本文集，有机会认真地读了几篇。虽然是"管中窥豹"，好在"观一叶而知秋"，还有在网上、杂志上看到他的文章，我已经读懂了彭曙辉，读懂了这位在辽西大地上一个小有名气、一个能把文章写得五味杂陈的作家了。

魏泽先

（辽宁文学奖获得者，著名散文家）